남쪽 바다의 전언

남쪽 바다의 전언

초판발행일 | 2017년 2월 28일

지은이 | 허문재
펴낸곳 | 도서출판 황금알
펴낸이 | 金永馥

주간 | 김영탁
편집실장 | 조경숙
인쇄제작 | 칼라박스
주소 | 03088 서울시 종로구 이화장2길 29-3, 104호(동숭동, 청기와빌라2차)
물류센타(직송 · 반품) | 100-272 서울시 중구 필동2가 124-6 1F
전화 | 02) 2275-9171
팩스 | 02) 2275-9172
이메일 | tibet21@hanmail.net
홈페이지 | http://goldegg21.com
출판등록 | 2003년 03월 26일 (제300-2003-230호)

값은 뒤표지에 있습니다.

ISBN 979-11-86547-55-7-03810

*이 도서의 국립중앙도서관 출판예정도서목록(CIP)은 서지정보유통지원시스템
  홈페이지(http://seoji.nl.go.kr)와 국가자료공동목록시스템(http://www.nl.
  go.kr/kolisnet)에서 이용하실 수 있습니다.(CIP제어번호: CIP2017003118)

남쪽 바다의 전언

허문재 장편소설

황금알

작가의 말

21세기 벽두에 해직이 될 때만 해도 내 인생이 이렇듯 하염없이 비정규직으로 떠도는 인생이 될 줄은 몰랐다. 매일이 백의종군이다. 나의 명량은 어디고 노량은 어디인가? 이순신 장군이 자신의 검에 새겼다는 검명劍銘을 흉내 내서 내 자신의 문명文銘이란 걸 써보며, 비루한 세상의 초라한 내 삶을 조금 더 버텨본다.

'한 번 붓을 휘두르니 천하를 감동시키고 세상의 모든 나와 공감하도다'—筆揮之 感動天下 共感諸我

O

또 이순신인가? 제발 이걸 끝으로 그 인간에 대한 얘기는 그만
했으면 좋겠다.

그렇다, 내가 이순신을 죽였다. 무술년(1598년) 11월 19일 미명
의 새벽, 남해 관음포 앞바다였다. 7년 전쟁의 마지막 대미를 장
식하는 순간이었으나 좀 늦은 감이 있었다.

어둠 속에서 퇴로를 잘못 선택한 일본군의 일부 잔당들은 관음
포에서 배를 버리고 섬으로 숨어들었다. 앞이 막힌 것을 안 일본
의 함선들은 다시 방향을 바꿔 난바다로 나오려고 했다. 그 앞을
조선 수군이 막아섰고 다시 그 뒤를 뒤쫓아 오던 일본 함대들이
따라붙었다. 그리고 그 뒤로 명나라 수군의 함선이 엉켜있는 형국
이었다. 싸움은 혼전이었고 근접전이었다.

조선 수군은 현자, 승자, 지자총통 등 각종 화포를 일본의 함선

에 쏟아 부었고 발화탄과 질려탄을 던져 적의 함선을 불태웠다. 쇠뇌와 화전도 수없이 날아갔다. 이날만을 기다려왔다는 듯이 명나라 수군도 호준포, 위원포, 벽력포를 일시에 쏘아댔다. 명군의 함포 소리는 그들의 평소 허풍만큼이나 요란했으나 그 방향을 정확히 가늠할 수는 없었다. 광양만에 있던 일본군에 대한 포위망을 풀고 나서 조선 수군을 따라서 관음포 쪽으로 향한 명의 수군의 진로엔 뭔가 석연찮은 구석이 있었지만 누구도 시비를 가릴 계제는 아니었다. 일본군들은 정신없이 조총을 쏘며 달려들었고 칼을 휘두르며 도선을 시도했다. 하지만 일본의 함선은 차츰 조선 수군과 명의 수군이 쏘아대는 화포의 위력 앞에 무너져갔다.

바다는 삽시간에 깨진 적선의 파편과 시체들로 가득 찼다. 뒤에 있는 일부의 함선들과 멀리서 관망만 하고 있던 함선들만이 재빨리 방향을 돌려서 남해의 수로를 빠져나가고 있었다. 그들 틈에 광양만에서 대기하고 있던 고니시유키나가를 비롯한 일본군 수뇌부들이 끼어 있을 거였다. 어차피 아우성을 치며 죽어가고 있는 자들이나 이미 바다에 널브러진 시체들은 그들의 미끼였을 뿐이었다. 저들은 자신들의 죽음으로 저들 상전들의 활로를 열고 있었다. 그들의 삶도 죽음도 어차피 저들 상전의 수단이었을 테니까 억울할 것은 없었다.

사실상의 해전은 그것으로 끝이었다. 섬에 고립된 일본군들이 선택할 수 있는 일은 아무것도 없었다. 애써 달아난 거리만큼이 그들에게 남은 삶과 죽음의 거리였다. 섬으로 도망간 일본군들을 수색 섬멸하는 일은 살아남은 조선군들이 치러야 할 이 전쟁의 마지막 전투가 될 거였다. 그 과정에서 누군가는 또 죽어나가야 할 터, 전쟁의 막바지라고 해서 죽이고 죽어야 하는 전쟁의 운명으로부터 자유로울 수는 없었다. 오히려 살아남고 싶은 욕망이 클수록 싸움은 더 처절할 것이 분명했다. 하지만 어떤 자들의 삶에 대한 간절한 욕망이 다른 자들에겐 그저 치워야할 수고로움일 뿐이었다. 어떤 사람에겐 살아야할 이유가 또 다른 사람에겐 죽어야할 이유가 되는 것이 세상이었다. 이 세상이란 것이 원래 그렇게 말이 안 되게 만들어진 건지도 몰랐다.

많은 사람들이 죽었다. 수많은 죽음으로 뒤덮인 바다에서 죽은 자들의 국적을 따지는 것은 무의미했다. 그들의 신분과 출신을 따지는 것도 허망한 일이었다. 그들의 죽음은 입고 있는 옷에 따라서 구분되지 않았으며 그들의 머리 모양이나 몸에 박힌 화살과 총알의 주인에 따라 구분되지도 않았다. 그들이 살아온 내력이나 죽어가는 과정은 비록 다 다를 것이었으나 그들은 모두 죽음 앞에 평등했다. 바다는 그들의 죽음을 구분하지 않았다. 바다는 그들 죽음의 개별적 의미를 빠르게 지우고 있었다.

핏빛 바다였다. 남해 앞바다는 밤새 들끓고 있었다. 부서진 적선과 불타고 있는 피아의 전선 그리고 바다를 온통 뒤덮고 있는 시신들. 그리고 그들의 몸에서 흘러나왔을 시뻘건 피로 더 검게 얼룩진 바다. 쉴 새 없이 날아가고 날아오는 화살과 총알, 고막을 찢어대는 화포 소리와 시야를 가리는 화포 연기. 전선과 전선이 부딪치며 깨져나가는 소리와 근접전에서 팔다리가 잘려나가고 온몸이 으깨져 죽어나가는 병사들의 비명소리. 저들의 죽음은 악마의 밥통에 말아놓은 돼지죽 같았다. 달빛마저 핏빛이었다. 지옥이 따로 없었다.

어쩌면 나는 그를 좀 더 일찍 죽일 수도 있었다. 마지막 이 싸움이 시작되기 전에 그를 죽여서 고니시유키나가의 퇴로를 열어줬더라면 지금 저 바다를 가득 메우고 있는 시신들은 지금쯤 차가운 바다에 떠있는 이름 없는 시체가 아니라 각자의 진중이나 고향으로 돌아가는 배에서 잠을 자고 있는 누군가의 아들이거나 아버지 혹은 남편일 거였다. 싸움의 중간쯤에라도 그를 죽였으면 좀 더 많은 사람들을 각자의 고향으로 무사히 돌려보낼 수도 있었을 것이다. 그것이 조선인이었든 일본인이었든.
하지만 나는 차마 그를 죽일 수가 없었다. 내 눈 앞에서 내가 직접 죽여야 할 한 인간과 전쟁 중에 무수히 죽어나가는 인간들은 수의 많고 적음으로 경중을 가릴 문제는 아니었다. 내가 죽여야

할 사람이었지만 차마 죽일 수 없는 한 사내를 나는 함상에서 밤
사이 고통스럽게 지켜봤다. 그 순간에도 조·명·일 삼국의 전선
들은 깨어져나갔고 병사들은 수도 없이 죽어나갔다. 쏘고 베고 찌
르고, 맞고 베이고 찔린 병사들이 내지르는 고함과 비명이 하늘을
뒤덮고 있었지만 내 귀엔 아무 소리도 들리지 않는 듯했다. 모든
것이 꿈속의 장면만 같았다. 자신의 죽음을 향해 무섭게 달려가고
있는 한 사내의 무서운 집중력이 내 주위의 모든 비명과 총포 소
리조차 모두 흡수하고 있는 듯했다.

그의 맹렬한 전투의지는 삶에 대한 자신의 애착과 반비례하고
있었다. 삶에 대한 미련이 사라질수록 전투에 대한 의지는 점점
더 강화되고 있는 것 같았다. 그의 전투는 삶에 대한 애착을 애써
포기한 자의 완강한 몸부림이었다. 그는 함상에서 아무것도 먹지
않았다. 물 한 모금조차 마시지 않았다. 함선에 오른 후 그는 꼬박
하루의 낮과 밤을 자기 자리에 서서 적정을 살폈고, 전투가 시작
되자 전투를 독려하며 활을 쏘고 불화살을 날리고 대장선에 기어
오르는 적병들을 칼로 내리쳤다. 그리고 마침내 북을 치던 병졸이
적탄에 쓰러지고 나자 그는 손수 군북을 두드리며 싸움을 독려하
기 시작했다. 잠긴 목에서 더 이상 소리가 나오지 않자 그는 더욱
더 미친 듯이 북을 더 두드렸다.

어느 순간 그가 두드리는 북은 단순한 북이 아니었고 독전의 북

10

소리도 아니었다. 그것은 오로지 자신의 목숨을 재촉하는 북소리였다. 그렇게 들렸고, 그렇게 보였다. 거기서 나는 스스로 혼신의 힘을 다해서 적을 몰아낸 자신의 조국에서 더 이상 살아갈 수 없는 자의 고통을, 더 이상 살고 싶어 하지 않는 자의 허무를 엿보았다. 나는 그에게서 충성을 다 빚친 대상에게서 배신의 칼날을 받아야 하는 자의 운명을 보았다. 또한 적의 적에 의해서가 아니라 오직 적에 의해서 죽기를 갈망하는 자의 집착을 나는 보았다. 칼을 휘둘러 적의 피로 세상을 온통 물들일 수 없다면 자신의 피로 천하를 덮고자 하는 한 사내의 뜨거운 집념을 보았다.

적의 적은 친구인가? 차마 그에게 그런 걸 물을 순 없었다. 그는 살아서 역적이 되느니 죽어서 영웅이 되길 바라고 있는 듯했다. 정치적인 담론 속에서 물리고 뜯기다 허망하게 죽느니보다 마지막 전투에서 장렬하게 죽기를 바라고 있는 듯했다. 그는 적들의 최후와 자신의 최후가 겹쳐지기를 바라고 있는 듯했다.

죽어 마땅한 자들은 조선의 조정에 있거나 바다 건너에 있을 것이었으나 그들은 모두 항상 사정거리 밖에 있었다. 가까이 있다고 하더라도 그런 자들은 총알마저 튕겨낼 만큼 뻔뻔한 자들이었다. 마땅히 죽어야할 자들을 죽이지 못하고 차마 죽일 수 없는 인간을 죽여야 하는 것이 내 저주받은 운명이었다. 나는 그러한 내 운명을 저주했지만 거스를 순 없었다.

그는 훌륭한 장수였지만 굳이 죽어야할 이유가 없는 것도 아니었다. 누구나 그렇지만 살다보면 죽어 마땅한 죄를 한두 개는 짓게 마련이었다. 더군다나 사람의 목숨이 시도 때도 없이 죽어나가는 이러한 난리 통엔 죄를 짓지 않고도 살아남을 수 있는 온전한 인간이 있을 수는 없었다. 정도의 문제이겠으나 때에 따라선 그 정도의 의미를 구분하는 것이 무의미하기도 했다.

어둠 속의 그는 외로워보였다. 마지막엔 그냥 놔둬도 스스로 소진하여 사라질 사람처럼 보이기도 했다. 싸움을 독려하느라 잠긴 목에선 더 이상 아무 말도 새어나오지 않았다. 싸움의 막바지에 그는 죽어라고 계속해서 북만 두드리고 있었다. 얼핏 그의 눈이 내 눈과 마주친 것도 같았다. 고금도 수군 진영으로 그를 처음 찾아간 날, 그와 눈이 처음으로 마주쳤을 때부터 그는 이미 내가 자신을 죽이러 온 저승사자란 걸 직감하고 있었던 듯했다. 그때도 그는 지금처럼 한동안 아무 말이 없었다. 그는 침묵으로서 나의 행동을 재촉하고 있는 듯했다. 자신의 고통을 덜어줄 자는 나밖에 없다는 듯이 그는 간절하게 기도하는 자세로 열심히 북을 두드리고 있었다. 나는 더 이상 망설일 수가 없었다. 싸움의 막바지였고 전사로 위장할 수 있는 마지막 기회이기도 했다. 마침 그때 일본군의 조총 탄환이 대장선의 장대에 집중적으로 쏟아졌다. 장군의 옆에 있던 송희립이 이마에 총을 맞고 쓰러졌다. 송희립이 쓰러지는 것을 본 이순신이 달려가 송희립의 어깨를 감싸 안았다. 기회였다. 조물주의 심장을 쏘는 심정으로 나는 갑판 위의 조총을 집어 들어 마침내 그를 쏘았다. 총알이 이순신의 어깨 아래에서 심장 쪽으로 파고들었다. 다시 일본군의 조총탄이 일제히 장대로 날아들었다. 총알이 내 귀를 스쳤다. 내 귀에서 흘러내리는 피가 목을 타고 가슴으로 파고들었다. 이순신의 몸이 기울며 갑판 위로 쓰러졌다. 하루의 고된 일과를 마치고 집에 돌아와 방바닥에 눕듯이 그는 갑판 위에 무너지듯 누웠다. 모든 것이 꿈만 같았다.

"내 죽음을……."

그의 말이 미처 다 끝나기도 전에 그의 눈은 스스로 감겼다. 나는 그가 마지막에 하려던 말을 짐작할 수 없었다. 내가 미처 듣지 못한 것인지도 몰랐다.

그가 쓰러지는 것을 본 이순신의 아들 회와 조카 완이 달려왔다. 다행히 그들은 이순신이 유탄에 맞은 줄 알았다. 연이어 분전하고 있던 이순신의 종 김이도 달려왔다. 잠시 기절했던 송희립이 깨어났다. 이순신의 죽음을 확인한 그는 아연실색 했으나 곧 곡을 하려는 장군의 아들 회와 조카 완을 저지하며 말했다.

"아직 싸움이 한창이니 장군의 죽음을 적들이 알게 해선 안 되오. 일단 시신을 옷으로 가리고 장군이 살아있는 것처럼 해야 합니다."

라고 말하더니 자신의 갑주를 벗어서 그의 시신을 덮었다. 나는 지금이라도 싸움이 멈추길 바랐다. 하지만 내 예상대로 상황은 전개되지 않았다. 이순신의 죽음은 일본군에게도 조선군에게도 알려지지 않았다. 아니, 알릴 수가 없었다. 저격 후 장군이 죽었다고 소리치지 않은 것이 내 불찰이었다. 하지만 그럴 정신이 없었다.

"뭐하고 있는 게냐. 어서 북을 계속해서 울려라!"

이번엔 송희립이 나를 쳐다보며 말했다. 나는 이순신이 치다 내던진 북채를 집어 들었다. 어쩔 수 없이 나는 있는 힘껏 북을 두들겼다. 그것은 더 이상 독전의 북소리가 아니었다. 부끄러운 내 가슴을 두들기는 소리였고 이순신의 혼을 진무하는 진혼의 북소리였다. 나는 정신없이 북을 두드렸다. 북채가 북의 가죽을 뚫고 들어갈 때까지 두들겼다. 장군의 조카 완은 독전기를 휘두르고 송희립은 장군도를 빼어들며 독전을 계속했다. 진 도독을 에워쌌던 일본함대들이 조선 수군의 공격에 함몰당하고 있는 것이 보였다.

나는 더욱 세차게 북을 두들겼다. 싸움을 말려야할 내가 결과적으로 독전을 하고 있는 꼴이었다. 총알이 북 가죽마저 뚫고 지나가자 마침내 북 가죽마저 찢어졌다. 북 가죽이 찢어질 때 내 가슴도 찢어졌다. 나는 통곡하기 시작했다. 딱히 이순신 때문만은 아니었다. 나도 내 통곡의 의미를 미처 알 수 없었다. 하지만 때를 기다렸다는 듯이 장대의 여기저기서 참았던 통곡 소리가 울려

퍼지기 시작했다. 이순신의 공식적인 죽음을 알리는 통곡의 소리였다.

이순신의 전사 소식은 함대에서 함대로 통곡 소리와 함께 빠르게 퍼져나갔다. 그 통곡 소리의 끝에서 아침 해가 떠오르고 있었다. 이순신이 죽은 후의 첫 일출이었다. 지긋지긋한 전란이 끝나고 그 죽음의 바다에서도 기적같이 새날은 다시 밝아오고 있었다.

누구도 미워할 수 없는 자였지만 어쩌면 아무도 그가 살아남길 바라지 않은 자의 죽음이기도 했다. 나는 한 사내를 죽여서 지겨운 전쟁을 좀 더 일찍 끝내려 했으나 결국 내 뜻대로 되진 않았다. 그의 죽음으로 종전이 앞당겨진 것은 조금도 없었다. 피차 사망자를 줄인 것도 아니었다. 나만 결국 아무도 모르는 살인자가 됐을 뿐이었다. 누구의 탓도 아니었다. 나는 나의 순수한 의지와 판단으로 장군을 죽인 것인지, 고니시나 명군의 사주에 의한 것인지, 조선 임금의 심중을 헤아려 그런 것인지 알 수 없었다. 어쩌면 그 모두가 원하는 죽음이었을 수도 있고, 아무도 원하지 않은 죽음일 수도 있었다.

이순신의 저승길에 많은 사람들이 동행했다. 가리포 첨사 이영남, 낙안군수 방덕룡, 흥양현감 고득장 등이 죽었고, 명나라 수군

부총병 등장룡과 부장 심재모도 전사했다. 그리고 수많은 병졸들이 죽거나 다쳤다. 200여 척의 일본 함대가 격침됐으며 200여 척의 함대는 반파됐다. 조선 수군은 4척의 함선을 잃었고 명 수군은 2척의 전선을 잃었다. 조선 수군으로선 7년 전란의 마지막 전투였고 최대의 전과였다.

하지만 죽은 자들에게 그 전과는 무의미했다. 그나마 장수들에겐 명목상의 벼슬이나마 추증될지 모르나 병졸들의 죽음 앞엔 가장이나 아들을 잃은 슬픔과 남은 자들이 평생 지고 살아야할 가난과 고통만이 기다리고 있을 터였다. 유가족의 상처를 어루만져 줄 임금과 장수 그리고 양반들은 어디에도 없었다. 살아남은 백성들에겐 다시 하루하루가 생사의 갈림길일 거였다. 외적은 물러갔지만 또 다른 전쟁은 이미 시작되고 있었다. 그 전쟁은 오로지 각자가 감당해야할 전쟁이었으나 그 바다에서 미처 그 사실을 인식하고 있는 사람은 아무도 없었다. 잠시 살아남은 것에 안도하고 있는 듯도 했고, 허탈함에 맥이 빠진 듯도 했다. 전투는 끝났지만 믿기지 않는다는 듯이 누구도 쉽게 손에 쥔 병장기를 내려놓지 못하고 있었다.

결국 이순신은 죽고 고시니유키나가는 계획대로 살아서 돌아갔다. 이순신은 고니시와 싸운 것이 아니라 고니시를 구원하러 온 시마즈 군과 싸우다 내 손에 죽었다. 하지만 죽은 게 죽은 것이 아니고 산 것이 산 것이 아닐 수 있었다. 살아서 돌아간 고시니를 기다리고 있는 것은 불안한 일본의 정쟁일 터였다. 토요토미히데요시는 죽었고 그의 아들 히데요리는 이제 겨우 6살이었다. 후계 문제를 놓고 일본 내부에 한바탕 피바람이 불 것이 틀림없었다. 그 피바람 속에서 고니시가 살아남을 수 있을지는 의문이었다. 그는 살아서 남해를 벗어났지만 산 것이 산 것이 아닐 수도 있었다. 고니시에 대한 히데요시의 생전의 총애가 히데요시의 사후 불투명한 일본의 정국 속에서 그의 발목을 잡을지도 모를 일이었다. 히데요시를 배신하기엔 평소에 그로부터 받은 신뢰와 총애가 너무 컸으니 말이다.

반면에 이순신은 죽어서 종전 후 더러운 정쟁의 틈바구니를 돌파하게 된 것인지도 몰랐다. 죽음으로 또 다른 사지를 돌파하게 된 것이라고 나는 생각했다.

그러고 보니 세상이 참 묘했다. 이순신은 조선 임금의 의혹과 불신 속에서 나라의 운명을 두 어깨에 짊어진 채 사선을 넘나들다가 죽었고, 고니시는 자기 상관의 전폭적인 지지와 총애 속에서 전쟁터를 활보하다가 그 때문에 목숨을 버려야할지도 모르니 말이다. 사랑도 미움도 다 독이 될 수 있으니 세상을 원망할 일만은 아닌지도 모를 일이었다. 이미 죽은 그도 그렇게 생각해주기를 나는 바랐다. 옛날부터 난세가 영웅을 만든다는 말이 있었다. 영웅을 필요로 하는 시대는 난세라는 얘기다. 나는 그 영웅을 죽여서 난세를 끝내려고 했다.

그렇게 나는 나 자신을 위로했다. 나는 그를 죽여서 영원히 그를 살렸다. 그리고 난세를 끝냈다. 그게 나다. 나는 일본으로 탈출하지 않았다. 동쪽 바다 위로 희미하게 동이 터오고 있었다.

300만 명의 조선인이 이번 전쟁에서 죽었다. 지금으로선 정확히 알 수 없지만 대략 조선 백성의 반 정도가 죽어나간 것으로 보였다. 맞아 죽고 얼어 죽고 굶어 죽고 찢기고 잘려 죽었다. 어느 것 하나 억울하지 않은 죽음은 없었다. 나로선 그들의 죽음과 그 의미를 더 이상 설명할 길이 없었다. 이순신의 죽음도 그 중의 하나였다. 그뿐이었다. 전쟁 중에 나는 조선인도 일본인도 아니었고 명나라 사람은 더더욱 아니었다. 내게 누군가 조국이 어디냐고 물었다면 그딴 건 개나 물어가라고 말했을 거였다.

– 1

내가 명나라 수군의 후진과 고금도에 도착한 첫날, 날씨는 맑고 바다는 잔잔했다. 무술년(1598) 9월 10일이었다. 고금도 덕동 포구와 그 건너편에 있는 묘당도 앞바다엔 조선 수군의 전선과 얼마 전에 강화도를 거쳐서 내려온 명나라 수군의 전선이 떠있었다. 조·명 수군의 대규모 연합작전이 임박했다는 걸 말해주고 있었다.

명나라 수군 도독은 진린이었다. 진린은 지난 7월 16일 광동성 수군 5,000명을 이끌고 먼저 고금도에 도착했다. 이어서 명 수군 유격 계금, 장양상, 심무, 부일승이 이끄는 함대가 속속 고금도에 도착했다. 나는 지난 6월 중순 한강에서 진린과 헤어진 후 한성에 잔류했다가 파총 양천윤이 이끄는 함대에 편승하여 고금도로 내려왔다. 양천윤이 이끄는 수군은 강북 출신의 수군 3,000명이었다. 강북 출신은 육전에 강하고 강남 출신은 해전에 강하다는 소문이었다. 명나라 수군은 총 18,800명에 달했고 전선과 보급선을 모두 합하면 500척이 넘는 대선단이었다. 수백 척의 전선이 얼핏 보면 산만하게 엉켜있는 듯했지만 군영 안의 군기는 나름대로 삼엄했다. 그렇게 보였다. 진린의 전선은 대부분 포구 안에 머물러 있었다.

이순신의 수군 본영은 명량에서 기적적으로 승리한 후 점차 고니시유키나가가 주둔하고 있는 순천 벌교 쪽으로 다가서고 있었다. 일본군들은 남해의 해안선을 따라 동쪽의 서생포에서 서쪽으론 순천까지 왜성을 쌓고 주둔하고 있었다. 원균이 칠천량에서 패전한 이후 사실상 괴멸했던 조선 수군을 다시 맡은 이순신은 경상 수사 배설이란 자가 숨겨뒀던 8척의 전선을 수습하여 일본 수군의 공격을 피해 서쪽으로 서쪽으로 숨어들다가 울돌목에서 반전에 성공했다. 삼도수군통제사로 복직한 지 한 달 열흘 만에 이순신은 칠천량에서 와해된 조선 수군을 수습하여 12척의 배로 300여 척의 일본 수군을 격파하고 재기에 성공했던 거였다. 그로선 거기서 바닥을 친 셈이었다. 그는 점차 조선의 수군 전력을 회복해가며 동쪽으로 다시 다가서고 있었다. 불가사의한 일이었다. 그는 세상 사람들의 생각보다 더 뛰어난 인물임에 틀림없었다.

정유년(1597) 7월의 울돌목鳴梁 싸움 이후 영산강 하구의 고하도로 옮겼던 수군 본영을 고금도로 옮긴 것은 무술년(1598) 2월 17일이었다. 그 사이에 그는 부지런히 전선을 새로 건조하고 둔전을 일구고 군량미를 모았으며 소금을 굽고 후방의 부패한 징모관들과 싸우며 군사들을 다시 충원했다. 그는 80척의 판옥선과 200척의 협선에 8,000여명의 군사를 어렵게 나시 확보하고 있었다.

고금도는 비록 섬이었지만 호남 좌·우도의 내·외양을 제어할 수 있는 요충지였으며, 인구가 1,500호에 달했고, 섬의 둘레가 105리에 달했으며, 안에는 목장까지 있었다. 이순신은 이 섬에서 전력을 비축하며 마지막 싸움에 대비하고 있었다. 강화도에서 몇 달 동안 침묵하고 있던 명의 수군이 합류할 것에 대비하라는 비변사의 명에 따라서 이순신은 덕동과 묘당도에 명 수군의 막사를 신축했으며, 별도의 군량미와 부식을 준비해놓고 있었다. 모든 것을 현지에서 자체 조달해야만 했다. 중앙의 지원은 하나도 없었다. 조정에선 오히려 전선에 나가 있는 장수에게 궁중에서 소요되는 물품의 진상을 요구했다.

이순신은 그 와중에서도 끊임없이 척후선들을 남해와 거제도 쪽으로 띄우고 서쪽으로 들어오는 왜의 척후선들을 추적 섬멸했다. 그는 충청, 전라, 경상도 수군의 전 함대와 화력을 점차 고금도를 중심으로 결집시켜 나가고 있었다. 삼도 수군이라지만 주둔지와 대부분의 병선과 병졸을 잃어버린 경상 수군은 개전 이래

유명무실했다. 조선 수군의 주력은 사실상 전라도 수군이었다. 그의 함대와 화력은 이제 한 곳을 향하고 있었다. 나는 이제 조선 수군의 결집된 힘의 중심에서 그를 만나야 했다. 가슴이 조여 왔다. 나 또한 수많은 사선을 넘어오며 단련된 몸과 심장을 가지고 있었지만 왠지 알 수 없는 전율이 온몸에 퍼지고 있었다.

토요토미히데요시가 죽은 건 지난 달 8월 18일이라고 했다. 그의 사망 소식을 들은 건 고금도로 건너오기 직전 강진에 잠시 정박 중일 때였다. 또한 협상을 위해 조선군 진영으로 갔던 요시라는 명군에게 인계되어 명나라 황제 앞으로 끌려가서 죽임을 당했다고 했다. 심유경과의 협상 때 명 황제를 속이고 능멸한 죄였다. 야나기시게노부가 보낸 간자가 전해준 소식이었다.

야나기는 고니시의 부장으로 있는 자로서 원래 대마도주인 소 요시토시의 부하였다. 대마도의 모든 대내외 일들을 승려인 겐소와 함께 관리하고 있는 실세이기도 했다. 그는 남해안 일대에 수많은 간자들을 깔아놓고 광범위하게 첩보망을 운영하고 있었다. 그의 첩보망은 조선과 명나라의 수군 내부는 물론 내륙의 관아에까지 미치고 있었다.

히데요시는 죽기 직전 조선에 출병한 일본군들의 철수를 명령했다고 했다. 하지만 그 사실이 내가 받은 명령의 수정을 의미하는 것은 아니었다. 이순신을 죽여서 서해로 북상하기 위한 일본 수군의 수로를 여는 것이 내가 처음 받은 명령의 내용이었다면, 이젠 그를 죽여서 본토로 철수하는 일본군들의 퇴로를 확보하는 것이 내 임무가 됐음을 의미했다. 둘 다 이순신을 죽여야 한다는 사실엔 변함이 없었다. 다만 그의 죽음의 의미에 변화가 있었을 뿐이었다. 하나의 사실이 순간적으로 정반대의 의미를 가지게 되는 건 흔한 일이 아니었다. 하지만 죽어서 살아야 하는 인간의 모순된 운명도 있는 것처럼 그의 죽음은 상황에 따라서 다양하게 해석될 운명인지도 모르겠다는 생각이 그때 순간적으로 들었다.

히데요시의 사망 소식은 명군 진영과 조선 수군 진영에도 떠돌고 있었으나 그들은 아직 확실한 정보를 가지고 있지는 못한 듯했다. 하지만 일본군들이 흘려놓은 히데요시의 중병설은 이미 오래 전부터 정설로 굳어져 있었고 전쟁도 오래지 않아서 끝날 것이라는 것을 그들도 알고 있었다. 문제는 구체적인 시기였다.

나는 고금도의 막사에서 장군을 만났다. 그는 종사관 한 명과 함께 공문서를 처리 중이었다. 서류 더미에 파묻힌 그의 모습이 낯설었다. 그의 모습이 순간적으로 피비린내 나는 수많은 전선을 돌파한 삼엄한 장군이 아니라 일개 문사처럼 보였다. 핏발선 장군의 모습이 아니라 중후하고 단정한 선비의 모습이었다. 잠시 내 마음 속에 품은 칼이 흔들렸다.

나에 대한 정보와 인사에 대한 조치는 이미 도원수부를 거쳐 여기에도 도착했을 터였다.

"소인, 역관 손문욱이라고 합니다."

서류를 뒤적이고 있는 그를 향해 나는 예를 갖추며 말했다. 그는 잠시 멈칫 하는 듯 하더니 고개를 들어 나를 바라봤다. 한동안 그는 아무 말이 없었다. 하지만 시선은 내내 내 얼굴에서 떼지 않고 있었다.

"멀리서 온 손님이군."

그의 처음 목소린 또렷했으나 낮았다. 혼잣말처럼 들리기도 했다. 그는 내 심중을 꿰뚫어 보듯이 나를 응시했다. 그의 눈은 맑고 깊었다. 그 눈 속에서 나는 잠시 허우적거리는 기분이 들었다. 나는 서둘러 임금의 유지를 내밀었다. 인사명령과는 별도로 내 신상의 처리 문제에 대한 얘기가 있는 듯했다. 나는 굳이 그 밀지를 뜯어보지 않았었다. 그는 눈으로 임금의 유지를 읽어 내려갔다.

"여기까지 굳이 역관을 보내주시니 전하의 성심이 넓고도 또한 깊도다. 오늘은 원로에 피곤할 터이니 일단 물러가 쉬어라. 얘기는 내일 듣도록 하겠다."

그의 말은 간결했다. 나는 그 자리를 물러나왔다. 식은땀이 흘렀다. 내 등 뒤에서 저들끼리 나누는 말소리가 들렸다.

"저 자를 곁에 둬도 되겠습니까. 간자일지도 모릅니다. 대마도주의 심복이었고 고니시의 부장이었던 자라고 하지 않았습니까, 장군!"

그의 곁에 있던 종사관의 목소리인 듯했다.

"괜찮다. 저 자는 임금이 보낸 내 손님이다."

"……"

순간 비수가 내 가슴을 후비고 지나가는 듯 찌릿했다. 그에게선 조선의 임금이나 고니시나 개의치 않겠다는 태도가 엿보였다. 서쪽으로 노을이 지고 있었다. 그 노을 위로 척후선들이 쉴 사이 없이 드나들고 있었다.

전쟁 중이라는 사실만 잊고 보면 전형적인 가을 날씨에 그 정취가 물씬 묻어나는 남쪽의 바다였다.

'여기가 적진인가?'

나는 잠시 자문했다. 무의미한 물음이었다. 임진년 그날 이후 내가 어느 나라 백성인가 하는 문제는 중요하지 않았다. 가족이 몰살당하고 이웃이 모두 도륙당하는 그 현장에 나라란 건 없었다. 제 나라 백성의 목숨 하나 지켜주지 못하는 나라가 나라일 수 없었다. 그렇다고 일본이나 대마도가 내 조국일 수도 없었다. 이도 저도 아닐진대 내게 적이란 조선 진영이냐 일본군의 진영이냐의 문제로 가름할 수 있는 문제가 아니었다. 지켜주지 못한 쪽도 죽인 쪽도 모두 나의 적일 수 있었고 아무것도 아닐 수 있었다.

이순신이 나의 개인적인 적이 될 수는 없었다. 하지만 어느 순간 내가 대마도주인 소요시토시의 심복이 되고 고니시의 부장이 되어 이 전쟁에 참가한 순간부터 나는 그의 적으로 살아왔다. 적이 아닌 적으로 오늘 나는 그와 마주하게 된 거였다. 그러니 여기가 적진이라고 하더라도 할 말은 없었다. 설사 그렇다고 하더라도 여기가 적진이냐 아니냐를 결정하는 것은 전적으로 나의 판단과 의지에 달린 문제였다. 그 판단 문제는 당분간 접고 싶었다.

어느 정도 생각을 다시 정리하고 나자 온몸이 나른해지기 시작했다. 나는 임시로 정해진 숙소의 맨바닥에 누웠다. 숙소의 맨바닥에 누웠을 때 마치 고향에 돌아온 것 같은 느낌이 밀려왔다. 등줄기를 타고 퍼져가는 서늘한 그 무엇이 부산포에 있던 내 집의 방바닥을 생각나게 했다. 다다미방에서 느껴지는 그 질감과는 확연히 다른 무엇이었다. 죽은 처자식과 친지들의 얼굴이 떠오르는 것을 애써 지웠다. 대신 대마도에 남아 있는 여자와 그에게서 태어났을지도 모를 아이를 생각했다.

여자는 대마도주인 소요시토시의 아버지인 소마사모리의 서녀로서 소요시토시의 이복동생이었다. 임진년(1592)에 내가 그의 심복이 되기로 맹세한 후 계사년(1593) 8월에 그가 하사품처럼 내려준 여자였다. 한 식구가 됐다는 징표이기도 했다.

여자의 피부는 눈처럼 희였다. 잠자리가 편한 여자였다. 여자랑

26

있는 동안만은 나는 모든 과거를 잊을 수 있었고 피비린내 나는 전쟁을 잊을 수 있었다. 여자란 신비로운 존재였다. 남자란 인간들은 그런 여자를 옆에 두고 왜 칼부림을 하고 전쟁을 하는지 모를 일이었다. 혹시 더 많은 여자를 차지하기 위해서인지도 모른다는 생각이 들기도 했지만 그건 아무래도 무모한 일이었다.

여자가 아이를 낳았다면 지금쯤 5살이 됐을 거였다. 지난 3월 권율의 도원수부에 귀순하기 전에 여자와 아이를 마지막으로 보고 싶었으나 바람대로 되지 않았다. 이제 다시 만날 수 있다는 보장은 없었다. 그건 이 전쟁이 끝나봐야 알 일이었고 아무도 알 수 없는 일이었다. 나는 단지 미래의 어느 날, 한 여자와 아이의 지아비와 아비로 살아갈 수 있기를 바랄 뿐이었다.

믿기지 않지만 편안한 잠이었다.

이튿날 오후, 나는 다시 이순신을 마주 대하고 앉았다. 장군의 막사엔 전라우수사 김억추, 경상수사 이순신李純信, 그리고 그의 몇몇 부장들이 동석을 하고 있었다. 나로부터 일본군 내부의 정보를 듣기 위한 것 같았다. 조선 조정이나 이순신의 막하에도 나만큼 일본이나 일본군 내부의 사정에 정통한 사람은 없을 거였다. 그나마 명군 진영엔 협상을 명목으로 명군과 일본군 사이를 오가며 정보를 수집해서 전달하는 자들이 있었으나 조선엔 그럴 말한 인물도 그런 의지도 없었다. 사명당이란 스님이 가토 진영을 오가며 뭔가 협상을 하려고 한다는 얘기를 듣긴 했지만 별다른 성과는 없는 듯했다. 조선인의 정보망은 고작해야 일본군들의 성 주변을 서성거리며 더듬는 수준에 불과했다.

전쟁 초기에 조선인들은 자신들이 마주한 적에 대해 아는 것이 별로 없었다. 적에 대한 무지는 사실상 단순히 적에 대한 무지만을 의미하지 않았다. 적에 대해 모르는 만큼 그들은 자신들에 대해서도 아는 것이 없었다. 자신에 대해 아는 것이 없는 만큼 상대에 대해 아는 것이 없었던 거였다. 자신을 제대로 모르는 자가 상대를 제대로 이해할 수는 없는 법이었다.

임진년에 히데요시의 군대가 쳐들어 왔을 때 조선인들 대부분은 그에 대한 아무런 정보도 가지고 있지 않았다. 심지어 히데요시가 원래는 중국 사람이었다는 소문까지 퍼질 정도였다. 그러니 나머지 사항에 대해서는 말할 것도 없었다.

일본군에 대한 정보의 부족은 전쟁 내내 조선의 조정과 현장의 장수들로 하여금 전체적인 전략과 전술을 제대로 마련할 수 없게 했다. 일본군의 반간계에 너무 쉽게 놀아났다. 그나마 그때그때 일본군들의 움직임에 따라서 임시방편으로 대응하는 것이 조선인들이 취할 수 있는 조치의 전부였다. 관군이 아니라 지역에서 들고 일어난 의병들이 조선군의 주축이란 사실도 물론 그것과 무관하지는 않았다. 어쨌든 관군이나 의병들이나 자신들과 싸우고 있는 적에 대한 정보가 부족하긴 마찬가지였다. 다행인 것은 조선인들이 점차 싸워가면서 일본군에 대한 적응 능력과 대응 능력이 급속도로 높아졌다는 사실이었다. 매도 맞다보면 맞는 요령이 생기는 법이었다. 사정은 수군 쪽도 마찬가지였다.

삼도수군통제사가 된 이후에도 이순신이 운영하는 간자들이나 첩보망은 겨우 남해안 일대의 일본 수군의 동향이나 파악하고 있는 정도에 불과했을 거였다. 그의 첩보망이 일본군 내부 깊숙히나 왜의 본토에까지 미칠 수는 없었다. 병졸들이나 고작해야 하급무사인 포로들을 심문하여 얻는 정보에는 한계가 있었다. 나와 비슷한 처지의 제만식이란 자가 히데요시 밑에서 일하다가 탈출에 성공하여 이순신에게 귀순한 적은 있었으나 그에게서 정보를 다 듣기도 전에 이순신은 삼도수군통제사 자리에서 파직되었고 그에 관한 기록은 후임인 원균에 의해 모두 불살라졌다. 조선 수군은 여전히 일본군과 그 내부에 대한 정보에 목말라 하고 있었다.

아무리 뛰어난 장군이라곤 하지만 이순신조차 자신이 싸우고 있는 적의 실체를 전부 파악하고 있지는 못했다. 그는 다만 자신의 눈앞에 당면한 적을 상대로 싸우고 있을 뿐이었다. 눈앞에 당면한 적을 통해 그 너머의 적의 실체를 어느 정도는 간파할 수도 있었겠으나 그것은 어디까지나 전장에 선 장수의 직관에 불과했다.

그는 자신이 장악한 바다의 일부에 대한 정보에는 밝았으나 전체적인 전쟁의 판세와 수행과정에 대한 정보에는 상대적으로 취약했다. 물론 조선 조정의 움직임과 상황에 대해서까지 그가 전혀 모르고 있을 리는 없었다. 그가 비록 조정에서 고립되어 있다고 하더라도 그것까지 모르고 있을 수는 없었다. 자신의 명줄을 쥐고 있는 자들의 손끝을 그는 항상 예의 주시하며 살고 있는 듯했다. 적과 적의 적은 항상 그의 수군과 신변을 위협했다.

하지만 전쟁의 흐름과 판세를 읽지 못하고 있는 것은 조선 조정도 마찬가지였다. 오히려 현장의 장수들보다 전체적인 상황에 더 어두워서 조정에서 내리는 명령은 병법의 상식을 허무는 것이 태반이었다. 전장에 나가있는 장수들은 당면한 왜적뿐만 아니라 임금과 조정의 무지와도 싸워야 했다. 양쪽 다 장수의 목에 항상 칼을 겨누고 있는 형국이었다. 때로 조선 임금의 칼은 왜적의 칼보다 더 빨리 일본군을 마주하고 선 조선 장수들의 목을 쳤다. 임진년에 한양의 궁궐을 버리고 도망가기에 바빴던 임금은 양주 해유령에서 개전 이래 처음으로 육지에서 일본군을 상대로 승리한 신각의 머리를 명령 불복종 혐의로 베어버렸고, 김덕령을 역모로 몰아 죽였으며, 곽재우와 같은 의병장들의 손발을 묶었다. 전시에 적과의 전투에서 죽는 것도 억울한 일인데 적이 아니라 충성을 받친 상대의 칼에 어처구니없게 당하는 장수들의 죽음은 열악한 환경에서 적과 마주하고 있는 전선의 장수들과 백성들을 더욱 허탈하게 했다.

장군이 궁금해 하는 것은 아마도 남해안 일대에 주둔하고 있는 일본군들의 현황이나 그들의 전쟁 수행 능력과 일본 본토에서 이 모든 전쟁을 조종하고 있는 자의 전쟁 의지 여부일 것이지만 히데요시의 사망 소식은 이미 소문의 형태로마나 장군에게도 전달이 됐을 거였다. 그렇다면 이 전쟁이 더 이상 계속될 수 없다는 사실은 바보가 아닌 다음에야 누구나 판단할 수 있는 사실이었다. 그렇다면 그는 일본군들의 철수 시기와 그 방법에 대해 좀 더 정확한 정보를 알고 싶을 거였다. 예상은 빗나가지 않았다. 장군은 본론부터 짚었다.

"왜놈들의 관백이 죽었다고 들었다. 향후 조선에 주둔하고 있는 왜군들의 행보는 어찌 되리라고 보는가?"

장군과 부장들의 시선이 내게로 집중했다.

"히데요시가 죽기 전에 조선에 출병한 모든 왜군의 철군을 명령했다고 들었습니다."

장군이 잠시 놀라는 기색이었다.

"그대는 그걸 언제 누구에게서 들었는가?"

순간 아차 싶었지만 이미 내뱉은 말이었다. 하지만 투항 이후에도 왜의 간자들과 접촉하고 있다는 사실은 끝까지 비밀이 유지되어야만 하는 일이었다.

"이곳으로 오기 전에 진린의 명군 도독부에서 들었습니다. 굳이 철군 명령이 아니더라도 조선에 출병한 왜군들은 하루 빨리 본국으로 돌아가고 싶어 할 것입니다."

나는 재빨리 상황을 수습하며 말했다.

"그건 왜 그런가?"

장군이 다시 물었다.

"히데요시의 사후에 왜의 정황이 불안합니다. 후계 문제를 놓고 정쟁이 불가피한 상황입니다. 그러한 상황에서 조선에 출병한 왜군들에 대한 더 이상의 병참 지원은 불가능할 것입니다. 또한 조선에 출병한 왜군 장수들도 빨리 본국으로 돌아가서 주도권 경쟁에 뛰어들려고 할 것입니다. 따라서 왜군의 철수는 불가피합니다."

일본의 내부 사정은 몰라도 조선에 출병한 일본군들의 철수가 불가피하다는 사실은 장군이나 명군 진영에서도 이미 알고 있는 사실일 거였다. 나는 히데요시의 전국 통일과정과 그의 사후 예상되는 후계 구도에 대해 내가 아는 범위 안에서 간략하게 정리하여 덧보탰다. 그동안 일본에 남아 힘을 비축하고 있던 도쿠가와이에

야쓰에 대한 얘기를 좀 더 하려다가 그만두었다. 그 문제는 아마
도 장군과는 상관없는 나중 세상의 일이 될 거라는 판단에서였다.
일본군의 주둔 현황과 주요 장수 및 병력 상황에 대한 보고서는
이미 지난 4월 도원수부에 귀순한 이후 심문을 받으며 여러 차례
작성해서 보고한 바가 있어서 생략했다. 필요하면 그때 다시 물어
올 거였다.

"그런가."

장군이 가볍게 고개를 끄덕이며 내 말을 받았다.

"그러면 왜군들의 철수 시기는 언제쯤이 될 거 같은가?"

장군이 다시 물었다.

"이미 왜의 육군은 수군 진영 쪽으로의 집결을 완료한 상태라고
알고 있습니다. 하지만 그들이 비축해놓은 식량은 고작해야 한두
달 정도에 불과합니다. 조선군과 명군의 압박으로 더 이상 주둔
지 주변에서 식량을 확보하는 것도 불가능할 것입니다. 오래 머무
를 수가 없다는 얘기죠. 나머지는 지금 비밀리에 진행 중인 명군
과의 협상의 진척 정도와 장군의 의지에 달린 문제라고 알고 있습
니다."

나는 공을 장군에게 넘겼다. 어차피 일본군의 철수 시기는 그들
의 앞길을 가로막고 있는 장군의 의지 여하에 달린 문제였다.

"왜군의 진영을 떠난 지 이미 반 년이 다 됐을 터인데 왜군의 최

근 내부 사정을 잘 알고 있구나?"

장군이 아무렇지 않다는 듯이 말했다.

"일이 년 해온 전쟁이 아니지 않습니까? 범부라도 그 정도는 헤아려 알 수 있는 일입니다."

나도 심상하게 장군의 말을 받아넘겼다.

"그렇겠구나."

장군은 잠시 무엇을 생각하는 듯 하더니 다시 말문을 열었다.

"저들의 철수 작전이 성공하리라 보는가?"

장군의 목소리가 갑자기 힘들게 느껴졌다. 부상과 고문으로 부서진 그의 육체가 시시때때로 그를 괴롭히고 있는 듯했다. 그는 잠시 눈을 감았다 떴다.

"그건 장군께서 더 잘 알고 계실 겁니다. 왜군들이 한날한시에 철수를 시작한다면 조선 수군의 전력으론 부산이나 울산에 주둔하고 있는 가토까지 감당할 순 없을 것입니다. 그들은 철수가 시작되면 무사히 본국으로 귀환할 것입니다. 문제는 장군과 근접 거리에 있는 순천과 사천 그리고 남해에 주둔하고 있는 고니시 휘하의 왜군일 겁니다. 고니시는 그들의 일부를 희생해서라도 무사히 전선을 빠져나가려고 하겠죠. 그렇게 된다면 결과는 장담할 수 없습니다. 양쪽 모두에게 어려운 싸움이 될 것입니다. 장군의 선택 여하에 따라서."

그런 최후의 상황을 막아야하는 것이 내가 할 일이란 사실을 되새기며 나는 말했다. 사실상 이미 끝난 싸움이었다. 더 이상의 불필요한 희생은 막아야 했다. 전쟁의 대미를 어떻게 장식해야 하는가의 형식적인 문제를 놓고 일본과 명은 줄다리기를 하고 있었고, 중간에 선 조선의 임금과 조정은 강공을 원했지만 힘없이 관망하고 있는 추세였다.

남은 것은 사실상 정치적 문제였지 전투가 아니었다. 전선은 한동안 교착상태에 빠져있었다. 물론 조선의 임금은 일본군의 박멸을 원하고 있었지만 그에겐 현실적인 힘이 없었다. 힘없는 전선의 장수들만 몰아세우고 있었다. 이순신은 또 그 중간에서 이럴 수도 저럴 수도 없는 자신의 입장과 처지를 저울질하고 있는 듯했다. 장수로서의 그의 행동은 언제든지 정치적 판단에 의해 그를 죽음으로 몰고 갈 수 있다는 사실을 그는 누구보다도 잘 알고 있었다. 도망가는 적을 그냥 바라만 보고 있을 수도 없고, 그렇다고 다 끝난 전쟁에 아까운 부하들의 목숨을 걸게 할 수도 없다는데 그의 고민이 있을 거였다. 그리고 마지막으로 그는 자신의 거취 문제를 생각하고 있을지도 몰랐다.

"그렇겠지."

그의 짧은 말 속에서 깊은 고민의 흔적이 묻어났다.

"너는 어찌 해야 된다고 생각하느냐?"

장군이 나의 의중을 묻는 듯했다.

"명나라 육군 제독이나 수군 도독의 판단에 그냥 맡기시고 따르시는 것이 서로가 살 길이라고 생각합니다. 장군이 전면에 나서는 것은 피차 위험합니다. 조선의 육군은 어차피 힘이 없으니 문제가 안 되고……."

내가 장군을 직접 죽여야 하는 상황을 피할 수 있는 방법을 생각하며 말했다.

"그대가 내 목숨을 걱정하는가?"

장군이 내 속을 알고 있다는 듯이 물어왔다. 대답을 기다리는 눈치는 아니었다. 그의 입가에 희미한 웃음이 잠시 번지다 말았다.

"……."

"정치적인 판단이구나. 하지만 나는 무장이다. 칼로써 나라의 부끄러움을 씻어야 하는 것이 나의 본분이다."

그가 옆에 세워놓은 자신의 칼을 바라보며 말했다.

"이미 장군께서 이기신 싸움입니다."

"아니다. 이 싸움은 이겨도 이긴 것이 아니고 져도 진 것이 아닌 싸움이다."

그가 고개를 좌우로 흔들며 다시 말했다.

"부디 목숨을 가벼이 여기지 마십시오."

내가 장군의 눈을 쳐다보며 말했다. 그가 내 눈을 피했다.

"그대가 많은 사람들의 목숨을 걱정하고 있으니 아름답구나. 허나 어찌 나라의 도적을 장수된 자로서 그냥 돌려보낼 수 있단 말이냐?"

그가 살짝 내 말의 방향을 돌렸다.

"장군은 이미 할 만큼 했습니다. 나머지는 명나라 장수의 판단에 맡기시고 장군께서는 한발 뒤로 물러서시는 것이 좋을 듯합니다. 싸움을 한 당사자들끼리는 직접적인 협상이나 화해도 어려운 법이 아닙니까?"

"부끄러운 얘기구나. 어찌 내 집에 든 도적을 이웃집 사람의 판단에 따라서 잡을지 놓아줄지를 판단해야 한단 말이냐. 그리고 하늘 아래 어느 집 주인이 내 집에 든 도적이 분탕질을 끝내고 이젠 돌아가겠다고 한데서 어찌 그냥 곱게 돌아가라고 할 수 있단 말이냐? 저들이 항복을 한 것도 아니지 않느냐."

장군이 한숨을 쉬며 말했다. 그의 한숨은 깊었다. 그의 말은 옳았다. 전선에 선 장수로서 항복하지도 않은 적들을 최고 명령권자인 임금의 명령도 없이 그냥 돌려보낼 순 없을 거였다. 그 순간 그는 적과 내통한 자가 되어 목이 날아갈 거였다. 왜적에 대한 임금의 분노는 하늘을 찌르고 있었다. 현실을 장악할 힘이 없는 자의 분노는 종종 엉뚱한 방향으로 향하는 것이 다반사였다. 그게 걱정이었다.

하지만 왜군들이 항복하지 않을 것은 뻔했다. 그들 또한 항복하는 순간 무사히 본국으로 돌아간다고 하더라도 그들 앞에 기다리고 있는 것은 잘해야 할복자살일 게 틀림없었다. 히데요시가 명령한 것은 철수였지 항복이 아니었다. 그들 또한 싸우다 죽을지언정 복종할 수도 없는 적들에게 항복하지는 않을 것이었다. 싸움에 패배한 사무라이들이 선택할 수 있는 것은 죽음이나 상대에 대한 철저한 복종뿐이었다. 그들에게 항복은 곧 복종이나 죽음을 의미할 뿐이었다. 비록 자신들의 주군이 죽었다고 해서 고니시나 가토가 조선의 임금에게 복종을 맹세할 수 있겠나? 어림없는 일이었다. 그들은 차라리 정면 돌파를 선택할 게 틀림없었다.

그렇다면 기대할 것은 명과의 협상이었으나 그것도 그리 원만하게 진행되지 않고 있었다. 협상의 전면에 나섰던 심유경은 왜의 요구 사항 중 일부를 고의로 누락시켜서 보고한 일로 명나라 황제의 명에 의해 목이 날아갔다. 황제를 능멸한 죄였다. 협상은 원점으로 되돌아갔다. 이제 기대할 것은 전선에 나가있는 명군 지휘관들의 융통성 있는 대처뿐이었다. 적당히 싸우는 형세 속에 적의 퇴로를 열어주겠다는 것이 명군 총사령부의 생각이었고, 명 육군 제독 유정과 수군 도독 진린의 생각이었다. 사실상의 걸림돌은 강경한 조선의 임금과 일본군의 퇴로를 가로막고 있는 남해의 이순신이었다. 그들은 서로 대조적인 사람 같았으나 일본군을 상대하고 있는 현재의 입장만은 같은 듯했다. 임금은 전쟁 통에 드러난 자신의 무능함을 마지막 결전을 통해 지우려고 했고, 이순신은 죽음으로써 자신의 충심을 보여주려고 했다.

"장군의 말씀은 옳으나 지금은 서로의 목숨을 중히 여겨야할 때라고 봅니다. 물러서야할 때 물러서는 건 부끄러운 일이 아니라고 생각합니다."

내 진심이었다. 나는 그가 죽지 않기를 바랐다. 그의 부하들은 물론 일본으로 돌아가야 할 많은 사람들이 한 사람이라도 더 무사히 고향으로 돌아가기를 바랐다. 죽음 앞에 국적은 무의미했다. 이러한 전쟁 통에 유능한 장수란 결국 성실하고 근면한 살인자일 터였다. 비록 내 백성을 죽이는 적들을 죽이는 것이 이 나라 장수의 본분이라 하더라도 그것은 명백한 살인이었다. 하지만 오롯이 임금의 몫인 정치적 협상을 전장에 선 장수에게 기대하는 것도 무리였다. 지금 전선의 장수를 단순한 살인자로 만드느냐 명예로운 조국의 간성으로 만드느냐는 전적으로 조선 임금의 의지와 역량에 달린 문제였다.

아니 어쩌면 나는 그냥 죽이고 싶지 않은 자를 내 손으로 죽여야 하는 심리적 부담감으로부터 벗어나고 싶은 것인지도 몰랐다.

"그대의 말뜻은 잘 알겠다. 하지만 그건 결국 내가 내려야할 판단이다."

　장군은 다시 눈을 감았다. 그의 고민이 깊어 보였다. 막사 안에
잠시 정적이 흘렀다. 누구도 그의 침묵에 개입할 수 없었다.

　"히데요시는 어떤 자였나?"

　이윽고 그가 다시 입을 열었다. 그의 물음은 단순히 인간적인
호기심처럼 들렸다. 전략적인 정보를 알기 위한 질문이 아니었다.
그동안 맞서 싸운 적의 수장에 대한 인간적인 호기심인 듯했다.
적이지만 한 번도 대면할 수 없었던 적장에 대한 증오도 격멸도
안쓰러움도 모두 희석된 목소리였다.

　하지만 순간적으로 내가 히데요시에 대해 말할 수 있는 것이 무
엇이었던가 자문해보지 않을 수 없었다. 귀순한 이후 진영을 옮길
때마다 받은 질문이었고 작성해야할 보고 내용이었다. 토요토미
히데요시를 본 적은 있으나 나에게 그는 존재하지 않는 인간이나
마찬가지였다. 권력의 실체가 눈에 보이지 않는 것처럼 그의 모습
은 항상 구름 속에 가려져 있는 것 같았다. 그의 모습에서 수많은
사람을 죽음의 전쟁터로 내몬 권력의 실체를 찾기는 힘들었다. 내
가 보기에 그는 일개 촌부에 지나지 않았다. 그런 그가 이 지옥 같
은 전쟁의 주범이란 사실을 나는 믿을 수 없었다. 실체가 잡히지
않는 인간에 대해 이러쿵 저러쿵 얘기한다는 건 얼마나 허망한 일
이던가? 차라리 고니시유키나가와 대마도주인 소요시토시에 대한

것이라면 쉽게 말할 수 있었다. 물론 그들에 대한 진술도 여러 차례의 심문 과정을 통해 이미 한 바 있었다. 하지만 히데요시에 대한 진술만은 쉽게 할 수 없었다. 그는 내 손에 넣을 수 있는 물건이 아니었다.

끊임없는 전쟁을 통해 권력을 장악했고, 다시 또 끊임없는 전쟁을 통해서만이 그 권력을 유지할 수 있다고 생각하는 한 인물에 대해서 얘기해야만 한다는 사실 앞에 나는 매번 갑갑증을 느꼈다. 그냥 인생이란 것이 매일 전쟁의 연속이라고 하면 할 말은 없었다. 또 히데요시란 자가 매일 피 냄새를 맡아야지만 살 수 있는 악귀였다고 하면 그만일지도 모르는 일이었다.

나는 대마도나 고니시의 주변에서 들은 히데요시의 출생과 성장과정, 가족 사항 그리고 그의 주변 인물들과 정적들에 대해 들은 바대로 정리해서 들려주었다. 다분히 과장되거나 조작됐을지도 모르는 얘기들이었다. 어쨌든 그는 하급 무사의 아들로 태어나 오다노부나가의 종에서 관백의 지위에까지 오른 신화적인 인물이었다. 더군다나 그는 일본인 최초로 대륙을 향한 정복 야망을 실제적으로 실현한 인물이었다. 나도 한때는 그 신화에 매료된 적이 있었다. 많은 왜인들이 그처럼 될 수 있길 꿈꿀 거였다. 그리고 또 미래의 누군가는 다시 대륙을 향한 정복 야망을 실현하려고 할 거였다. 그러는 한 그는 왜인들의 영원한 영웅으로 남을지도 모른다는 생각이 들었다.

장군은 조용히 눈을 감고 있었다. 장군의 생각을 읽을 수 없었다.

"욕심이 많은 만큼 한도 많은 자였겠구나. 그 한이 원한이 되고, 다시 또 끝없는 탐욕이 되고, 죽을 때까지 그의 마음속도 지옥이었겠구나."

그가 혼잣말처럼 말했다. 그는 히데요시에게서 자신의 지옥을 보고 있는 듯했다. 장군은 한동안 말이 없다가 물러가라고 했다. 나는 자리에서 물러나 숙소로 돌아왔다. 이순신의 본가에서 따라왔다는 종 김이가 내 숙소까지 따라왔다.

"세상이 아무리 뒤집어졌다고 해도 나는 간에 붙었다 쓸개에 붙었다 하는 인간들을 절대 믿지 않소. 만약 우리 나으리께 일이 생긴다면 그땐 그냥 있지 않을게요."

신분이 엄연히 다른데 종의 말치고는 맹랑했으나 나는 묵묵히 듣고만 있었다. 그 한마디 말을 굳이 하려고 나를 쫓아온 자의 성의를 생각해서 나는 참았다. 주인을 향한 충심을 그런 식으로 내보이는 자의 마음을 꺾고 싶지 않았다.

내가 도착한 이후부터 이순신의 신변 경호가 더욱 강화된 듯했다. 주변 참모들의 생각인 듯했다. 특히 지금 나를 따라온 장군의 종 김이는 한시도 그의 곁을 떠나지 않았다. 더욱이 내가 주변에 있을 때는 나에게서 한시도 눈을 떼지 않았다. 무예의 내공도 심상치 않아 보였다.

강화된 장군의 신변 경호와 함께 늘 내 주위를 따라 다니는 눈길도 감지할 수 있었다. 일본군 밑에서 벼슬까지 한 나를 저들이 쉽게 믿을 수는 없을 터였다. 일이 쉽게 풀리지 않을 듯했다. 하지만 기다리다보면 틈은 있기 마련이었다.

방 안에서 꼼짝 말라는 듯이 장군의 종 김이는 내가 방으로 들어가는 것을 확인한 후 돌아갔다.

남해의 가을이 깊어가고 있었다. 그물질을 했는지 여기저기서 전어 굽는 냄새가 진동을 했다. 집 나간 며느리도 돌아오게 만든다는 그 전어 냄새였으나 병사들의 태반은 이미 돌아갈 집도 가족도 없었다. 그런 사실과는 무관하게 냄새는 더욱더 멀리 퍼져갔다. 병사들은 그 냄새 속에서 고향과 고향에 있던 가족들의 흔적을 더듬고 있는 듯했다.

나는 틈틈이 왜교성에서 나온 후 순천에서 헤어진 한성부 기생 유희의 흔적을 더듬어 보았으나 그녀가 이순신의 진영까지 도착한 흔적은 어디에서도 찾아볼 수 없었다. 나는 그녀를 혼자 보낸 것을 후회했다. 후회는 항상 늦었다.

토요토미히데요시의 죽음을 기회로 남해안 일대에 주둔하고 있는 일본군을 완전히 몰아내기 위한 조·명 연합군의 마지막 반격이 시작되었다. 명나라 총독군문 형개의 명령에 그동안 생색만 내며 미적거리고 있던 유정과 진린도 더 이상 미적거리고 있을 수만은 없었다. 히데요시도 죽은 마당에 명군의 입장에서도 어쨌든 전쟁이 명군의 총공격에 의해 일본군이 패퇴하는 모양으로 끝나야 천자와 천병의 위엄을 그나마 세울 수 있는 일이었다. 따라서 명군도 더 이상 미적거리고 있을 수만은 없는 상황이었다.

조·명 연합군의 총 반격은 10월 초부터 나흘간 계속되었다. 육군과 수군 십이만 명을 동원한 개전 이래 최대의 연합 작전이었다. 세 방면으로 육군을 진격시키고 수군까지 동원한 이른바 사로병진 작전이었다.

정유년 연말에 조·명 연합군의 울산성 공격이 실패로 돌아간 후 명나라 경리 양호는 군을 세 방면으로 나누어 일본군을 공격하자는 제안을 하였다. 군문 형개가 이에 동의하여 조·명 연합군은 남해안 일대에 흩어져 있는 일본군을 공격하기 위해 세 부대로 나누어서 일제히 공격을 시작했다. 동로군을 맡은 제독 마귀는 명군 2만 4천 명과 경상좌병사 김응서 휘하의 조선군 5천5백 명의 군사로 1만 5천 명이 지키고 있는 가토의 울산성을, 중로군의 제독 동일원은 명군 3만 4천 명과 경상우병사 정기룡 휘하의 조선군 2천2백여 명의 군사로 시마즈가 지키고 있는 사천성을, 서로군의 제독 유정이 이끄는 1만 5천의 묘족 출신의 명군과 권율 휘하의 조선군 5천 명은 고니시의 1만 4천여 명의 일본군이 지키고 있는 순천의 왜교성을 공격하고, 진린의 수군 8천여 명과 이순신의 수군 7천여 명은 유정의 육상 공격에 맞춰서 해상에서 왜교성을 공격했다.

그러나 조·명 연합군의 공격은 모두 실패로 돌아갔다. 10월 1일, 사천성을 공격했던 중로군은 일본군에게 오히려 역공을 당해 과반수 이상의 사상자를 내며 퇴각했고, 울산의 가토군을 공격했던 동로군도 일본군의 완강한 저항에 부딪쳐 결국 며칠 만에 다시 물러서고 말았다. 일본군의 저항은 완강했으며 왜성은 가파르고 견고했다.

서로군은 10월 2일에 수륙 합동작전으로 순천의 왜교성을 공격했다. 날씨는 맑았다. 유정은 육지에서 공격하고 이순신과 진린의 수군은 바다에서 협공을 했다. 이순신의 수군이 먼저 진격했다. 아침 6시부터 시작한 공격은 낮 12시까지 계속됐다. 많은 왜군을 죽였으나 조선 수군의 피해도 컸다. 이순신의 자형인 사도첨사 황세득이 전사하고 제포만호 주의수, 사량만호 김성옥, 해남현감 유형, 진도군수 선의경, 강진현감 송상보 등도 총알에 맞았다. 다수의 병졸들이 죽거나 상했다. 하지만 유정의 육군은 내내 소극적인 자세로 전투에 임했다. 멀리서 대포만 펑펑 쏘아대다가 물러서는 형국이었다.

이튿날 진린이 유정의 비밀 편지를 받고 초저녁부터 삼경 무렵까지 일본군을 공격했다. 진린도 처음엔 다른 명나라 장수들처럼 싸움에 소극적이었으나 싸움이 일단 시작되자 경쟁 심리가 발동한 것인지 적극적으로 싸움에 임하기 시작했다. 하지만 이번에도 유정은 공격에 가담하지 않았다. 수군 단독의 공격에 그쳤다. 알 수 없는 일이었다. 명군 내부에서도 균열의 조짐이 보이는 듯했다.

썰물 때 진린의 함선과 명의 수군이 뻘에 갇혀 미처 빠져나오지 못했다. 육상 진지에서 퍼부어 대는 일본군의 조총과 대포의 공격에 명의 함선 40여척이 불타고 수백 명이 전사했다. 이순신은 가까스로 전선 7척을 투입해 다음 밀물 때까지 화살을 쏘아대며 일본군의 접근을 막아내고 마침내 진린을 구해내서 후퇴했다. 그 다음날도 조·명 수군은 하루 종일 싸웠지만 성과는 미약했다.

한편 유정은 소극적으로 전투에 임하다가 오히려 성문을 열고 과감히 공격해온 고니시의 일본군에게 반격을 당하여 패한데다가 중로군이 결정적인 타격을 입고 퇴각했다는 소식을 듣고 30리 밖 검단산성으로 물러났다. 그들은 잠시 전열을 가다듬어 다시 진격하겠다고 했으나 쉽게 움직일 마음이 없는 듯했다. 인근에 5천 명

정도의 조선 육군이 주둔하고 있었으나 그 정도의 병력으론 왜성을 공격할 수 없었다. 그나마 유 제독의 지시 없이는 단독으로 움직일 수도 없었다. 조·명 수군은 할 수 없이 일단 나로도로 철수했다.

진린과 유정의 진영으로 고니시의 간자들이 다시 드나든다는 정보를 입수한 이순신은 분개했다. 전선에서 한발짝 물러나 있는 유정으로 하여금 육상에서의 공격을 다시 요청하고 수륙 합동작전을 협의하기 위해 그는 유 제독에게 자신의 종사관인 정경달을 다시 보냈다. 지난번에 보낸 권관 김용은 여전히 제독의 진영에 머무르고 있었다. 나는 정경달과 함께 제독의 진영으로 가겠다고 자원했다. 유 제독의 진영을 살펴볼 필요성도 있었고 그의 진영으로 드나드는 일본의 간자를 통해 고니시 쪽의 퇴각 일정을 정확하게 알아둘 필요성이 있었기 때문이었다. 장군은 별 말 없이 승낙했다.

유정은 다혈질적인 진린과는 달리 소심할 정도로 침착하게 보이는 사내였다. 올 줄 알고 있었다는 듯이 그는 이순신이 보낸 정경달과 나를 자신의 막사에서 순순히 맞았다. 형식적인 예가 오가고 나자 정경달은 곧장 본론으로 들어갔다.

"제독께서 전투에 소극적인데다가 왜의 간자까지 제독의 진영에 드나든다는 소문이 있어서 통제공과 주변의 염려가 깊습니다.

제독!"

정경달은 강단이 있는 사람이었다. 임진년 개전 초에 선산 부사로 있으면서 군사와 군량을 모아 금오산에서 왜적과 싸워 크게 이겼고, 그 후 죽령 아래쪽에 군사를 주둔시키고 있으면서 죽령을 넘나드는 적들을 막아냈다. 1595년에 이순신은 임금에게 요청하여 향리에 물러나 있던 정경달을 자신의 종사관으로 맞아들였다. 정경달은 이순신의 정보참모로서 행정, 징모, 군수조달, 시찰, 전령 등의 역할도 수행하고 있었다.

정유년에 이순신이 투옥되자 그는 임금과 조정 요로에 탄원서를 보내 그의 석방을 위해 노력하는 한편 한양으로 올라와 임금을 만난 자리에서도 직언을 서슴치 않았다. 그 때 이순신은 일본군의 기만정보에 놀아난 임금과 비변사의 공격 명령을 묵살한 죄로 체포되어 삼도수군통제사의 지위를 박탈당하고 한양으로 압송되어 취조를 받고 있었다.

정유년 초에 고니시는 간자인 요시라를 경상 우병사 김응서에게 보내 가토 기요마사가 며칠 후 바다를 건너올 예정이란 거짓 정보를 흘렸다. 김응서는 이 사실을 조정에 알렸다. 임금은 이순신으로 하여금 가토를 바다에서 요격할 것을 명령했다. 일찍이 임진년에 경상 좌수사 박홍과 우수사 원균이 바다에서 적을 맞아 싸우지 않고 도망감으로써 전쟁 상황이 더욱 어렵게 전개됐던 전철을 되풀이 하고 싶지 않은 것이 임금과 조정 대신들의 생각이었다. 그러나 이순신은 적의 계략에 빠질 것을 염려하여 주저했다. 얼마 후 다시 요시라가 김응서를 찾아와 가토가 이미 상륙했다며 왜 그를 치지 않은 것인지 안타깝다는 표정을 지었다. 이를 다시 조정에 보고하자 조정에서는 이순신을 잡아다가 국문해야 한다는 여론이 거세게 일었다. 마침내 이순신은 파직되어 서울로 압송되었다. 대신 원균을 삼도수군통제사에 임명했다. 몇 달 후 원균의 조선 수군은 칠천량에서 궤멸했다. 고니시 진영에 있을 때 대마도주인 요시토시와 겐소 그리고 요시라와 내가 함께 기안했던 이순신과 조선 수군 제거 공작의 하나였다. 고니시와 가토가 사이가 좋지 않다는 항간의 소문을 이용한 공작이었다. 고니시의 많은 뇌물이 요시라를 통해 김응서와 그 수하들은 물론 임금이 보낸 선전관에게도 전달됐다. 조선의 임금이 비밀리에 보낸 선물과 벼슬이 김응서를 통해 요시라와 고니시에게 전달되기도 했다. 그때 이순신은 죽음의 문턱까지 갔었다. 당장 그의 목을 베라는 상소가 여기저기서 빗발쳤었다.

정경달은 그 때 임금 앞에 불려나간 자리에서 "장수가 기회를 엿보고 정세를 살피는 것을 가지고 전투를 기피한다고 하여 죄를 물을 수는 없는 것입니다. 전하께서 통제사를 죽이시면 사직을 잃게 될 것입니다."라고 말했다. 듣기에 따라선 임금에 대한 협박처럼 들리는 말이었다. 아무리 사실적 판단에 입각한 말이라고 하더라도 그 자리에서 그 말은 명백한 협박이었다. 그렇듯이 그는 기꺼이 자신의 목숨을 내놓고 소신껏 강단 있게 말할 줄 아는 사람이었다.

정경달의 말이 역관의 입을 통해 통역이 되자마자 제독의 주위에 서있던 제독의 부장들이 칼을 빼들고 달려들어 정경달의 목에 칼을 겨눴다. 유 제독이 그런 자신의 부장들에게 호통을 치며 제지했다. 제독이 맞은 편 앞자리를 정경달에게 권하며 말했다.

"그대들의 통제사도 병법을 아는가?"

정경달이 자리에 앉으며 다시 유 제독의 말을 받았다.

"제독의 말씀이 심히 옹졸하십니다. 일국의 장수에게 병법 타령은요?"

정경달이 호기 있게 말했다.

"변방의 일개 장수가 대국의 병법을 아느냐 말이다. 그것도 수로처럼 협소한 연안이나 도적떼처럼 훑고 다니던 속국의 일개 수군 장수가 천병의 웅장한 병법을 이해나 할 수 있겠느냐 말이다."

유 제독이 웃으며 말했다. 조선의 임금도 전에 비슷한 말을 한 적이 있었다.

"제독의 말씀이 참으로 지나치십니다. 그럼 전장에 나와서 멀찌감치 떨어져 공포만 쏘는 것이 천병인 대국의 그 웅장한 병법이옵

니까? 천병의 대포 소리는 참으로 웅장합디다만 실전에서의 용병
술은 어떨는지요?"

옆에 있던 명나라 역관과 조선인 역관의 얼굴이 사색이 되었다.
유 제독이 통역을 재촉했다. 얼굴이 일그러지던 제독이 금방 평상
심을 되찾은 듯 다시 말했다.

"병법에도 싸우지 않고 이기는 것이 상수라고 했거늘 어찌 그런
병법의 기본도 모르고 병사들을 무작정 사지로 내몬단 말이냐?
너희들이 진정으로 황제와 이역만리 고향을 떠나와 협소하고 옹
색한 변방에서 고생하는 천병의 시름을 알고나 하는 소리냐?"

유 제독이 자기 부하를 꾸짖듯이 말했다.

"싸우지 않고 이기는 방법이라고 하셨습니까? 황제의 특사인
심유경도 왜와의 협상에 실패하고 목이 날아갔음을 제독께선 진
정 오히려 모르고 계셨습니까? 이제 간교한 왜와의 협상은 불가
능하다는 사실을 천하가 알고 있는 이 마당에 제독께서만 유독 그
사실을 모르고 있었던 것 같습니다."

정경달이 의문조로 말했다.

"그대도 심유경을 아는가? 그대가 정말 심유경을 아는가? 심유
경은 어떤 사람이었는가? 황제를 속이고 황명을 거역한 역도였던
가? 조선인들은 그를 어찌 생각하고 있는가? 그가 정말 손바닥으
로 하늘을 가리려고 했던 어리석은 자였는가? 조선에도 심유경과

같은 자가 과연 한 사람이라도 있는가?"

이번엔 유 제독이 심한 의문 투로 말했다.

"무슨 말씀을 하시고 싶으신 건지요?"

정경달이 심상하게 물었다.

내가 심유경을 처음 본 것은 지난 임진년 8월 말, 평양 북쪽 10리 거리에 있는 강복원에서 명과 일본이 강화협상을 하는 자리에서였다. 책사인 심유경은 명나라 유격장군으로 참전하여 일본군의 북진을 지연시키기 위해 일본 측과의 협상을 시도해왔다. 명나라의 입장에선 명군의 출병 준비를 위한 시간을 벌 필요성이 있었고, 고니시의 일본군 쪽에선 거꾸로 명의 출병을 지연시키면서 남쪽에서 올라올 병참을 기다려야할 필요성이 있었다. 조선 측은 배제된 자리였다.

심유경과 고니시의 협상 자리에 나는 소요시토시, 야나기, 겐소와 함께 수행원으로 참석했다. 심유경의 외모는 볼품이 없었고 무장답지 않게 다변이었다. 하지만 자신이 하고자 하는 일에 대한 집념만은 남달라 보이는 사람이었다.

겐소는 먼저 일본이 조선을 침공한 것은 조선이 조공로를 차단했기 때문에 부득이 하게 군사를 일으킨 것이라고 말했다. 심유경은 왜군이 대동강 이남으로 철수하면 히데요시를 왜의 국왕으로 책봉하고 조공을 받아들이겠다는 제안을 했다. 이를 위한 조정 기간으로 50일간의 휴전을 제의하기도 했다. 고니시는 이 제안을 일단 수용하겠다고 했다. 고니시의 일본군은 더 이상 북진을 계속할 수 없는 상황이었다. 서해를 통해 올라오기로 한 일본 수군과 병참이 이순신의 수군에게 막혀 감감무소식이었기 때문이었다.

2차 회담은 11월 26일 평양의 고니시 진영에서 이루어졌다. 이 자리에서 심유경은 포로로 잡힌 조선의 두 왕자를 즉각 석방하고 일본군의 즉시 철수를 요구했다. 이에 대해 고니시는 명에 대해 봉공의 허락과 책봉사의 파견을 요구했다. 다시 조정기간을 두기로 하고 휴전을 이듬해 1월 15일까지 연기하기로 하였다. 서로가 필요한 시간을 벌기 위한 서로의 기만전술인 셈이었다. 양쪽 모두 상황이 녹록치 않았다. 더군다나 일본군 내부의 사정은 생각보다 더 심각했다. 조선의 겨울은 말할 수 없이 추웠다. 월동 준비가 되어있지 않은 일본군들은 조선군이나 명군보다도 조선의 추위를 더 무서워하고 있었다. 동사자들이 속출하고 있었다. 그런 상태에서 일본군의 북진은 불가능했다.

하지만 심유경과 고니시의 1·2차 강화 회담을 통해 시간을 번 명나라는 마침내 이여송을 총독으로 하여 조선에 파병했다. 명군과 조선군은 이듬해 1월 8일 평양성을 공격하여 탈환하는데 성공했다. 이어서 남하하던 명군은 벽제관에서 일본군에게 대패하게 되자 다시 협상의 필요성이 대두하게 됐다. 일본군도 행주에서 권율에게 패하고 이순신에게 제해권을 내주면서 군사와 군량미 조달에 어려움을 겪게 되자 명군의 협상에 다시 응하게 됐다. 그리하여 1593년 3월 7일 명나라 부총병 사대수는 일본군의 진영으로 들어가서 교섭을 진행했다. 이 때 명군은 조선영토반환, 조선왕자와 대신의 송환, 히데요시의 사죄를 전제로 한 책봉을 협상조건으로 내걸었다. 이에 대해 일본은 명나라 강화사절단의 일본 파견, 조선의 두 왕자와 대신의 송환, 명군의 요동철수, 일본군의 한성 철수를 협상 조건으로 내놓았다. 이에 따라서 명은 강화사절단을 일본으로 파견하고 일본군은 한성에서 철수했다.

고니시는 사용재, 서일관 등 명나라 사절단을 대동하고 5월 중순 나고야에서 히데요시 앞에 부복했다. 나는 겐소와 함께 고니시를 수행했다. 히데요시의 강화 조건은 조선 8도 중 4도를 할양할 것, 조선 왕자 및 대신 12명을 인질로 보낼 것, 무역관계를 복구할 것, 그리고 명나라 황제의 딸을 자신에게 시집보내는 것 등이었다.

한편 히데요시는 나고야에서 명나라의 사절단을 맞고 있으면서 다시 고니시를 보내 진주성을 공략하도록 명령했다. 명나라가 임진년에 협상을 하면서 휴전 기간에 평양성을 공략한 기만전술을 이번엔 히데요시가 사용했다. 1차 진주성 공략의 실패에 대한 히데요시의 보복이었다. 진주성은 함락되고 성 안의 모든 백성들이 몰살당했다.

나는 다시 고니시를 따라 조선으로 건너와서 진주성이 함락되는 것을 지켜봤다. 지난 임진년에 부산성이 함락될 때의 장면이 자꾸 겹쳐졌다. 히데요시는 성 안에 살아 있는 모든 것을 다 도륙하라고 명령했다. 닭 한 마리, 개 한 마리조차 살아남지 못했다. 나는 성난 일본군들의 살육을 막지 못했다. 진주성 주변에 주둔하고 있던 조선군과 명군은 멀찌감치서 싸움을 관망하다가 그냥 도망갔다.

겐소는 왜에 남아서 명나라 사신들과 내내 동행했다. 그때 심유경은 부산의 일본군 진영에 머무르고 있었다. 7월 15일 왜에서 돌아온 사절단과 한성으로 함께 돌아온 심유경은 히데요시의 협상 조건을 무시하고 히데요시는 명의 책봉과 조공허락을 희망한다는 내용만을 명나라 조정에 보고하는 한편, 고니시 측엔 히데요시의 항복문서가 없으면 봉공의 허락을 받을 수 없다는 이유로 히데요시의 항복문서를 요구했다. 이에 고니시는 히데요시의 거짓 항복문서를 만들어 심유경에게 전달했다. 이들의 거짓 보고서와 항복문서에 따라서 양측의 강화 협상이 진행되고 명나라는 양방형을 정사로, 심유경을 부사로 삼아 왜에 강화교섭단을 파견했다. 1596년 5월의 일이었다.

이들 교섭단이 일본으로 떠날 때 잔류해 있던 일본군 4만여 명도 상당수가 철수했다. 조선도 황신과 박홍장을 정사와 부사로 하여 300여 명의 통신사를 파견했다. 이로써 조·명 통신사 일행이 일본에 도착하여 9월 2일 히데요시와 오사카성에서 회담을 하게 됐다. 하지만 히데요시는 자신이 제시한 요구조건과 다른 유서의 내용을 보고 노하여 회담이 결렬됐다. 조선 통신사 일행은 히데요시를 만나보지도 못하고 쫓겨났다. 이듬해 정유년에 히데요시는 재침을 명령했다. 정유년 전쟁의 시작이었다.

철수했던 왜군이 다시 침공하자 그동안 명나라 조정에 보고했던 심유경의 협상 내용이 거짓임이 탄로 났다. 심유경은 일본으로 탈출하려다가 경북 의령에서 양원에게 체포되어 황제를 기만한 죄로 처형되었다.

결과야 어찌 되었든 간에 심유경은 전쟁 내내 명과 일본 그리고 조선의 중간에서 적진을 오가며 협상을 진행하면서 명군의 평양성 탈환, 일본군의 한성 철수 문제 등을 조율하면서 나름대로 전쟁에 기여한 바가 큰 인물이었다. 또한 전쟁보다는 평화적인 협상을 통해 삼국의 이해관계를 조정하려 한 점은 인정할 만했다. 그는 무장이었지만 칼보다는 말의 힘을 믿은 사람이기도 했다.

고니시의 일본군 진영에 겐소가 있었다면 명군 진영엔 심유경이 있어서 두 측의 대변인 노릇을 한 거였다. 누가 더 교활하고 음흉한 자였는가 하는 것은 판단하기 어려웠다. 양측이 모두 두 사람을 내세워 기만적인 협상을 진행하는 동안 명군의 평양성 탈환, 일본군의 진주성 공략 등 양측은 서로를 기만하고 이용했다. 한 가지 차이가 있었다면 고니시와 겐소가 히데요시와의 교감 속에서 기만적인 협상을 진행했다면 심유경은 개인의 자의적인 판단에 의해서 협상 내용을 마음대로 재단했다는 거였다. 그는 히데요시의 요구조건이 말도 되지 않는다고 판단하고 봉공과 조공 문제만을 황제에게 보고했다. 그것이 그가 생각한 예이고 충이었을지도 모른다는 생각이 들지 않는 것은 아니었다. 하지만 그는 경솔했다. 어쩌면 어느 순간 상황을 자기 마음대로 주무를 수 있다고 생각했었는지도 모를 일이었다. 지나친 자신감이 부른 실수였다.

심유경은 거짓보고를 통해서라도 일본군의 철수를 앞당겨 전쟁을 종식시키는 것이 현명한 일이라고 판단했지만 고니시가 히데요시의 거짓 항복문서를 명나라 측에 건네줘서라도 명군의 철수를 도모하려 한다는 속셈을 간파하진 못했다. 이미 알고도 서로 모른 척 한 것인지도 모르겠다. 당시에 고니시나 그의 참모들은 명군의 개입만 없다면 조선에서의 싸움은 해볼 만하다는 생각이었다.

"심유경이 히데요시의 요구조건을 그대로 명의 황제에게 보고했으면 어떻게 됐겠는가? 그렇게 했으면 과연 히데요시의 재침을 막을 수 있었을까?"

유 제독이 심각한 표정을 지으며 말했다.

"사실을 사실대로 보고하는 게 신하된 자의 도리라고 생각합니다. 그 이후의 판단은 황제가 할 일이 아닙니까?"

정경달이 대답했다.

"그런 책에나 있는 얘길 듣고 싶은 게 아니다. 히데요시는 어차피 재침의 명분을 찾고 있었을 뿐이야. 안 그런가?"

"그럴지도 모르죠."

"그럴지도 모르는 게 아니라, 그런 거다."

"그렇게 단정적으로 말할 수 있는 건 아니지요. 제독께서 히데요시는 아니지 않습니까?"

정경달이 웃으며 말했다.

"그렇긴 하지. 하지만 일의 흐름이 그렇다는 얘기다. 고니시가 거짓 항복 문서를 작성해서 줬다고 처벌을 받았다는 얘길 들어봤는가?"

유 제독이 낮게 한숨을 내쉬며 말했다.

"그것까지야 소장이 어찌 알 수 있겠습니까."

정경달이 말했다.

"그대들은 적도 모르면서 어찌 싸움을 하는가? 뒷골목의 왈패들 싸움도 아니고 무조건 치고받는다고 싸움이 되는가?"

유 제독이 혀를 차며 말했다.

"소장은 정치적인 술수에 대해서는 잘 모릅니다."

"정치적 술수라? 그걸 말이라고 하는가? 변방에 있는 소국의 일개 범부다운 말이로구나. 정치야말로 진짜 싸움이다. 정치를 모르고 어찌 큰 싸움을 할 수 있는가? 그러니 그대들이 어찌 천하를 주무르고 있는 대국의 병법을 이해하겠는가? 가소로운 일이다."

유 제독이 맘껏 기지개를 펴며 말했다. 주위에 있던 그의 부장들도 덩달아 어깨에 힘을 주며 머리를 연신 끄덕였다. 하지만 정경달도 그냥 물러서지 않았다.

"제독의 말씀대로 소장은 역시 소국의 범부에 불과해서 대국의 병법을 이해하기엔 역부족인 듯합니다. 하오나 우리말에 변죽만 울리다 만다는 말이 있습니다. 병서엔 없는 천한 말이오나 지금 제독의 태도가 혹시 그 말에 합당할 듯도 합니다."

이번에도 역관이 잠시 당황하는 기색을 보이더니 애써 통역을 했다. 여기저기서 웅성거리는 목소리가 들리기 시작했다. 유정의 기색도 그리 편해 보이지는 않았다. 하지만 그는 평정심을 유지하려고 애썼다.

"내 말이 너무 어려우냐? 역관의 능력 문제인가? 벽에 대고 얘기하고 있는 듯하구나."

유 제독이 다시 한숨을 내쉬며 말했다. 역관의 안색이 편치 않아 보였다.

"어려운 것이 아니오라 피비린내 나는 전장에서 하는 말치고는 제독의 말이 너무 높습니다."

정경달이 막사의 천정을 올려다보며 말했다.

"그대가 정녕 피맛을 보고 싶은 게로구나."

유 제독이 막사의 한편에 놓여있는 장군도를 바라보며 말했다. 잠시 제독의 눈에 살기가 스쳐지나갔다. 그러나 다시 태연한 척 입을 열었다.

"천병의 강함은 칼날의 날카로움에 있지 않고 진퇴의 사실 유무에 있지 않다. 천병은 오직 도로써 변방을 어지럽힌 어리석은 자들을 어루만질 뿐이다. 지난 임진년에 심유경은 혈혈단신 적진에 들어가서 몇 마디 말로써 왜적들을 한성 이남으로 내쫓았다. 천병 100만이 파병된다는 소문만으로도 왜적은 평양과 서울을 버리고 물러갔다. 이것이 대국의 병법이다. 아무리 교활하고 흉포한 왜적이라고 하더라도 하늘의 순리 앞에선 어쩔 수 없는 것이다."

유 제독이 다시 근엄한 목소리로 말했다.

"하늘에 대고 쏘아대는 공포와 허풍이 결국 대국의 병법이란 말로밖에 소장의 귀엔 들리지 않습니다."

두 사람의 말은 계속 원점을 맴돌고 있는 듯했다.

"그대가 천병을 욕보이고도 정녕 살기를 바라는가?"

유 제독의 인내도 한계에 다다른 듯 보였다.

"소장이 목을 내놓고 전장을 누빈 것이 이미 7년이옵니다. 뭘 더 살기를 바라겠습니까? 죽는 것이 겁이 났다면 애초에 여기에 오지도 않았을 것입니다."

정경달이 물러서지 않고 말했다. 그의 몸에선 삶에 대한 집착을 벗어던진 자의 결기가 묻어났다. 상대의 결기가 느껴졌는지 유 제독은 다시 숨을 고르고 조용하게 말문을 열었다.

"전투는 전투에 의해서만 중지시킬 수 있는 게 아니다. 힘으로 상대를 제압하는 데도 한계가 있는 법이다. 상대를 죽여야만 해결할 수 있는 일도 별로 없다. 발품을 팔고 말품을 한 번 더 팔아서라도 한 사람이라도 더 살릴 수 있다면 피차 그 길을 가야하는 것이 아래로 수하들을 거느린 장수들이 가야할 길이 아니냐? 그대나 그대의 통제사는 어찌 죽을 길만 찾는가? 칼 찬 무장으로서 비장한 면이 없는 것은 아니나 그대들은 너무 고지식한 면이 있는 것 같구나. 그대들의 통제사는 그렇게 해서 부하들은커녕 자신의 목숨이나마 보존할 수 있다고 하더냐?"

유 제독이 자식을 타이르듯이 제법 고즈넉하게 말했다. 그의 말을 듣고 있다 보니 그가 그동안 적극적인 전투를 회피한 것이 단지 그가 소심하거나 용기가 없는 인물이어서만은 아닌 것 같았다. 어쩐지 소심하게 비춰지는 그의 모습 뒤론 인간에 대한 연민과 하찮은 부하들의 목숨조차 소중히 여기는 어진 마음이 누구보다도 깊숙이 자리 잡고 있는 게 아닌가 하는 생각이 들기 시작했다. 단순히 남의 나라 전쟁이라서 그가 전투를 회피하고 있다고만 생각되지 않았다. 물론 그에겐 자신의 병사들을 보존해서 귀국해야할 현실적인 이유가 숨어 있을 수도 있었다. 명나라도 국내 사정이나 북방의 사정이 여의치 않다는 소문은 이미 들어서 나도 알고 있었다.

"소장들은 무장으로서 나라의 치욕을 안고 더 이상 살기를 바라지 않습니다."

정경달이 다시 말했다.

"쯔쯔, 안타까운 일이로구나."

유 제독이 한숨을 내쉬며 눈을 내리 감았다. 그가 느끼고 있는 답답함이 옆에 있던 내게도 전달되어 왔다. 그때 막사의 문을 열어젖히며 거구의 진린이 들어섰다. 분기탱천한 모습이었다. 조·명 연합군의 수륙협공 작전이 유정의 소극적인 공세로 실패로 돌아간 일 때문에 화가 몹시 난 표정이었다. 수군 도독 진린이 들어서자 갑자기 막사 안이 꽉 찬 것 같았다. 막사 안의 긴장감이 한층 더 팽팽해졌다.

"제독! 군령을 기만하고 천병의 위신을 땅에 떨어뜨리고도 어찌 살기를 바랄 수 있겠습니까!"

진린이 호통을 치듯 말했다. 상관에 대한 예의도 체신도 벗어던진 듯했다.

"어허, 진 도독까지 왜 이러시오? 여긴 지금 이 통제공이 보낸 사람들도 있는 자리요. 체통을 지키시오, 진 도독!"

유 제독이 흥분한 진린을 진정시키려 했다.

"체통이요? 제독께서노 부끄러움이 뭔지 아시는 겁니까? 소장은 이 통제공 보기가 부끄러워서 차마 고개를 들고 다닐 수도 없습니다. 이게 다 제독의 그 신중한 전술 덕분입니다."

진린이 흥분을 가라앉히지 못하고 다시 말했다.

"진 도독! 같은 수군이라고 그새 벌써 이 통제사와 동병상련의 정이라도 생긴 게요? 그댄 조선 수군이 아니라 천병임을 명심해야 할 것이오."

유 제독이 흥분한 진린을 향해 엄중하게 말했다. 잠시 막사 안에 긴장감이 다시 흘렀다. 진린은 자신의 분노를 주체하지 못하고 몸을 부르르 떨었다. 말문이 막혔는지 대구도 하지 못했다. 그 틈을 이용해 유 제독이 다시 입을 열었다.

"쥐도 궁지에 몰리면 문다는 말이 있지 않소. 지금 고니시의 처지가 궁지에 몰린 쥐와 같소. 굳이 여기서 더 몰아치다가 해코지를 당할 필요는 없는 게요. 지금은 전세를 뒤집어야할 상황도 아니고 승패를 가름해야할 급박한 시점도 아니오. 승패는 이미 결정됐고 왜적들은 다만 퇴로를 찾고 있는 상황일 뿐이오. 물러가는 왜적의 씨를 말리고 싶은 조선인들의 마음이야 이해 못할 것도 없지만 그건 조선인들의 문제일 뿐이오. 우린 천병이란 말이오. 물러가는 왜적을 하나라도 더 죽여야 하는 것이 우리의 할 일이 아니라 퇴로를 막고 있는 자를 죽여서라도 이 전쟁을 조금이나마 일찍 끝낼 수 있다면 그렇게 하는 것이 천병인 우리가 해야 할 일임을 진 도독은 모르셨습니까? 그게 우리의 전쟁이고 우리가 이 전쟁을 이기는 방법이오. 잊으셨소?"

유 제독이 진 도독을 훈계하며 정경달과 나를 쳐다봤다.

"제독, 전장에서 적을 앞에 두고 장수의 말이 너무 장황하십니다."

진린이 유 제독을 조롱하듯 말했다.

"진 도독, 지난 번 심유경은 무장으로서 싸울 줄도 모르고 자기가 죽을 자리도 몰라서 황제를 기만하고 속이는 짓을 했겠소? 그가 정녕 거짓말이나 하는 소인배였겠냐 말이요? 히데요시의 요구 사항을 그대로 황제에게 보고했으면 어떤 일이 벌어졌겠소? 이 전쟁이 여기서 그냥 끝날 수 있겠소? 황제는 더 많은 군대를 파병해서라도 왜적을 토벌하려 했을 것이고 더 많은 명군이 파병되면 전쟁은 확전이 불가피 했을 것이오. 그러면 명이 아무리 대국이라고는 하나 북방의 상황도 심상치 않은 마당에 군사나 군비를 얼마나 더 감당할 수 있었을 것 같소? 또 조선은 파병된 명군의 뒷바라지를 얼마나 더 해낼 수 있었을 것 같소? 지금도 몇 만 되지도 않는 명군의 군량미를 조달하느라 조선의 재정이 휘청거리고 있는 게 어제 오늘의 일이 아니라고 알고 있소. 명군의 싸움은 파병 그 자체에 있었지 실질적인 전투에 있지 않았소? 진 도독이 지난 몇 달 간 진선과는 먼 강화도에 들어박혀 있기에 이런 우리의 입장과 전략을 잘 이해하고 있는 줄 알았소만, 막바지에 이제 와서 이 웬 망발이요?"

유 제독이 진 도독을 노골적으로 나무라며 말했다. 유 제독도 화가 날 만큼 났는지 옆에 조선 수군 쪽 사람들이 있는 것조차 의식하지 않고 말을 했다. 유 제독의 말은 나름대로 일관성이 있었다.

"진 도독, 이성적으로 판단하시오. 아까 나보고 부끄럽지 않냐고 했소? 그대도 부끄러움이 뭔지 아시오? 내게 부끄러움은 이 싸움에서 한 발짝 뒤로 물러서는 것이 아니라 내 부하들을 무모하게 죽이는 것이오. 아시겠소, 진 도독! 여기는 그대나 내가 죽을 자리가 아니란 사실을 명심하시오. 내게 적은 내 부하들의 생명을 위협하는 자요. 보이는 게 다가 아니오."

유 제독이 의미심장한 미소를 지으며 정경달과 내 쪽을 다시 쳐다봤다. 진린은 아직 화가 풀리지 않았는지 붉어진 얼굴로 막사의 천정만 쳐다보다가 아까 들어올 때처럼 느닷없이 나가버렸다.

정경달도 유 제독으로부터 들어야할 말은 다 들었다고 판단했는지 가볍게 읍하는 듯 하더니 막사를 나가버렸다. 막사 안에는 유 제독과 제독의 부장 한 명만이 나와 함께 남았다.

"그대는 뭔가?"

제독의 부장이 나를 보고 말했다. 왜 나가지 않냐는 물음이었다. 유 제독도 나를 의아스럽게 바라봤다.

"소인은 일본어 역관 손문욱이라고 합니다. 소인이 비록 미천하오나 제독의 말씀에 공감하는 부분이 많습니다."

나는 솔직한 내 심정을 말했다. 조선 진영에 투항한 이후 내가 느끼고 있던 갑갑함이 유 제독의 말을 듣는 동안 나도 모르게 어느 정도 뚫리는 느낌이 들었다. 임진년 개전 초와 정유년 재침 이후 한동안을 제외한 나머지 시간 동안 전선은 남해안 일대에서 교착 상태에 놓여 있었다. 조선군도 명군도 일본군도 이렇다 할 돌파구를 마련하지 못하고 있었다. 어느 쪽도 상대방을 완전히 제압할 만한 전력은 보유하지 못하고 있는 상태였다. 세 나라의 군사들은 제 각각 지쳐갔고 전쟁터가 된 조선의 백성들의 삶은 피폐해질 대로 피폐해져 있었다. 여기저기서 굶어죽은 시체가 산처럼 쌓여갔다. 시체를 파먹고, 남편이 아내를, 아내가 어린 아이를 잡아먹었다. 살아있는 자들은 악귀처럼 변해갔다.

이제는 싸움을 정리해야 할 때였다. 유 제독의 말대로 더 이상 싸움으로 싸움을 정리할 수는 없었다. 서로가 이길 수 없는 싸움이었다.

"내 말에 공감하는 부분이 많다? 그대는 어느 나라 사람인가?"

유 제독이 말했다.

그의 옆에 있던 부장이 귓속말로 뭔가 나에 대한 정보를 일러주고 있는 듯했다. 이미 나에 대한 정보가 명의 육군 측에도 들어가 있을 거였다.

"이 자가 바로 그 자인가?"

유 제독이 자신의 부장에게 물었다. 부장이 고개를 끄덕였다.

"그대에 대한 얘기는 들은 적이 있다. 내 말에 느낌이 있었다 했는가? 그래, 그대라면 내 말이 무슨 말인지 이해할 수 있을 것도 같군. 그런데 아까 그 자는 왜 그 모양인가? 시정의 장사꾼들이 밀린 외상값을 요구하듯 보챌 줄 밖에 모르는 인간들이 아닌가? 조선의 임금이나 장수들은 보챌 줄 밖에 모르는가?"

유 제독이 한심하다는 듯이 말했다.

"그건 또 그들의 일이 아니옵니까."

물러설 수 없는 이순신과 그 수하들의 마음을 헤아리며 내가 말했다.

"그게 또 그런가? 그댄 이걸 본 적이 있는가?"

유 제독이 탁자 위에 있던 뭔가 적힌 종이를 내 쪽으로 밀었다.

몸이여, 이슬로 와서 이슬로 가니,

오사카의 영화여, 꿈속의 꿈이로다.

"이것이 뭡니까?"

짐작이 가는 것이 있었으나 확실치 않아 그에게 물었다.

"히데요시의 유언시란 거다. 결국 이런 말이나 할 자가 그동안

세상을 피로 물들였던 거다. 삶의 허망함에 대한 분풀이가 그가

일으킨 전쟁의 의미였던가? 허무가 너무 깊지 않은가."

유 제독이 깊은 한숨을 내쉬며 말했다. 내 두 다리에서도 맥이

풀려나가는 걸 느낄 수 있었다. 그의 가볍고 허망한 꿈속에서 그

많은 생명들이 죽어나간 사실을 사실로서 나는 인정할 수 없었다.

차라리 그가 내걸었던 '천하포무天下布武'의 기치 아래서라면 덜 허

망할 것 같았다. 그도 결국엔 감상적이고 나약한 한 인간에 불과

했던 것일까 하는 의문이 순간적으로 들었다.

"전쟁은 허무한 것이다. 누군가를 죽여서 이뤄야 하는 꿈이라

면 그건 허망한 것이다. 하지만 때론 누군가를 죽여서 꿈을 이뤄

야할 때도 있는 법이다. 그대는 한때 일본군을 위해서 일한 적이

있다고 들었다. 일본군을 위해서 일했다면 이번엔 우리 명군을 위

해서 일하지 못할 이유가 없다. 안 그런가? 명군이든 조선인이든

저 죄 없는 목숨들을 하나라도 더 살려야 하지 않는가. 지금은 명군을 위해서 일하는 것이 곧 조선을 위해서 일하는 것이다. 그대나 나나 지금 이 전쟁을 조금이라도 일찍 끝낼 수 있는 방법을 알고 있다. 무슨 말인지 알아들었으면 돌아가라."

유 제독이 할 말을 다 했다는 듯이 돌아섰다. 나는 잠시 내 꿈의 허망함에 대해서 생각하며 제독의 막사를 나왔다. 함께 온 정경달의 모습은 보이지 않았다. 나는 막사 주변을 둘러보았다.

왜교성으로부터 멀리 물러나 있는 명군들의 경계는 느슨했다. 옷을 벗어서 이를 잡고 있는 병사도 있었고 아무렇게 누워서 쉬고 있는 병사들도 있었다. 명군들 사이로 지게나 달구지를 끌고 지나가는 조선인들도 눈에 띄었다. 다 헤진 옷과 짚신에 머리는 하나같이 봉두난발인 노인들이었다. 퀭한 눈엔 눈곱마저 끼어 있었다. 명군 진영으로 군량미를 나르는 조선인들이었다. 그들은 하나같이 굶주린 모습이었다. 자신들은 먹지도 못할 군량미를 지어 나르느라 피골이 상접한 노인들이 겨우겨우 꼼지락 거리고 있는 모습이 안쓰러웠다.

한동안 그들의 모습에서 눈을 떼지 못하고 있을 때 누군가 다가와 내 옆구리를 건드렸다. 승복을 걸친 그자의 모습이 낯익었다. 겐소가 부리고 있는 자임에 틀림없었다. 임진년부터 겐소의 수족 노릇을 해오고 있는 하루키였다. 두뇌가 명석하고 행동이 민첩해서 겐소가 신임하고 있는 자이기도 했다. 용케도 아직까지 살아남은 모습을 보니 어쨌든 잠시 반가웠다. 그러나 내색은 할 수 없었다. 그가 나와의 접촉을 사전에 지시받은 모양이었다. 그는 주변을 돌아보며 갈 길을 찾는 사람처럼 두리번거리며 자연스럽게 지나치며 내게 말을 했다. 잠시 눈이 서로 마주쳤다.

"11월 18일 저녁이오. 그 이전에……그럼."

남해안에 집결한 일본군의 총퇴각 일자는 원래 15일이었다. 하지만 광양만을 봉쇄한 이순신의 함대 때문에 계획에 차질이 생겼다. 일본군의 총퇴각 일정이 다시 18일 저녁으로 연기된 모양이었다. 하루키는 그 사실을 나에게 전하고 사라진 거였다. 하루키가 사라진 쪽에서 종사관 정경달이 걸어오고 있었다. 그의 뒤쪽에 있는 산에서 봉화가 오르고 있었다. 왜교성 쪽에서 올리는 봉화였다. 해안선과 해안선 가까이 흩어져 있는 섬을 따라서 봉화는 부산 쪽으로 이어져 나갈 거였다. 일본군들의 총집결을 알리는 신호처럼 보였다. 봉화 연기는 일본군들이 퇴각해야할 방향을 가리키고 있었다.

그날 밤 장군의 부장인 송희립이 내 숙소로 찾아왔다. 그의 손엔 술병까지 들려 있었다.

"변변찮은 술이지만 손 역관과 이렇게라도 한잔은 해야 할 것 같아서 왔네."

송희립이 내가 내온 막사발에 술을 따르며 말했다. 그동안 애써 말은 하지 않고 있었지만 나 때문에 장군의 부하 누구도 마음이 편치 않았을 터였다. 몇 년 동안 일본군들과 싸워온 그들에게 나는 고작해야 일본군 부역자나 배신자였고, 간자일지도 모르는 경계의 인물일 뿐이었다.

"이 전쟁이 끝나고 만약에 살아남는다면 자넨 무얼 하고 살 건가?"

송희립이 심상한 얼굴 표정을 하고 물었다. 구체적으로 생각해 본 바가 없는 질문이었다. 여자가 기다리고 있을지도 모를 대마도로 다시 돌아가고 싶다고 말할 수는 없었다.

"글쎄요. 고향으로 돌아가서 하던 일이나 계속해야겠지요."

"하던 일이라면?"

송희립이 내 얼굴을 더듬으며 물었다.

"할 줄 아는 게 일본말뿐이오니 왜관에서 장사꾼들 흥정이나 붙이며 먹고 살아야겠지요."

"몇 년 동안 원수로서 싸웠는데 일본 놈들과 다시 오가며 장사를 할 수 있을 것 같은가?"

송희립이 말도 안 된다는 듯이 말했다.

"아무리 미운 이웃이지만 평생 말을 안 하고 살 수는 없는 일 아닙니까. 히데요시도 죽었다고 하니 새로 권력을 쥔 자는 반드시 다시 조선과 국교와 통상을 정상화 하려고 할 겁니다."

나는 상식적으로 예측할 수 있는 정세에 기초해서 말했다.

"그렇다면 자네 같은 자들만 다시 살 맛 나겠군. 말도 통하겠다, 일본과 조선을 자유롭게 오가면서 이쪽저쪽에서 이문을 취할 테 니 말일세. 손 역관이 물 만난 물고기가 되겠구려. 이거 손 역관 에게 잘 보여야겠구먼. 전쟁이 끝나고 나면 우리 같은 무관들이야 다시 개털이 되는 건 시간문제니까."

송희립이 냉소적인 표정을 지으며 말했다.

"나를 이문만 좇는 장사꾼으로만 보는군요."

"아닌가? 살기 위해서라면 일본 놈이든 명나라 놈이든 아무 놈 밑에서건 빌붙어서 살아남는 자들이 다 그런 거 아닌가!"

송희립의 목소리가 다소 격앙되고 있었다.

"나는 나서서 내 목숨을 구걸 한 적이 없소. 죽이고 싶으면 죽이 고 살리고 싶으면 살리는 것은 칼을 쥔 자의 선택이지 나의 선택 이 아니지 않소. 저들이 쓸모가 있다고 판단해서 죽이지 않는 걸 내가 굳이 나서서 죽음을 자처할 필요는 없었을 뿐이오."

나는 다소 비굴하지만 억울한 마음도 없지는 않아서 항변을 하 듯 말했다.

"결국 저들의 쓸모를 위해서 한 일이 조선 백성을 죽이고 조선 의 재물을 약탈하는 일 아니었나? 자네의 목숨을 보전한 대가로 조선 백성을 죽이고 재물을 약탈하는데 앞장 선 것이라면, 그래도 자네의 행동을 정당화 할 수 있겠는가? 그 모든 게 조선의 안녕과 조선 백성의 안위를 위해서 한 일이라고 말할 수 있는가 말이네."

송희립이 정곡을 찌르고 들어왔다. 딱히 할 말은 없었으나 뭔가 억울한 감정의 앙금은 남았다. 그냥 물러설 수는 없었다.

"이 나라의 임금이나 조정의 대신들은 자신과 자신의 일족의 목숨과 재산을 지키기 위해서 먼저 도망갔고, 지금도 여전히 백성들만을 사지로 몰고 있소. 무관인 당신들도 나라를 지키기 위해서 라곤 하지만 결국 자신들이 살기 위해 부하들을 전장으로 내몰고 있는 거 아니요? 순수하게 종묘사직과 백성의 안위를 위해서 싸우는 거라고 말할 수 있는 자가 누가 있겠소? 누구도 내 목숨을 지켜줄 수 없는 상황에서 나는 그저 내 스스로 살아남았을 뿐이오. 죄가 없다고는 할 수 없으나 누구도 그런 나를 탓할 수만은 없는 거 아니요? 내가 조선 백성으로서 무난히 살 수 있었다면 굳이 일본 놈들의 개 노릇을 했겠소. 나를 부역자라고, 배신자라고 욕하고 매도하기 전에 권력을 독점하고 나라의 녹을 먹으면서도 백성의 안위를 지키지 못한 당신 같은 양반들부터 반성해야 하는 일 아니요?"

나는 그 동안의 내 처신이 떳떳하다고는 할 수 없으나 적어도 조선의 임금이나 나라의 녹을 먹고 있던 대신이나 관료들에게 매도를 당해야할 일은 아니라고 생각하며 말했다. 먼저 백성들의 지탄을 받아야 할 자들은 그런 자들이었다.

"궤변이다. 앞으로도 계속해서 그런 궤변을 펼치며 외세에 빌붙는 너 같은 부류의 인간들이 나올까봐 걱정스럽구나."

송희립이 방문을 열더니 밤하늘을 쳐다보며 푸념하듯 말했다.

"그런 걱정을 하기 전에 그런 인간들이 나오지 않도록 나라를 잘 다스리는 일이 먼저 아닙니까?"

"역관이라더니 역시 말로는 못 당하겠구나."

"이치가 그렇다는 것입니다."

그와 나는 동시에 술잔을 비웠다. 등줄기로 찌릿한 기운이 퍼졌다. 송희립이 자리에서 일어났다.

"자네를 장군선에 태우라는 장군의 지시네. 하지만 우린 아직 자네를 믿지 않네. 자네의 마음속에 혹시 어떤 생각이 담겨있는지 모르나 이 전쟁이 끝날 때까진 마음속에 그냥 담아두게. 장군 곁엔 항상 내가 있다는 걸 명심하게. 이 전쟁도 이젠 끝이 보이지 않나?"

송희립이 방문을 나서며 말했다. 그는 결국 그 말을 하기 위해 나를 찾아온 거였다. 나는 문 앞에서 그를 그냥 배웅했다.

겨울로 접어들기 시작한 남해 바다의 바람은 차가웠다. 이순신

74

과 조선 수군은 이미 며칠 전에 고금도 수군 진영을 버렸다. 그의 머릿속엔 다시 고금도로 돌아올 계획이 없는 듯했다. 마지막 결전을 위해 그와 조선 수군은 모항을 버리고 나섰다. 진린의 명나라 수군도 멀리서 조선 수군의 뒤를 따랐다. 보는 눈이 있고 스스로 지은 죄가 있어서인지 진린은 나서서 이순신의 앞길을 가로막진 못했다. 이순신의 명분 앞에 명군의 정치적 계산은 드러내놓고 내세울 만한 것은 아닌 듯했다. 적어도 그렇게 보였다.

이순신과 그의 수군은 점차 광양만을 중심으로 다가서고 있었다. 일본군들의 철수작전이 완료되었다는 첩보가 속속 그의 함대에 도착하고 있었다. 함대의 선두가 오동도를 지날 때 나는 마지막으로 이순신을 설득하기 위해 그와 대면했다. 그는 또 뭔가를 쓰고 있었다. 틈이 있을 때마다 그는 그렇게 뭔가를 쓰고 기록했다. 평소의 그는 내면이 복잡하고 생각이 많은 인간이었다. 그만큼 치밀하다는 소리도 됐다. 어쩌면 그 치밀함 속에 자신의 죽음까지 계산해놓고 있는지도 몰랐다.

"장군, 이대로 가시면 목숨이 정말 위태롭습니다. 함대를 뒤로 물리심이 좋을 듯 합니다만."

나는 진심으로 그의 안위가 걱정이 됐다. 더더구나 내가 그의 목숨을 거둬야 하는 일이 없기를 바랐다.

"이미 내놓은 목숨이다. 어찌 살기를 바라겠느냐."

이순신의 목소리는 담담했다. 배가 물살에 흔들리고 있었다. 그는 태연히 붓을 놀리며 말하고 있었다.

"장군은 그렇다 치고 조선 수군과 부하들의 안위는 어찌 되는 것입니까?"

나는 수군과 부하들에 대한 그의 애정과 연민에라도 호소하고 싶은 심정이었다. 그가 잠시 놀리던 붓을 멈췄다.

"죽고 사는 건 모두 하늘의 운명이다. 이제 와서 새삼 그걸 말해야 뭘 하겠느냐. 각자의 운명에 맡길 뿐이다. 나머진 모두 살아남은 자들의 몫이다."

그의 목소리가 좀 더 가라앉는 듯했다. 그가 다시 붓을 놀리기 시작했다.

"평소의 장군답지 않으신 말씀입니다."

"평소의 나답지 않다? 네가 평소의 나를 아느냐?"

그의 갑작스런 질문에 나도 잠시 멈칫할 수밖에 없었다. 나는 얼마큼 지금 내 앞에 있는 사람에 대해서 알고 있는 것일까 하는 의문이 순간적으로 들었다. 우린 그동안 같은 전쟁에 휘말려 있었으나 각자 다른 전쟁을 해왔는지도 모를 일이었다. 그가 처해있던 위치가 달랐고 내가 있던 위치가 달랐다. 그와 직접 마주한 시간도 길지 않았다. 오히려 나는 그와 적으로 대치하고 있었던 시간이 더 많았다. 하지만 적진에서 본 그의 모습이 오히려 객관적인 그의 모습일 수도 있었다.

그는 매우 경제적으로 전투를 하는 장수였다. 수십 차례의 엄청난 전과에도 불구하고 그가 거느린 수군의 피해는 항상 경미한 것이었다. 그는 조선 수군의 약점을 은폐하고 장점을 극대화 하여 적을 격파할 줄 알았다. 그는 함부로 부하들을 사지로 몰아넣지 않았으며, 이길 수 있는 곳에서, 이길 수 있는 방법으로, 이길 수 있는 상황을 만들어, 이길 수밖에 없는 전투를 수행했다. 그는 칼을 잘 쓰는 일본군들의 도선을 쉽게 허락하지 않았다. 자신의 부하들이 적의 조총과 칼날 앞에 직접 노출되는 것을 근본적으로 차단하기 위해 부단히 노력했다. 그러기 위해선 함선의 방탄 능력을 강화하고 상대의 전선이 접근하기 전에 먼 거리에서 부숴야만 했다. 그는 그동안 조선이 개발해온 대포들을 전선에 싣고 먼 거리에서 적선을 공격하는 전술을 개전 초부터 써왔다. 육상에서 맹위를 떨치던 일본군의 조총도 조선 수군의 함포 공격 앞에선 무력화되지 않을 수 없었다. 거북선은 물론 판옥선의 방탄 능력을 강화시키기 위해 철갑과 방패의 두께에도 신경을 썼다. 그는 적을 한 명이라도 더 죽이는 것보다 자기 부하의 목숨을 하나라도 더 살리는 것이 더 중요하며, 결국은 그것이 이기는 것이라는 사실을 알고 있는 사람이었다. 그런 그가 지금 각자의 운명 운운하고 있는 거였다. 물론 그렇다고 그가 지금 부하들을 함부로 사지로 내

몰고 있는 것은 아니었다. 다만 그는 지금 피할 수 없는 싸움과 피해도 좋은 싸움의 기로에서 자신과 부하들의 운명을 실험하고 있는 거였다. 나는 그가 한발 물러서기를 바랐다. 명나라 수군의 뒤에 숨는 걸 조선 수군이나 그의 자존심이 허락하지 않는다면 명군과 어깨를 나란히 하는 정도라도 좋았다. 굳이 앞장서서 도망가는 적의 앞길을 막아설 필요까지는 없다는 것이 내 생각이었다.

"불필요한 싸움입니다. 부디 장군과 부하들의 목숨을 위해서라도 한발 뒤로 물러설 때입니다. 지금까지 장군은 백성들을 살리고 부하들을 살리기 위한 싸움을 해왔습니다. 하지만 지금 장군이 하려는 싸움은 단지 죽이기 위한 전쟁일 뿐입니다."

그가 놀리던 붓을 멈추고 고개를 들어 나를 바라봤다. 순간적으로 허를 찔린 사람처럼 잠시 미동도 하지 않은 채 나를 바라만 보고 있었다. 그의 눈은 나를 바라보고 있는 듯했으나 생각은 딴 데 있는 듯했다. 내가 다시 입을 열 수밖에 없었다.

"명의 수군과 함께 도망가는 왜적을 뒤쫓는 형세를 취하면서 이 지긋지긋한 전쟁을 마무리 하면 되지 않겠습니까? 굳이 적이 퇴로를 정면으로 막고 서서 서로의 목숨을 위태롭게 할 필요는 없지 않겠습니까? 평상심을 되찾을 때입니다, 장군."

그는 내 말을 무시하지는 않았지만 듣고 있는 것도 아닌 듯했다. 그는 이미 자기만의 생각에 갇혀 있었다.

이윽고 그가 다시 입을 열었다.

"나는 단지 조선의 장수로서 항복하지 않고 도망가는 적의 종자를 박멸하려 할 뿐이다. 무슨 말이 그리 번잡한가? 물러가라. 이제 곧 적들을 맞아야 한다. 더 이상 삿된 말로 나와 군사들의 마음을 어지럽히지 마라. 군령에 따라 처리할 것이다."

그의 목소린 낮았으나 단호함이 배어 있었다.

"장군!"

내가 다시 입을 열자 장군의 옆에 있던 종사관이 나를 보며 눈을 흘겼다. 하지만 나는 거기서 멈출 수 없었다.

"무엇이 두려운 것입니까, 장군! 도망가는 적을 그냥 놓아 보냈다는 임금의 질책이 두려우신 겁니까, 아니면 아들의 죽음에 대한 개인적인 원한 때문입니까? 이건 전혀 장군답지 않으신 결정입니다."

나도 모르는 사이에 소리를 지르듯 내 목소리가 커졌다. 종사관이 자리에서 일어났다.

"도대체 무엇이 나답지 않다는 소리냐? 적을 박멸하는 것이 내 소임이고 그동안 나는 그 소임을 다해왔다. 이제 나는 내 마지막 소임을 다하려는 것뿐이다. 네 말은 지금 도망가는 적에게 자비를 베풀라는 말로밖에 들리지 않는다. 자꾸 그런 소리를 하면 나도 너를 왜적의 간자로밖에 볼 수 없다. 이제 그 입 좀 다물고 그만 물러가라. 명령이다."

그가 단호하게 말했다. 종사관이 내 팔을 잡아끌었다. 나는 결국 그를 설득하지 못했다. 내 설득엔 분명히 한계가 있었다. 내가 탄 함선은 죽음을 향해 조금씩 더 다가가고 있었다.

어둠이 내리고 일본군이 주둔한 해안과 섬에서 일제히 봉화가 올랐다. 음력 11월 18일 저녁이었다. 순천의 고니시 부대가 드디어 육군과 수군을 모두 배에 실었다. 사천의 시마쓰요시히로와 남해에 주둔하고 있던 소요시토시와 그 부하들도 전선을 노량 앞바다로 집결시켰다. 협공을 하여 함께 탈출하기 위한 술책이었다. 순천 왜교성에 집결한 고니시와 그를 돕기 위해 오는 사천과 남해의 시마즈군을 모두 합하면 6만여 명에 최소한 1,000척 이상의 크고 작은 함선이 집결하여 남해도 근처로 빠져나갈 것으로 도독부와 이순신은 예상하고 있었다. 순천과 남해 그리고 사천의 일본군이 한곳에 집결하여 공격해온다면 이순신의 수군은 그들을 감당하기가 힘들 것이었다. 그들의 전선이 한곳에 집결하기 전에 각개 격파를 해야만 했다.

부산과 울산 쪽에 주둔하고 있던 가토의 수군들은 며칠 전부터 이미 철수를 시작하고 있었다. 조선과 명나라 수군의 힘이 거기까지 미치지는 못했다. 그들은 별 저항 없이 귀국할 거였다. 조선과 명나라 육군은 그들이 불살라 버리고 떠난 왜성에 그냥 무혈 입성할 것이 뻔했다.

사천의 시마즈 함대와 남해의 소요시토시 함대가 먼저 노량으로 움직이기 시작했다는 정보를 척후선으로부터 보고 받은 이순신은 일시에 양쪽의 일본군을 막을 수는 없다고 판단했다. 이순신은 작전을 변경했다. 진린의 명 수군이 적극적으로 전투에 임하지는 않더라도 만을 봉쇄하여 대양으로 빠져나가려는 고니시 함대의 움직임을 막고 있는 동안 왜교성 쪽을 봉쇄하고 있는 조선 수군의 함대를 이동시켜 노량으로 들어오는 사천의 시마즈 함대를 먼저 공격하기로 했다. 이순신은 조선 수군을 83척의 전함에 분승시켜 관음포에 매복했다. 진린이 이끄는 400척의 명의 수군 함대는 멀리서 광양만을 봉쇄하고 있었다. 진린의 수군이 뒤쪽에 버티고 있는 한 고니시의 일본군이 이순신 함대의 후미를 공격하기는 어려울 거였다. 이순신은 그것만이라도 다행이라고 생각하는 듯했다.

관음포에 매복하기 전 이순신은 묘도에서 수하의 여러 장수들과 새로운 결전의 뜻을 다지는 의식을 행했다. 그가 배 위에서 무릎을 꿇고 하늘에 빌었다.

"이제 죽기를 원하나이다. 하지만 적들을 섬멸케 하시옵소서."

그의 기도는 나를 위한 기도처럼 들렸다. 나보고 들으라는 기도였다. 그는 나에게 자신의 최후를 부탁하고 있었다. 유언이었다. 나는 그렇게 생각했다.

새벽 2시경 고니시의 퇴로를 돕기 위해 시마즈요시히로를 선봉으로 한 일본군의 선발 함대 300여척이 먼저 노량으로 접어들었다. 그 뒤로 수백 척의 함선이 다시 꼬리에 꼬리를 물고 이어져 있었다. 보름이 지난 달이 바다를 차갑게 비추고 있었다. 장군이 타고 있는 대장선에서 공격 신호용 불화살을 쏘아 올렸다. 밤바다의 어둠보다 더 짙은 죽음의 그림자가 다가오고 있었다. 이미 시위를 떠난 화살이었다. 서로 물러설 수 없는 최후의 결전이 시작되고 있었다. 나는 이순신과 함께 대장선에 타고 있었다. 나도 살기를 바라지 않았다.

- 2

　진린의 수군은 무술년(1598) 6월 몇 달 동안 틀어박혀 있던 강화
도에서 나와 한강으로 들어왔다. 조선의 임금은 남해로 내려가는
명의 수군 도독 진린과 그 함대를 전송하기 위해 26일 남대문 밖
청파동 들판까지 나왔다. 나는 고금도의 조선 수군과 합류하기 위
해 남해로 내려가는 진린의 함대에 동승하기로 되어 있었다. 나는
임금을 수행하는 조선 조정의 신료들과 함께 청파 나루로 나갔다.
한강엔 진린이 이끌고 온 전선으로 가득 차 있었다. 명나라의 전
선들은 크고 화려했다. 겉모습만으론 천병의 위용을 자랑하고도
남았으나 오랫동안 전투를 경험하지 않은 장졸들의 얼굴에선 권
태로움마저 느껴졌다.

　진린과 그의 수군은 한강에 배를 정박하고 3일 밤낮을 그곳에
서 먹고 마시며 놀았다. 조정에서 나온 관리와 인근 고을의 관아

에서 동원된 관리와 관기들이 그들이 먹고 마시는 술과 음식을 배로 날랐고 또 접대를 했다.

임금이 보는 앞에서 진린의 군사 하나가 찰방 이상규의 목을 새끼줄로 매어 끌고 다녔다. 조선 관리의 얼굴은 온통 피투성이였다. 또 다른 군사는 고을 수령의 따귀를 때리고 욕하고 발로 찼다. 전선으로 떠나는 천병에 대한 대접이 마음에 들지 않는다는 이유에서였다. 영의정 유성룡이 역관을 통해 항의했지만 그들은 들은 척도 하지 않았다. 오히려 그에게마저 달려들어 손을 대려고 했다. 그들의 눈엔 보이는 것이 없는 듯했다. 그들 눈엔 조선의 관료들은 개나 돼지만도 못한 존재였다. 조선을 돕기 위해 왔다는 천병들의 행태가 왜군들보다 나을 것이 없었다.

명과 일본의 협상이 결렬되고 일본이 다시 조선을 재침하자 명나라는 임진년(1592) 다음해인 지난 계사년 말에 철군했던 군사를 재빨리 다시 파병했다. 조공이나 책봉의 변방 문제로 인식하고 협상을 통해 문제를 해결할 수 있다는 소극적인 자세에서 협상이 결렬되자 명나라 조정은 적극적인 공세로 조선에 있는 일본군을 몰아내기로 했다. 천자의 나라를 자처하는 명의 위신이 달린 문제였다. 연이어 정유년 7월에 칠천량에서 조선의 수군이 괴멸했다는 소식이 전해지자 일본군이 서남해를 돌아 한성은 물론 명나라까지 직접 위협할 수도 있다는 판단 하에 수군의 파병을 서둘러 결정했다.

　명나라 수군의 파병 결정에 관한 정보를 입수한 일본군은 명의 수군이 개입하기 전에 남해의 제해권을 장악하고 서해로 북상하기 위해 서둘렀다. 일본의 해군 총사령관 구키요시다카는 철천량의 여세를 몰아서 돌격전의 달인 구루시마미치후사를 선봉으로 서해로의 돌파 명령을 내렸다. 와키자카야스하루, 다토요시아키, 도도다카도라 등의 사령관이 이끄는 함대가 그 뒤를 받쳤다. 일본의 수군 사령관이 총집결했다. 이순신의 목을 베서 일본 해군의 치욕을 씻을 수 있는 기회였다. 그러나 선발로 투입된 300여 척의 일본군 전선은 울돌목에서 이순신의 함대에 의해 격침되었고 서해로의 북상은 저지됐다. 돌격장 구루시마는 전사했다. 그의 목은 잘려서 이순신 함대의 뱃전에 걸렸다. 전투에 참가한 이순신의 함대는 13척이었다. 정유년 9월 15일의 일이었다.

　이순신에 의해 울돌목에서 일본 수군이 격파되었다는 소식을 접한 진린의 명 수군은 어차피 급할 것 없다는 듯이 산동을 떠나 요동반도를 거쳐 느릿느릿 남하했다. 그의 수군은 해전에 경험이 많다는 광동성 병사들이었으나 단체 유람이라도 가는 듯이 정박지마다 들러서 고기를 잡고 술을 마시며 한가롭게 시간을 보냈다.

　진린이 이끄는 명의 수군이 강화도에 도착한 것은 정유년(1597) 10월 24일이었다. 그는 그곳에 들어가서 여덟 달 동안 움직이지 않았다. 얼핏 생각하면 조선 수군이 돌파될 것에 대비해 한성의 입구인 강화도에 최후의 방어선을 구축한 것으로 볼 수도 있었고, 반대로 시간을 끌면서 후방에서 일본군의 예봉이 무뎌지기를 기다리고 있었던 것 같기도 했다.

조선의 임금은 정삼품 접반사와 관료들을 보내 그런 명의 수군을 대접했다. 전선에서 굶주리고 있는 조선군과 백성들의 식량을 긁어다가 놀고먹는 명나라 군대의 군량미로 충당했고 술과 안주와 여자를 데려다가 그들의 비위를 맞췄다. 명군의 군량미를 대느라 굶주린 조선군은 군영을 이탈했고 의병들은 군량미 부족으로 자진해서 해산했다. 하지만 명군은 대접이 소홀하다고 하루걸러 접반사나 관리들을 때리고 욕보였다. 명의 수군은 강화도의 주민들을 데려다가 함부로 부려먹었고 재물을 약탈하고 여자들을 욕보였다. 아무도 뭐라 할 수 없었다. 명군의 눈에 띄기 전에 도망가는 것이 힘없는 백성들이 할 수 있는 일의 전부였다. 도망가다가 잡히면 천병을 욕보인 죄로 그 자리에서 목이 날아갔다.

진린이 전속 요리사만 7명이나 데리고 다닌다는 소문이 명군과 조선군은 물론 일본군 진영에까지 삽시간에 퍼졌다. 미식가인 모양이었다. 그의 섬세한 미각처럼 그가 구사하는 전략과 전술이 세밀하고 치밀하다면 일본 수군은 고전을 면치 못할 거였다. 하지만 그것이 그저 그런 식탐일 뿐이라면 진린의 수군은 조선 수군의 앞길마저 가로막는 걸림돌이 될지도 모르겠다는 생각이 들었다.

진린이 참모들을 거느리고 거들먹거리며 다가왔다. 그의 체구는 컸고 몸은 비대했다. 기름기가 도는 얼굴에선 연신 땀이 흘러내리고 있었다. 장마가 끝나고 본격적인 더위가 시작되고 있었다. 그의 앞에 놓인 당장의 적은 일본군이 아니라 그 더위인 듯했다. 그는 뭔가 마음에 들지 않는지 도열해 있는 앞줄 군사의 정강이를 걸어찼다.

"도독의 성질이 저토록 포악하니 앞으로의 걱정이 태산입니다. 전선으로 내려간다니 한시름은 놓았으나 저들이 내려가서 이순신의 권한을 침탈하고 우리 군사들을 마음대로 학대할 것이니 그게 걱정입니다."

유성룡이 진린의 행동거지를 지켜보다가 이조참판 이정형을 보며 말했다.

"그러게요. 무엇이든 제 마음대로 하려고 할 터인 즉, 이 통제사와 어찌 손발이 맞겠습니까. 괜히 통제사에게 골칫거리만 떠안기는 게 아닌지 모르겠습니다. 뭔가 대책이 있어야 하지 않을는지요?"

이정형이 혀를 차며 말했다. 이정형은 지난 정유년에 이순신을 수군통제사 직에서 해임하고 원균을 통제사로 임명해야 한다는 여론이 일방적으로 비등할 때 어전에서 이를 강하게 반대한 사람이었다. 그는 임금과 대신들이 가토기요마사의 도해를 차단하지 않고 조정의 명을 거역한 죄로 이순신의 파직을 거론하자 변경에서의 일은 멀리서 헤아릴 수 없는 일이니 조급하게 일을 처리해서는 안 된다고 말했다. 게다가 이순신을 파직한 자리에 원균을 통제사로 임명하는 일은 경솔한 일이라고 지적하며 지난 임진년 초기에 경상도 전체가 파괴된 것은 원균 때문이라고 주장하기도 했다. 지난 임진년에 경상좌수사였던 박홍과 우수사였던 원균이 싸워보지도 않고 근무지를 이탈했기 때문에 일본군들에게 조선의 바다와 부산의 교두보를 손쉽게 넘겨준 것은 사실이었다. 하지만 임금과 대부분의 조정 대신들은 그 사실마저 잊고 있었다. 유일하게 그 사실을 기억하고 있는 사람은 이정형뿐인 듯했다.

"따로 주의하라는 서찰은 통제사에게 보낼 것이나 통제사의 성격에 어찌 저런 자를 감당할 수 있을지 모르겠소."

유성룡이 탄식하며 말했다.

"이제 도독께서 남으로 내려가시니 우리 수군의 복입니다."

진린이 다가와 가볍게 군례를 올리자 임금이 진 도독을 맞으며 말했다.

"조선의 천복이오. 천병은 가벼이 움직이지 않는 군대요. 그런 천병이 노고를 무릅쓰고 이렇게 움직였으니 천병의 모습을 멀리서만 봐도 왜적은 물러갈 것인 즉, 전쟁은 곧 끝날 거요."

진린이 목에 힘을 주며 말했다.

"왜적들은 교활하고 잔인하기가 금수와 다름이 없는 자들이오. 이 땅을 짓밟고 백성들의 재산과 목숨을 약탈한 것이 어언 6년이오. 그러고도 물러갈 생각은 하지 않고 해안가마다 성을 쌓고 버티고 있으면서 오히려 중원으로 가는 길을 열라고 하니 짐의 근심이자 또 황제의 근심이오."

임금이 근심스런 목소리로 말했다.

"이제 그런 걱정은 할 필요가 없소. 한성으로 쳐들어오던 왜적들이 천병이 출병했다는 소문만으로도 겁을 먹고 남쪽 바닷가로 도망갔으니 이제 바다에서 천병의 모습을 실제로 보게 되면 아주 바다 건너 줄행랑을 칠 것이오. 그런 것이 천병의 힘이오."

진린이 거들먹거리며 다시 말했다. 진린의 말은 전장에 선 장군의 말이라기보다는 현지 사정에 어두운 관료의 말에 가까웠다.

정유년에 남원성과 전주성을 연이어 점령하고 나서 한성으로 향하던 일본군이 남해안으로 되돌아간 것은 물론 직산에서 명군에게 패한 탓도 있었다. 하지만 이순신의 수군에게 울돌목에서 패하여 수륙병진 작전이 실패로 돌아간데다, 비록 남원성과 전주성을 점령했다고는 하나 전투과정에서 왜군 또한 심각한 병력 손실을 입었고, 병참선이 길어지면서 군량미 수송에도 어려움이 있었기 때문이었다.

"그러니 진도독에게 기대하는 바가 큽니다."

임금이 진린을 추어주며 말했다. 임금의 몸과 말에선 자기 신하가 아닌 황제의 사람을 대하는 어려움과 피곤함이 배어 있었다.

"그래서 말인데, 뭐 당연한 얘기지만 조선 수군들도 앞으론 모두 내 명을 따라야 할 거요. 만약 내 명을 따르지 않고 어기는 자가 있다면 모두 군법으로 다스리고 결단코 용서하지 않을 것이오."

진린이 조선의 임금과 신료들을 향해 선전포고를 하듯이 말했다.

"지당하신 말씀이오."

임금이 고개를 끄덕이며 말했다.

"전하, 이 문제는 중요한 문제이옵니다. 좀 더 숙고해서 대답하심이 좋은 줄로 압니다."

유성룡이 임금의 뒷편에 서 있다가 조용히 말했다.

"짐도 안다. 이 말은 중요한 말이니 비변사에 알리고 의논해서 조처하라."

임금이 책임을 떠넘기듯이 말했다.

"이순신이 명장이라고는 하나 일개 변방의 장수일 뿐이오. 조선 수군도 큰 판을 주무르던 나 진린의 지휘를 받게 되면 이전과는 다른 군대가 될 거요. 이것이 다 천병의 은혜고 조선 수군의 복이 아니겠소?"

진린이 임금을 정면으로 응시하며 말했다. 무례했다.

"작고 보잘 것 없는 군대요. 장수들 또한 용렬할 것이니 아무쪼록 잘 지도해서 천병의 위용에 누가 되지 않도록 해주시오, 도독!"

임금이 간절한 어조로 말했다.

"전하, 이순신의 지휘권을 진 도독에게 넘기시면 아니 되옵니다. 앞으로의 전쟁 수행에 차질을 빚을까 염려되옵니다."

유성룡이 다시 말했다.

"알았다. 그러니 대책을 세우라는 것 아니냐."

임금이 잘라 말했다.

"전하, 일단 지휘권을 넘겨주고 나면 대책이 따로 있을 수 없습니다. 이순신의 손발을 묶어놓고나서 전쟁을 하게 할 수는 없습니다."

유성룡이 재차 간곡하게 말했다. 하지만 임금은 묵묵부답이었다. 역관을 통해 유성룡의 말뜻을 알아들었는지 유성룡을 바라보는 진린의 눈길이 곱지 않았다. 머지않은 장래에 진린의 칼에 목이 날아가는 이순신의 모습이 내 눈 앞을 스쳐지나갔다. 조선의 임금은 자국 군대의 생사여탈권을 다른 나라 장수의 손에 쥐어주면서 머리를 조아렸다. 그렇게 보였다. 나는 그런 나라의 백성으로 다시 돌아온 것이었다. 속살이 떨렸다. 아직 얼굴을 보지 못한 남해의 한 장수가 자꾸만 가엾어서 나는 속으로 울었다.

나는 명나라 수군 도독부의 참모부에 소개장과 함께 인계되었다. 나쁘지 않은 결정이었다. 명나라 수군의 실상도 파악할 겸 육로보다는 해로로 내려가는 것이 더 편할 것도 같았다. 나의 중국어 실력은 명군과의 의사소통에 그럭저럭 불편함이 없을 정도였다.

진린의 부관인 등자석이 임시로 쳐놓은 강가의 막사에서 나를 맞았다.

"일본군 내에는 그대와 같은 조선인이 많은가?"

등자석의 질문은 노골적이었으나 사적인 감정이 개입되어 있는 목소리는 아니었다. 어차피 그에겐 조선인이든 일본인이든 변방의 오랑캐에 불과할 거였다.

"일본군 점령지에 있는 조선인들은 모두 끌려가서 저들의 성을 쌓고 군선의 노를 저으며 부역을 하고 있으니, 장군께서 부역자를 말하는 것이라면 그런 자들은 수도 없이 많을 것입니다."

등자석의 말에 피곤함을 느끼며 나는 마지못해 대답했다.

"아니, 너처럼 일본군 밑에서 벼슬을 한 자들을 말하는 것이다."

원했던 대답이 돌아오지 않자 이번엔 조금 짜증이 난다는 듯이 등자석이 다시 물었다.

"부역의 형태는 다양할 것이나 저처럼 벼슬까지 한 자는 많지 않을 겁니다."

자부심을 가지고 할 얘기는 아니었으나 나는 있는 사실 그대로를 담담하게 말했다.

"그만큼 그대의 죄가 무겁다는 얘기가 되나?"

등자석이 나를 시험하듯이 말했다. 나는 아무 대답도 하지 않았다.

"자네 같은 인간을 살려준 걸 보면 조선의 임금은 도량이 아주 넓은 것인가, 생각이 없는 것인가?"

내가 침묵을 하고 있자 등자석이 다시 입을 열었다. 나는 무심히 그의 입만 쳐다보았다. 임금이 도량이 넓어서 나를 살려준 것은 아닐 것이고, 내가 예뻐서 살려준 것은 더더욱 아닐 터였다. 나는 복잡한 임금의 머릿속을 다시 헤아려봤다. 임금은 일본군을 무서워하는 만큼 그들과 소통할 수 있는 자를 원했다. 적국의 간자임에 불명한 요시라에게 조선의 일등 공신보다 더 많은 금붙이와 벼슬을 내렸던 걸 보면 임금의 불안이 어느 정도인지 가늠이 됐다. 임금은 적장의 부관이었던 나를 죽이기보다는 살려둬서 유사시에 저들에게 다가가는 매개물로 삼고 싶어 할 거였다. 그것이 내 생각이었지만 등자석의 질문엔 답을 할 수가 없었다.

"좋다. 말하기 곤란하겠지. 너 같은 자들은 머릿속이 더 복잡할 테니까. 아무튼 좋다. 네가 네 조국을 배신하고 일본군들을 위해서 일했다면 우리 명군을 위해서도 일 할 수 있겠지. 안 그런가? 명나라는 대국이다. 네가 앞으로 뭘 어떻게 하느냐에 따라서 우리 명군은 너에게 벼슬이든 돈이든 아끼지 않을 것이다."

등자석이 대국의 장군답게 거들먹거리며 말했다. 밑바닥에서 잠자고 있던 수치심이 자꾸만 고개를 들었다.

등자석이 선심을 쓰듯 도독이 타는 대장선에 동승할 것을 권했으나 나는 사양했다. 진린의 사람됨을 어느 정도 본 것도 같고 등자석의 얼굴을 당분간만이라도 마주 하기가 싫었다. 어차피 고금도에서 다시 마주칠 사람들이었다. 나는 내려가는 동안만이라도 그들로부터 자유롭고 싶었다. 대신 나는 그들이 가지고 있는 화포와 총, 창과 칼 등 각종 무기류와 전선의 구조를 천천히 살펴볼 예정이었다. 명나라 함선은 크고 화려했다. 그 큰 전선이 밀물이 수시로 교차하는 남해 연안에서 어떻게 기동할지는 의문이었다.

진린이 임금의 환송을 받으며 대장선에 탑승하자 격군들이 노를 젓기 시작했다. 돛이 올랐다. 함대의 긴 행렬이 그 뒤를 따르고 있었다. 대장선에서 발사한 화포 소리가 요란하게 울렸다. 함대의 행렬 뒤로 폭염이 내리쬐고 있었다. 삼복중이었다.

나는 후진에 속한 파총 양천윤의 함대에 동승하기로 했다. 며칠 더 한성에 머물 시간이 주어진 셈이었다.

양천윤의 함대엔 강북 출신의 병사 3,000명이 속해 있었다. 해전보다는 육전에 능한 병사들이라고 했다. 바다에 떠있을 때도 그들에게선 대륙의 먼지 냄새가 풍기는 듯했다. 아니, 피냄새가 몰려오는 듯했다.

　녕나라 수군 함대는 서해안을 따라서 최대한 느리게 남해로 내려갔다. 이순신의 수군이 주둔하고 있는 고금도가 먼 대륙의 끝처럼 느껴졌다.

− 3

무술년(1598) 4월 20일, 선전관 박희무 일행과 순천의 도원수부를 떠난 나는 4월 29일 한성에 도착해서 다시 의금부와 사헌부의 조사를 받았다.

의금부와 사헌부의 심문은 도원수부에서 받은 조사의 확인절차에 불과했지만 그 과정은 더뎠다. 이 사람 저 사람들에게 똑같은 질문과 대답을 수십 차례도 더 한 것 같았다. 그들은 내 대답 사이의 틈을 비집고 들어와 혐의를 발견하려고 애썼다. 이미 권율의 도원수부에서 겪었던 일이었다. 하지만 그들이 발견할 수 있는 것은 없었다. 하지만 내가 고니시 밑에서 부역한 사실만으로도 죽을 이유는 충분했다. 의금부와 사헌부의 관리들은 내가 다른 의도를 가지고 귀순한 적의 간자일지도 모른다며 나의 귀순 의도를 끝까지 의심했다. 몇 차례의 고신이 이어졌다. 하지만 나에게서 들을 수 있는 말은 더 이상 없었다. 그들은 나보다 먼저 안심했다.

처음에 고신하는 관리들의 질문은 당색에 따라서 왔다 갔다 했다. 동인이거나 그 쪽에 선을 대고 있는 자들은 지난 번 이순신을 죽음 직전까지 몰고 갔던 요시라의 첩보가 김응서와 윤두서를 거쳐 보고된 경위와 그 내막을 알고 싶어 했다. 간자가 개입됐던 것인지, 서인 내부에 적과 내통하고 있는 자가 없는 것인지 알고 싶어 했으며, 서인 쪽에선 내 입에서 적과 내통하고 있는 동인의 간자 이름이 나오기를 학수고대 하고 있는 듯했다. 어느 쪽이든 자신들에게 불리한 얘기가 내 입에서 흘러나올까봐 극도로 경계하고 있었기 때문에 내가 살기 위해서라도 어느 쪽에 관계된 것이든 함부로 말할 수는 없었다. 나는 살아서 임금을 만나야 했고, 이순신이 있는 남해로 내려가야만 했다.

한 달 열흘이 지난 유월 초하룻날 마침내 나는 정릉의 행궁에서 조선의 임금을 만났다. 한성의 거리는 이미 옛날의 그 한성이 아니었다. 궁궐은 잿더미가 됐고 육조거리도 흔적이 없었다. 시전의 가게들도 자취를 찾아볼 수 없었다. 한 나라의 도성이라고 하기엔 너무나 피폐하고 초라한 모습이었다.

일본군과 명군의 주둔지로 바뀌면서 몇 년 사이에 한성은 짓밟힐 대로 짓밟히고 파괴되어 예전 모습을 전혀 찾아볼 수가 없게 되어 있었다. 지나다니는 사람들조차 구경하기 힘든 폐허로 변해 있었다. 간혹 눈에 띄는 사람들조차 차마 사람이라고 할 수 없는 몰골들을 하고 있었다.

임금의 임시 행궁은 정릉에 있던 종친의 사저라고 했다. 경복궁, 창경궁, 창덕궁은 물론 종묘마저 불타서 주춧돌만 남아 있었다. 궁궐을 다시 짓는 일은 엄두도 내지 못하고 있었다. 그나마 종묘 복원공사만은 어찌어찌 해보고 있는 듯했다. 임금의 위엄이 말이 아니었다. 하지만 그 사가 안에서 내린 어명이 천리 밖의 해안가와 섬에까지 전달되고, 그래서 적이 가장 두려워하는 장수의 목숨까지 말 한마디로 좌지우지 하고 있었다는 현실이 나는 믿어지지 않았다. 전국토가 왜적의 발아래 짓밟히고 폐허가 된 그 위에서도 임금의 말 한 마디로부터 권력의 힘이 작동하고 또 집행되고 있었다는 그 사실이 경악스러웠다. 그것이 권력과 관료 조직의 본질인가 싶어서 내 온몸에 소름이 다 돋았다. 조선 임금의 허약한 물리력은 굶주리고 짓밟힌 자신의 백성들의 몸을 보호하고 배부르게 하지는 못했으나 그들의 생사여탈을 좌우하기엔 아직도 차고 넘치는 듯했다. 불가사의한 일이었다. 임금은 그렇게 폐허가 된 궁궐의 옆 종친의 사가에 앉아서 벼슬을 떼었다 붙였다 하면서 정치란 걸 하고 있었다. 아무리 인사가 만사라지만 믿기지 않는 현실이었다.

나는 임금의 궁색한 거처와 입성을 차마 걱정할 수 없었다. 그의 정치적 노회함이나 물타기식 능란한 인사로도 한치 앞에 다가온 전란을 그는 예측할 수 없었고 대비할 수도 없었으며 또 싸워서 이길 힘도 없었던 것 같았다. 그와 조정의 이기적인 무능 앞에 백성들의 시신과 굶주림이 길게 늘어져 있었다.

임금은 대청마루 위의 방석에 앉아 있었다. 그의 앞에 놓인 서안 위에는 주역 책이 놓여 있었다. 조선의 임금이 전란 이후 주역 책을 잡고 있다는 소문이 남해의 일본군 진영에까지 퍼져 있더니 그 소문이 사실이었던 모양이었다. 임금은 기울어진 종묘사직의 운명과 자신의 앞날을 한낱 주역 책에 의지해 점쳐보고 싶었던 것인지도 모르겠다는 생각이 들었다.

전란이 일어나기 전까지 임금의 운은 그리 나쁜 편이 아니었다. 그는 후궁의 서손이었다. 조선의 개국이래 후궁의 자식이 왕이 된 적은 없었다. 선대 임금이었던 인종과 명종이 후사가 없이 죽자 중종의 서손이었던 그를 임금으로 세웠던 것이다. 그는 중종의 후궁이었던 창빈 안 씨의 소생이었던 덕흥군의 셋째 아들이었다. 후궁의 자식도 아니고 손자였으며, 더군다나 첫째도 아닌 셋째아들이었다. 그런 그가 임금이 된 걸 보면 그의 초반 운은 그리 나쁘지 않았다고 볼 수 있다.

그가 임금이 되었을 땐 외척이나 훈구 대신들도 사라지고 사림들이 본격적으로 중용되어 새로운 바람이 불기 시작할 때였다. 이황, 기대승, 이이 같은 기라성 같은 학자들이 그의 스승 노릇을 했고 수많은 인재들이 그의 주변에 포진해 있었다. 그런 면에서 그의 개인 운은 그리 나쁜 것이 아니라고 할 수 있었다. 열여섯 살에 갑자기 임금이 되기 전까지 세자로서의 교육을 받지 못한 그였지만 1년도 채 되지 않아서 친정을 할 수 있을 만큼 총명하며 시문에도 능하다는 얘기가 변방의 역관이었던 내 귀에도 들려왔었다. 이전 시대에 여러 차례 사화를 겪으면서 느낀 것이 많아서인지 사림의 선비들을 우대하고 당파를 아우르는 중화의 정치를 잘 하고 있다는 얘기도 들렸다.

하지만 거기까지였다. 전란이 일어난 지 20일 만에 임금은 도성을 비우고 명나라와의 국경인 의주까지 도망갔다. 그의 군대는 일본과의 최전선인 부산진성과 동래성을 각각 반나절 만에 내주었고, 당대 조선의 최고 명장이라는 순변사 이일은 군사도 모으지 못해 제대로 싸워보지도 못하고 도망만 다녔으며, 삼도순변사 신립은 조령을 그냥 내주고 탄금대에서 배수진을 쳤다가 몰살당했다. 한강과 도성마저 그냥 내줬다. 일본군은 부산포에서 한성까지 그냥 걸어서 거의 무혈 입성한 거나 마찬가지였다. 임진강도 대동강과 평양성도 거의 그냥 내주고 도망갔다. 임금은 도망갈 때마다 이곳만은 사수하겠다는 망언을 남발했으며, 제대로 통솔되지도 않는 소수의 병력을 남겨놓고 정작 본인은 서둘러 도망가기에 바빴다. 한강을 방어하지 않고 도망간 도원수 김명원은 연이어 임진강과 대동강에서도 똑같은 짓을 했으나 처벌하지 않았으며, 애써 싸워 승리한 장수의 목은 명령불복종이란 명분으로 가차없이 베었다. 도원수의 모습이 곧 자신의 모습이기도 했기 때문이었다.

조정의 대신들은 피난지에서도 전란을 수습할 방안을 내놓기보다는 반대 당파의 인물들을 제거하는 데만 신경을 썼다. 똑같은 말도 내편이 말하면 충신이고 상대쪽 사람이 하면 역적이 되는 세상이었다. 임금의 마음을 먼저 헤아려 도성을 버리고 피난을 떠나자고 한 사람을 역적으로 몰아 파직시킨 장본인이 그 다음 피난지에선 먼저 나서서 더 북쪽으로 피난을 떠나야 한다고 떠들어대도 아무도 이상하게 생각하지 않는 세상이기도 했다. 그와 그의 조정의 국가 경영이 그 모양이었다.

임금의 앞쪽엔 측면으로 몇몇 대신들이 앉아있었다. 나는 마당에 서서 허리를 굽혔다. 허리가 잘 굽혀지지 않았다.

"그대는 어느 나라 백성인가?"

임금이 물었다. 나는 그의 심중을 헤아렸다. 울컥하는 뭔가가 가슴 속에서 치밀어 오르고 있었다. 나는 되묻고 싶었다.

'그러는 그대는 어느 나라 임금인가?'

"소신은 지난 임진년 4월 개전 첫날 부산성에서 왜적의 포로가 되었다가 지난 3월 도원수부로 귀환한 동래 역관 손문욱이라고 합니다."

나는 굳이 조선의 백성이라고 말하고 싶지 않았다. 나는 분명이 땅에서 나고 자란 생명이나 그의 백성이고 싶지는 않았다. 그걸 내 입으로 다시 확인하고 싶지도 않았다. 물론 그에게서 확인받고 싶지도 않았다.

"귀환이라고 했느냐? 돌아왔다? 너는 네 맘대로 왔다 갔다 할 수 있다고 생각하는 거냐? 내 백성이 되고 싶으면 이리로 오고, 싫으면 저리로 가면 되는 것이냐? 백성이란 그런 것이더냐? 아니면 역관이란 자들이 원래 그런 것이더냐?"

임금의 말에 나는 그대로 되돌아 나오고 싶었다. 순간 나는 부산진성에서 왜적의 칼날 앞에 죽어간 내 처자를 생각했고 목이 잘려나간 수많은 생명들을 생각했다. 그동안 임금이란 자가 한 일은 자신의 백성들을 왜적의 칼날 앞에 무방비로 내던져준 것밖에 없었다. 그런 자가 지금 백성의 도리 운운하고 있었다. 그저 살아 있는 것이 죄였다. 나는 단칼에 임금의 목을 베고 싶었다.

"본래 백성은 움직이는 것이라고 알고 있습니다. 백성은 임금을 바꿀 수 있으나 임금은 백성을 바꿀 수 없다는 말도 있지 않습니까? 허나 임진년에 소신은 소신이 움직인 것이 아니라 나라님이 움직였을 뿐입니다. 단지 그뿐이옵니다. 소신은 귀환 아닌 귀환을 했을 뿐."

임금을 보자 나는 더 이상 실고 싶은 마음이 없어졌다. 내가 하겠다고 한 일도, 해야 할 일도 임금 앞에선 다 무의미하게 보였다.

"네가 감히 짐을 능멸하려 드느냐? 그러고도 살기를 바라느냐?"

임금의 목소리가 노기를 띠기 시작했다.

"전하, 손문욱은 전란 전부터 대마도와 왜를 오가며 일해 온 역관이옵니다. 저들의 포로가 된 후 그간 고생이 자심하여 잠시 평정심을 잃고 성이 동한 것이오니 하해와 같은 성심으로 통촉하여 주십시오."

옆에 있던 영의정 유성룡이 나를 변호하고 나섰다. 전란 통에 파행을 거듭하던 그의 벼슬살이도 웬만치 안정이 된 듯 그는 영의정이 되어 있었다. 결국 임금의 주변엔 쓸 만한 사람이 많지 않다는 증거일지도 모르겠다는 생각도 들었다.

"믿을 수 없는 일이다. 언행이 저렇듯 불손하니 분명 마음속에 역심을 품고 있는 자다. 왜놈들과 몇 년 동안 어울렸다더니 금수만도 못한 저들의 물이 든 것이 아니더냐."

임금이 다시 의심의 눈초리로 나를 쳐다보며 말했다.

"그럴 리가 없사옵니다. 손문욱은 분명 전하의 충실한 신하이고 백성이옵니다."

유성룡이 다시 말했다. 나는 그 말을 부정하고 싶었다. 하지만 말문이 막혀 잠시 아무 말도 할 수 없었다.

"저자는 지난 기축년과 신묘년에 대마도주를 따라서 한성을 오갔고, 임진년 이후엔 고니시유키나가의 부장으로서 있으면서 저들의 주구 노릇을 한 것이 사실이 아니더냐? 또한 칠천량 패전 이후 왜적의 점령지가 된 남해의 현감으로도 있었던 자라고 하지 않았더냐? 그런 보고를 내게 해놓고도 저런 자가 나의 충신이라니 영상마저 이젠 나를 기만하려 드는가?"

임금의 언성이 더 높아졌다.

"기축년과 신묘년에 손문욱은 역관의 신분이었고 임진년 이후 고니시의 부장이나 남해 현감으로 잠시 있었던 것은 저들과의 평소 친분으로 잠시 그렇게 된 것이옵니다. 비록 저들의 밑에 있었다고는 하나 왜적들의 무자비한 조선인 학살을 막고 왜적들의 점령지에서 조선인들을 보호한 공이 있습니다. 공과를 살펴보면 분명 과보다는 공이 많은 자이옵니다."

유성룡이 다시 나를 변호했다. 하지만 그 말이 고맙지만은 않았다. 전쟁 전에 전쟁이 일어날 일이 없다고 했던 동인의 중심인물로서의 유성룡의 죄와 전란을 수습하기 위해 분골쇄신하고 있는 그의 공을 단순 비교하기가 나는 힘들었다. 전란의 책임을 물어 목을 쳐야한다면 유성룡 같은 자부터 목을 베어야할 것 같았고, 한편 그와 같은 자마저 없으면 이 나라는 어떻게 될 것인가 걱정이 되기도 했다. 마음이 심란했다.

"영상은 지금 과인을 배신한 죄를 과인의 백성을 조금 보호한 걸로 덮으려 하는가? 그러고도 그대가 과인의 신하라 할 수 있는가?"

나를 향했던 화살이 유성룡을 겨눴다.

"망극하옵니다. 소신은 다만 손문욱을 거둬 앞으로도 크게 쓰실 필요가 있음을 말하려 한 것일 뿐입니다."

유성룡이 머리를 조아리며 말했다.

"과인이 어찌 그대를 의심하겠는가. 허나 믿지 못할 것이 저자와 같은 역관들의 마음이다. 임진년 이전부터 대국을 드나들며 조선이 왜와 함께 대국을 칠 것이라는 소문을 내고 다닌 것도 저러한 역관의 무리였고, 지난 임진년에 함경도에서 임해군과 순화군을 잡아 왜적들에게 넘긴 회령부의 아전 국경인 같은 자도 다 저런 자들이었다. 임진년 이후 전국에서 부왜 세력들이 준동하고 있으니 어찌 저들을 과인의 백성이라고 할 수 있겠느냐. 짐의 궁궐에 불까지 지르는 자들이 아니더냐?"

임금의 말은 앞뒤가 얽혀 있었다. 일의 선후가 없었고 경우가 없었다. 뭔가 불안해 보였고 그 불안이 그의 의심을 증폭시키고 있는 듯했다.

"백성을 백성답게 만드는 것도 조정의 녹을 먹고 있는 신하들의 역할이옵니다. 영상인 소신의 죄가 크옵니다."

유성룡은 차마 임금의 역할을 입에 올리지 못하고 자신의 부덕을 탓했으나 정작 그 말을 들어야할 사람은 따로 있는 듯했다.

임금은 잠시 유성룡의 말을 곱씹어 보는 듯했다. 불쾌한 기색이 임금의 얼굴을 스쳐지나갔다. 이윽고 다시 임금이 입을 열었다.

"저들을 왜적의 칼날 앞에 맨몸으로 세웠으니 과인의 허물이기도 하다. 어찌 그대의 잘못이라고만 하겠는가. 허나 백성은 백성으로서의 도리가 있는 법. 왜적들 세상이 되었기로서니 어찌 하루아침에 돌아서서 저들의 종노릇을 하며 제 동포의 심장에 화살을 겨누고 또 과인을 배신하는가? 지난 계사년(1593) 평양성에서 명군에게 살해된 1만 명의 왜군 중 그 태반이 사실은 조선인이었고, 남해의 토굴에 왜적들과 웅크리고 있으면서 우리 수군에게 화살을 쏘고 왜선의 노를 젓고 또 저들의 성을 쌓는 종자들의 삼분의일 이상이 조선인이란 말을 들었다. 이러고서야 어찌 그자들을 과인의 백성이라고 할 수 있겠는가?"

임금의 말에 유성룡이 더욱 머리를 조아렸다.

"전하, 망극하옵니다. 하오나 저들은 그저 살아남기 위해서 그러할 뿐 다른 뜻이야 있겠습니까. 모든 것이 소신들의 부덕한 탓이옵니다."

"과인의 부덕이란 소리군."

"전하. 그것이 아니오라……."

"아니긴. 백성들의 부덕이 그대들의 부덕 탓이라면 그대들의 부덕은 과인의 부덕 탓이 아닌가? 간단한 이치다. 말을 번거롭게 하지 마라. 그게 아니라면 부왜자들을 끝까지 색출해서 목을 베는 것이 마땅하다. 내부의 적을 두고 어찌 눈앞의 적을 상대하겠느냐."

임금이 단호하게 말했다. 임금의 말 속에는 백성이 백성으로 살수 없게 한 자신의 죄를 진심으로 반성하지 않는 자의 뻔뻔함이 배어 있었다. 나는 그 뻔뻔함에 구멍을 내고 싶었다.

"지금 전하의 말씀은 자신의 백성을 호랑이 아가리에 던져놓고 호랑이 먹이가 됐다고 나무라는 것과 같습니다."

나는 앞일이 더 이상 두렵지 않았다. 요행이 살아남아 앞으로 살아가야할 세상도 이런 자들이 계속 다스리는 세상이라면 나는 더 이상 삶에 대한 미련이 없었다. 지금도 남해안의 왜성과 그 주변의 토굴 그리고 일본 함대에서 개돼지만도 못한 대접을 받아가며 굶주린 채 마지못해 연명해가고 있는 조선의 백성들이 불쌍

했다. 벌써 일본으로 끌려가 저들의 노예 노릇을 하고 있는 이 땅의 백성들에게 앞날이란 게 있는 것인지 답답했다. 노예시장의 노예로 팔려가서 안남으로 유구로, 블랑긴지 어딘지 알 수 없는 이국땅으로 팔려가고 있는 백성들의 앞날이 캄캄해 나는 순간 눈앞이 보이지 않았다.

"저자가 이젠 대놓고 나를 미친놈 취급 하는 것인가. 저런 자를 내 앞에 데려온 이유가 도대체 뭔가 영상!"

임금이 기가 막힌 듯 천정을 쳐다보며 말했다.

"자네는 좀 나서지 말게."

유성룡이 나를 제지하며 말했다.

"백성들이 그런 것은 죽을 수 없어서 그런 것이지 어찌 저들의 백성이 되려고 그러는 것이겠습니까. 모두가 전하의 백성들이옵니다. 저들의 손아귀에서 벗어나 다시 돌아온 백성을 전하의 백성으로서 받아들이는 문제는 물론, 지금 저들에게 잡혀 고생하고 있는 백성과 이미 왜국으로 끌려가서 저들의 종노릇을 하고 있는 전하의 백성들도 다시 데려올 대책을 세워야 하는 것이 전하와 소신들이 할 일이옵니다. 목을 베는 것만이 능사는 아니옵니다. 오랜 전란으로 백성들의 태반 이상이 죽어나갔으며 논밭은 황폐화되어 경작지는 전란 전의 오분 일 수준으로 줄었습니다. 백성들의 목숨을 하나라도 소중히 할 때입니다. 굽어 살펴주시옵소소, 전하."

유성룡이 다시 머리를 조아리며 말했다.

"백성의 목숨을 그리 소중히 여기는 그대가 임진년 이전에 전란에 대비해야 한다는 과인과 이이나 서인들의 말엔 왜 반대를 했는가? 전란이 일어나면 백성들의 목숨이 파리 목숨만도 못하게 쓰러져 간다는 사실을 그대는 몰라서 그랬는가? 그리고 남해에 웅크리고 있는 왜적들도 다 몰아내지 못한 마당에 그대는 지금 왜국과 포로협상이라도 하자는 소린가?"

임금이 지난 일까지 들춰내며 따지듯이 말했다. 진즉에 하고 싶었던 말인 듯도 했다.

"전하. 전란 전의 일은 소신들의 판단이 잘못되었습니다. 민심의 동요와 백성들의 갑작스런 수고로움을 피해 은밀히 준비해나가자고 한 말이었으나 소신의 상황 판단에 문제가 있었던 것은 사실입니다. 그렇게 전란이 갑자기 터지리라곤 소신도 미처 생각하지 못했습니다. 그 죄는 나중에라도 달게 받겠으나 지금은 당면한 문제를 먼저 생각할 때입니다."

유성룡이 머리를 더욱 깊게 조아리며 말했다. 그나마 이순신을 발탁하고 그의 뒤를 봐주는 것이 유성룡과 그가 속한 당파였지만 그들은 근본적으로 히데요시의 침략을 부정하던 자들이었다. 전란 전의 일을 생각하면 유성룡도 할 말이 없었다. 당론에 밀려 안일하게 대응했던 지난날의 과오가 이토록 뼈아픈 결과로 나타날 줄은 그도 미처 생각치 못했던 거였다.

"지금 그대가 당면한 문제와 과인이 당면한 문제가 다른 것인가?"

"그럴 리가 있겠습니까?"

"과인이 당면한 문제는 왜적의 종자를 박멸하여 이 땅에서 완전히 몰아내는 것이다. 그런데 그대는 부왜자들 문제를 핑계로 저들과 협상이라도 해야 할 것처럼 말하는 것 같으니 하는 말이다. 그대는 지난날 심유경과 고니시의 협상이 어떤 파국을 불러왔는가를 벌써 잊었는가?"

임금의 목소리가 좀 차분해지는 듯했다.

"전하, 소신이 드리고 싶은 말씀은 명 유격 심유경과 적장 고니시가 했던 그런 협상이 아니옵니다. 그들의 협상은 임의로 자기들끼리 협상의 내용을 조작해서 문제가 된 것이옵니다. 지금 우리에게 필요한 것은 그러한 기만전술이 아니라 현실을 현실 그대로 인정하고 실질적인 해결 방안을 찾는 일이옵니다."

"그대가 말하는 현실적이고 실질적인 해결 방안이란 것이 결국 왜적과의 협상인가?"

임금이 다시 따지듯이 물었다.

"아뢰옵기 황송하오나 남해안에 웅크리고 있는 적들을 우리 힘으로 몰아내기엔 역부족이옵니다. 적들을 몰아내려면 명과 조선의 육군이 저들을 압박하여 바다로 몰아내야하는데 명군들은 적들과 멀리 떨어져 주둔만 하고 있을 뿐 실질적인 전투를 기피하고 있습니다. 저들 또한 왜군이 스스로 물러가기를 바라고 있는 것입니다. 수적 절대 열세인 조선군만으론 전투가 불가합니다."

"이순신의 수군이 있지 않은가?"

"전하, 이순신의 수군만으로는 남해안에 성을 쌓고 웅크리고 있는 적들을 박멸할 수 없습니다. 육군이 육지에서 적들을 바다로 몰아줘야 비로소 이순신의 수군이 그들을 격파할 수 있을 것입니다. 하오나 그렇다고 하더라도 이순신의 수군 전력으로 상대할 수 있는 왜적은 극히 일부에 불과할 것입니다. 부산이나 울산 쪽에 주둔하고 있는 왜군들은 그냥 물러가면 그만이옵니다. 이것이 현실이옵니다."

"그렇다면 우리가 할 수 있는 일이란 건 그저 왜적들이 스스로 물러가기를 바라는 일 뿐이란 소리인가? 저들이 오면 오고 가면 가는 것인가? 그럼 그대가 말하고자 하는 협상의 내용이란 건 뭔가?"

임금이 어처구니없다는 표정을 지으며 말했다.

"어차피 저들도 더 이상의 전쟁은 불가능하다는 것을 알았을 것입니다. 저들의 퇴로를 보장해주고 전란을 수습하는 것이 양국 백성은 물론 대국의 수고로움을 더는 일이라 생각하옵니다."

"왜적들이 그냥 스스로 물러간다고 했는가?"

임금이 조금 전보다 더 어이없다는 표정을 지었다.

"그것은 저들을 만나본 연후에나 알 수 있는 일이오나 저들도 더 이상 싸울 수 없다는 건 기정사실이옵니다."

임금과 유성룡의 대화는 지루하게 원점을 맴돌고 있었다. 옆에 있던 다른 대신들도 지겨운지 제각각 딴 곳을 바라보고 있었다. 하지만 그들의 대화는 쉽게 끝을 맺지 못하고 있었다.

"저들이 전쟁을 시작한 이유와 목적이 있을 것인데, 이제 와서 싸울 수 없으니 그냥 물러간다는 말은 이치에 합당하지 않다. 설사 저들이 이제 와서 그냥 물러간다고 하더라도 그냥 보낼 수 없는 것이 과인의 입장이다. 저들이 선왕의 능을 파헤쳤으니 나로서는 만세토록 보복해야할 원수로서 의리상 이 세상에서는 함께 살수 없다. 죽기로써 싸워서 이 원수를 갚기만을 바랄 뿐 적과 함께 살기를 원치 않음이다. 또한 저들이 내 백성을 죽이고 약탈한 것이 얼마인데 저들을 어찌 그냥 살려서 보낼 수 있단 말이냐. 저들의 퇴로를 보장하는 걸 전제로 한 협상은 있을 수 없는 일이다."

임금의 말은 단호했다. 도망을 가며 우물쭈물 하던 임금의 모습이 아니었다. 임금의 그러한 단호함은 피난을 결정하고 도망갈 때밖에 보지 못한 모습이었다.

"하오나 우리에겐 저들을 몰아낼 현실적인 힘이 없사옵니다.

있다고 하더라도 막대한 희생을 치르고서야 가능한 일입니다. 과거의 일은 이미 돌이킬 수 없는 일이오니 저들의 포로가 돼 있는 백성들을 살리고 더 이상의 무모한 죽음을 막는 길은 협상밖에 없습니다. 통촉하시옵소서. 명분보다는 실리를 따를 때입니다."

"실리라? 그대들이 좀 더 일찍 실리를 따랐다면 오늘날 이와 같은 일도 없었을 것이다. 지금에 와서 내 앞에서 실리를 논하는가?"

임금이 코웃음을 쳤다.

"전하!"

"그래, 그대가 그 말을 하고 싶어서 이 자를 데려온 것인가? 그럼 이 자가 내게 가져다줄 실리란 건 뭔가? 심유경과 고니시의 협상과정에서 이미 다 드러났듯이 저들의 요구조건은 하나도 들어줄 수 없는 것이었다. 누구 맘대로 땅을 떼 주고 누구 맘대로 왕자를 인질로 보낸단 말이야. 혹시 저들이 무조건 항복이라도 한다는 말을 전하려는 것인가?"

임금이 나를 쳐다보며 말했다.

"전하, 역관 손문욱은 저들의 사절로 온 것이 아니옵니다. 왜적들에게 붙잡혔다가 다시 탈출해온 자입니다."

"그렇다면 저들에게 붙었다가 이제 전세가 불리하니 다시 우리 쪽에 붙겠다는 것인가?"

임금이 다시 나를 일별하며 말했다.

"손문욱은 그런 자가 아니옵니다. 평소 전하와 백성에 대한 생각이 깊은 자이옵니다. 왜장 고니시와 대마도주 소요시토시의 밑에서 오랫동안 저들과 함께 생활을 했으니 저들에 대한 정보와 이해가 깊을 것이 온즉 저들과의 관계에 지렛대로 사용할 수 있을 것입니다."

유성룡이 말했다.

"다시 또 그 얘긴가? 도대체 그대가 하고 싶은 말은 그 뿐인가? 그대의 말은 더 이상 들을 말이 없다. 역관 손문욱! 그대가 말해보라. 내게 하고 싶은 말은 뭔가?"

임금이 내게 물었다. 나는 아무 말도 하고 싶지 않았다. 하지만 임금 앞에 불려나온 이상 아무 말이라도 한 마디 해야 했다. 유성룡도 나를 보며 무언의 재촉을 했다.

"왜적들은 지금 군사를 거두어 자기 나라로 돌아갈 명분을 찾고 있습니다. 그것이 단지 외교적인 수사에 불과한 것일지라도 지금 저들에게 필요한 것은 돌아갈 그 명분이옵니다. 적을 무작정 몰아세우는 것보다 지금 필요한 것은 양측이 만나서 그 명분을 협의하는 것이옵니다. 그것이 모두를 위해 좋을 것 같습니다. 왜적들은 싸우다 죽을지언정 항복하지는 않을 것입니다. 그렇게 되면 이쪽의 피해도 만만치 않을 것이며, 이후의 협상도 어려울 것입니다."

애써 내가 몇 마디 했다.

"왜적들과 보낸 세월이 적지 않다고 하더니 그대의 말 또한 왜적들처럼 간사스럽도다. 오고가는 것을 마음대로 하는 자들이 어째서 후퇴의 명분을 과인에게서 찾는단 말인가? 쳐들어올 때 자기들 마음대로 그런 것처럼 물러갈 때도 싸울 수 없으면 그냥 물러나면 되는 것이지 그 명분을 왜 우리에게 요구한단 말이냐. 자신들의 체면은 중요하고 짓밟힌 우리의 자존심과 체면은 하등의 관심도 없단 말인가? 그대는 누구편인가?"

임금이 나를 노려보며 말했다. 임금의 말도 틀린 것은 아니었으나 지금 누구의 자존심이 중요한 것은 아니었다. 전쟁이 소강상태일지언정 지속되는 것은 양국 백성의 고통을 지속시키는 일이었고, 더군다나 전장인 조선 백성의 고통을 지속시키는 일이었다.

"전하, 하루 속히 이 전란을 마무리 하고 백성들이 생업을 이어갈 수 있게 하는 것이 현명한 일일 것이옵니다."

유성룡이 다시 한 마디 했다.

"지금 그 말은 나에게 할 말이 아니라 왜적들에게 할 말이다. 더이상 소득이 없으면 그냥 물러나면 되는 일을 어찌 우리에게서 후퇴의 명분을 찾는단 말이냐? 저들이 스스로 물러나지 않으니 무력으로라도 몰아서 내쫓아야 하지 않겠느냐? 저들은 여전히 우리의 백성들을 약탈하고 핍박하고 있다고 들었다. 그것이 어찌 순순히 물러나려는 자들의 소행이겠는가?"

임금의 생각엔 변함이 없었다. 임금의 생각이 틀린 것만도 아니었다. 하지만 문제는 그에게 일본군들을 내몰 만한 물리력이 부족하다는 거였다. 임금은 사리만을 따지고 있을 뿐 사실을 사실 그대로 인정하려는 마음의 준비가 되어 있지 않은 듯했다.

"그러니 조기 협상을 통해서 이 문제들을 해결해야 합니다. 그냥 이대로 시간이 흐르다보면 남쪽 백성들의 고통만 커질 것이옵니다."

내가 다시 말했다.

"협상, 협상 하는데 도대체 무슨 협상을 한단 말인가? 순순히 퇴로를 보장하겠다는 말밖에 더 있는가? 그게 그대들이 그토록 하고 싶은 협상의 내용인가?"

드디어 임금이 다시 언성을 높이기 시작했다.

"전하, 일본으로 끌려간 전하의 백성들도 생각하셔야 합니다. 전란이 이대로 끝난다고 하더라도 무슨 수로 저들을 다시 데려올 수 있겠습니까. 만약 우리가 저들의 퇴로를 막고 싸움을 하게 된다면 비록 적들을 몇 명 더 죽일 수는 있을지 모르나 우리 측의 피해도 적지 않을 것이며, 그런 식으로 전란이 끝난다면 저들과의 전후 협상은 어떻게 진행할 수 있겠습니까? 또한 우리가 저들의 퇴로를 막는다면 저들은 포로로 잡고 있는 조선 백성들을 모조리

도륙할 것입니다. 이 점을 헤아리셔야 합니다."

지금 이 시간에도 이래저래 일본군에게 잡힌 조선인들은 그들 손에 의해 죽어나가고 있었다. 만약 그들의 퇴로를 막는다면 그들이 조선인 포로들을 살려두고 떠난다는 보장이 없었다. 물론 퇴로를 열어준다고 하녀라노 그들이 조선인 포로들을 전부 방면한다는 보장은 없었지만 그럴 수 있도록 노력은 해봐야 했다. 그리고 이미 일본으로 끌려간 조선인 포로들의 안전도 생각해봐야 했다. 일본으로 끌려간 조선인 포로들의 수를 머릿속으로 헤아려보며 내가 말했다.

"왜국으로 끌려간 과인의 백성들은 얼마나 되는가?"

임금이 물었다.

"적어도 10만 명에서 20만 명은 될 것으로 생각되옵니다. 조선에 출전한 웬만한 왜군들의 집에 조선인 포로가 한두 명씩 없는 집이 없다는 말을 들었습니다. 심지어 조선인 포로들이 노예상들에게 팔려서 안남이나 블랑기로 팔려간다는 소문까지 돌고 있습니다. 백성들이 격고 있는 이산의 고통과 치욕을 헤아리셔야 합니다."

내가 다시 대답했다. 일본인들은 조선에 출전한 남자들을 대신해 조선인 포로들을 종으로 부리고 있었다. 조선인 포로들이 아니라면 일본인들도 농사를 지을 수 없을 정도라고 들었다.

"우리가 저들의 퇴로의 안전을 보장한다고 하더라도 그 많은 조선인 포로들을 저들이 그냥 다시 돌려보낼 것 같은가? 설사 저들이 돌려보낸다고 하더라도 저들 밑에서 이미 한 짓이 있을 터인데 조선 백성이라고 모두 조선으로 다시 돌아오려고 하겠는가?"

임금의 질문은 날카로운 데가 있었다. 당파의 그늘을 요리조리 돌파해 나온 사람답게 임금은 내 말의 틈을 예리하게 비집고 들어왔다. 일본에 포로로 끌려간 사람들 중에는 이미 그곳에서 살림을 차리고 살고 있는 사람들도 있었고 도자기나 인쇄술 등 뭔가 기술을 가지고 있는 사람들은 조선에서도 받기 힘들었던 저들의 우대를 받아가며 살아가고 있는 자들도 있었다. 선택권이 있다고 하더라도 그들이 다시 조선으로 건너오려고 할지는 미지수였다. 10만명 이상이나 되는 포로를 일본이 전부 돌려보낸다는 것도 현실상 불가능한 일이었다. 저들은 전쟁으로 잃은 노동력을 조선인 포로를 통해서 보충하고 있었다.

"조선 백성으로서 어느 누구 하나 고향을 그리워하지 않는 자가 있겠습니까. 하지만 그들의 사정도 제각각이라 전부가 고향으로 돌아올 수는 없을 것이옵니다. 하오나 몇 백 명이나 몇 천 명만이 되돌아오더라도 그건 그것대로 가치 있는 일이옵니다."

좀 궁색한 면이 없지 않았으나 나는 그렇게라도 설명을 덧보탤 필요성을 느꼈다. 임금은 못마땅한 표정을 지었다.

"그대의 말이 심히 궁색하다. 결국 몇 백이나 몇 천의 포로를 되돌려 받기 위해서 저들을 살려 보내야 한다는 말이구나. 그대의 말대로 왜놈들은 몇 백이나 몇 천의 포로로 생색이나 내려 할 것이다. 거기서만 그치겠느냐? 저들은 역시 우리에게도 귀화한 왜인들과 포로들을 대신 돌려달라고 할 것이다. 그렇게 되면 결국 우리가 얻을 수 있는 이익이란 건 아무 것도 없고 저들의 웃음거리만 되는 게 아니겠느냐? 내 백성이었다고는 하나 속을 알 수 없는 몇 명의 백성을 돌려받고, 비록 적이었지만 나에게 충성을 맹세하고 왜적들과 싸워온 귀화인과 항왜들을 저들에게 돌려줘서 목숨을 빼앗기게 하는 것이 군왕인 내가 해야 할 일이겠느냐?"

임금의 목소리엔 비장함마저 배어 있었다. 임금은 임진년 이후 항복해온 항왜들과 귀화인들의 거취 문제까지 헤아리고 있었다. 미처 내가 생각하지 못한 문제였다. 비록 문제가 많은 임금이라고는 하나 오랫동안 잘하든 못하든 나라 전체의 일들을 조망해온 임금의 경험이 빛을 발하는 순간이었다.

항왜 중에는 사야가나 손시로 같은 인물들이 있어서 취약한 조선군에 큰 도움을 주고 있었다. 특히 사야가는 가토기요마사의 우선봉장으로 동래성에 상륙한 다음날 경상병마절도사 박진에게 항복하여 귀화한 인물이었다. 사야가는 히데요시가 일본 전국시대를 통일하는 과정에서 반대쪽에 섰던 인물로서 히데요시의 조선 침략에 대해서도 본시 불만이 있었던 것으로 알려져 있었다. 그는 박진에게 보낸 글에서 "나는 비겁하지도 않고 못나지도 않았다. 그리고 나의 부대는 절대 약하지 않다. 허나 조선의 문화가 일본보다 발달했고 조선은 학문과 도덕을 숭상하는 군자의 나라다. 나는 그런 나라를 짓밟을 수는 없다. 귀화하고 싶다." 라고 했다. 그는 휘하에 조총 부대를 거느리고 있었다. 그의 조총 부대는 경상도 의병과 연합하여 수십 차례의 전투에서 공을 세워 첨지의 직함을 받았고, 정유년에 왜적이 다시 쳐들어오자 의령에서 공을 세워 정3품 당상관의 지위에까지 오른 인물이었다. 또한 조총 기술을 전파하여 조선군들도 일본군들이 가지고 있던 조총을 만들어 쓰게 됐다. 조총은 일본군들에게도 커다란 위협이 되었다. 가토는 그의 목에 은자 50냥을 걸었다. 임금은 그런 항왜를 성향이 의심스런 조선 백성들보다 더 신뢰하고 있는 듯했다.

일본군 진영을 이탈하여 귀화하거나 고향으로 밀항을 시도하는 왜군들은 가토 부대에만 있는 것은 아니었다. 고니시의 부대에도 이탈자들은 속출하고 있었다. 아무리 약체라고는 하나 조선군이나 의병들과의 소규모 접전에서도 사상자들은 끊임없이 생겼다. 더군다나 조선의 겨울은 일본군들에겐 치명적인 위협이 되고 있었다. 그러나 무엇보다도 일본군들을 괴롭히는 것은 역병이나 이질과 같은 전염병이었다. 군량 부족으로 인한 굶주림과 혹한으로 인한 피해에다가 전염병에 의한 사망자의 증가는 일본군들의 전력을 크게 약화시키고 있었다. 임진년 이후 1년 동안 조선으로 건너온 일본군의 태반이 전투가 아니라 동상이나 전염병에 의해 죽어나갔다. 선봉군이었던 고니시의 일본군 18,700명이 6,626명으로 숨어드는 덴 1년이 걸리지 않았다. 10,000명의 가토군도 그 사이 5,492명으로 줄어들었다. 조선으로 건너온 대부분의 일본군 진영에서 이러한 현상이 벌어졌다.

전쟁이 오래 지속되면서 생존 가능성이 점점 희박해지자 일본군들 중에는 부대를 이탈하는 자들이 늘어났고, 그 중에는 과감하게 밀항선을 타고 고향으로 돌아가려는 자들도 있었다. 문제는 일반 병졸들에게서만 발생하지 않았다. 점차 인적·물적 소모가 심해지자 어쩔 수 없이 조선으로 내몰렸던 각 지역의 영주들도 자신들이 소유하고 있는 영지의 재력과 인적 자원이 고갈되어감에 따라 적극적으로 전투에 나서려 하지 않았다. 일본군들이 남해안으로 몰려 내려온 이후 전투가 더욱더 소강상태로 접어들자 전쟁에 대한 염증과 피로에 지친 일부 영주들은 부하들을 조선에 남겨두고 몰래 일본에 있는 자신의 영지로 귀향하여 숨어 지내는 일들도 발생했다.

"그대들의 말도 다 틀린 것은 아니나 일의 순서가 잘못됐다. 저들과의 협상은 전란이 끝난 후 그때의 형편에 따라야 할 것이다.

지금 이 자리에서 그때의 일까지 앞서 헤아리고 있는 것은 경우에 맞지 않다. 지금 그대들이 고민해야할 것은 남해안에서 물러나고 있지 않은 왜적의 종자들을 하루속히 박멸하여 내쫓는 방안을 모색하는 것이다. 섣부른 협상 문제를 다시는 입에 담지 말라. 왜적과의 강화협상을 입에 담는 자는 역모의 죄로 물을 것이다."

임금의 의지는 완강했다. 더 이상 임금을 설득하여 이순신이 막고 있는 남해의 퇴로를 열게 하는 것은 불가능해보였다. 조선의 임금은 일본군의 퇴로를 그냥 열어주고 전란을 조속히 수습하는 일엔 관심이 없었다. 일본군의 침략에 힘없이 무너진 조선의 임금은 마지막 싸움을 통해서만이라도 이기는 형세 속에 싸움을 마무리 하고 싶은 모양이었다. 그래야만 무너진 자존심과 체면을 조금이라도 만회하는 일이 될 터였다. 그렇다면 이제 남은 것은 바닷길을 막고 있는 이순신의 수군이었다. 임금이 믿고 있는 것도 그것인 듯했다.

"왜에 사신을 보내야 한다면 너만한 자도 없겠구나. 때가 되면 그대를 다시 불러 중용할 것이다. 그대가 나를 도와 나중에라도 공을 세운다면 어찌 네게 벼슬을 아끼겠느냐. 허나 지금은 그대가 나설 때가 아니다."

임금이 나를 보며 다시 말했다. 아쉽지만 임금의 말이 다 틀린 것도 아니었다. 도망가는 일본군의 퇴로를 열어주는 것을 전제로 한 강화협상론자들에겐 명분이 약했고, 싸움을 계속하자는 주전론자들에겐 실질적인 물리력이 부족했다. 어차피 임금의 뜻을 돌릴 수 없다면 다른 방법을 모색해야 했다.

그냥 물러설 수밖에 없는 상황이었지만 언제 다시 임금을 마주하고 얘기할 수 있을지 모를 일이었다. 마음속에 있던 말은 죽더라도 내뱉어야만 할 것 같았다.

"피할 수 있는 전쟁을 피하지 못하고 멈출 수 있는 전쟁을 멈추지 못한 채 장졸과 백성들을 사지로 내모는 것은 정치적 살인에 불과합니다. 지금 백성들이 원하는 것은 전장에서 앞뒤 가리지 않고 용감하게 죽을 수 있는 전쟁 영웅이 아니라, 이 미친 전쟁을 하루라도 빨리 멈추게 해서 모두를 고향으로 돌아가게 해 줄 수 있는 정치 지도자입니다. 무능한 정치 권력자는 흉악한 적보다도 무서운 법입니다."

임금 앞에서 이런 말을 하고나서 나는 살아남기를 바라지 않았다. 임금의 얼굴이 순간 심하게 일그러지는 것을 보고 나는 머리를 조아렸다.

"전하, 손문욱은 고니시와 대마도주에 대해서 조선의 누구보다도 잘 알고 있는 사람이옵니다. 남해의 바닷길 사정에 대해서도 정통한 자이옵니다. 그러하오니 손문욱을 지금 고니시 군과 마주하고 있는 이순신에게 보내서 그를 돕도록 하는 것이 좋을 듯 하옵니다. 고니시와 대마도주의 부장이었던 자이니 그들과의 싸움에도 요긴한 역할을 할 수 있을 것입니다."

유성룡이 재빨리 다시 나섰다. 그가 용케도 내 살 길을 열어주고 있었다. 그리고 내 마음 속을 헤아린 듯 내가 하고 싶은 말을 대신해주고 있었다. 그도 결국 이순신의 수군이 마지막 문제 해결의 열쇠를 쥐고 있다는 사실을 알고 있었다. 그래서 나를 그에게로 보내려는 듯했다.

"그건 비변사에 알려 그리 처리하도록 하라."

임금이 다른 말을 하려다가 얼떨결에 말했다.

"성은이 망극하옵니다."

유성룡과 내가 동시에 머리를 조아리며 말한 후 서둘러 물러나왔다. 결국 이 전쟁의 마무리도 이순신의 면전에서 결판날 모양이었다. 이순신의 전쟁이었다. 너무 가혹하지 않은가 하는 의문이 들었으나 어쩔 수 있는 일이 아니었다.

하지만 나를 억지로 살려서 순순히 이순신에게 보내는 임금의 마음속엔 뭔가 다른 계산이 숨어 있는 듯했다. 그에게로 가기 전에 임금은 나에게 뭔가 다른 별도의 속내를 내비칠 것만 같았다. 내 예감은 틀린 적이 없었다. 왜적들에게 당한 치욕을 마지막까지 갚고도 싶지만, 그들을 물리친 공을 살아있는 누군가가 독차지하여 자신의 자리가 위태로워지는 걸 원하지 않는 것도 임금의 마음이었다. 신하의 지나친 공은 역모의 빌미가 될 수도 있다는 사실을 그는 너무나 잘 알고 있는 사람 같았다. 권력의 정점에 있는 자들의 인정과 의리는 믿을 것이 못 됐다.

― 4

　나는 무술년(1598) 4월 6일, 고니시유키나가가 주둔하고 있는 순천의 왜교성을 나와 권율의 도원수부에 귀순했다.

　순천의 왜교성과 그 근처의 남해 일대엔 고니시유키나가와 그의 사위인 대마도주 소요시토시의 일본군 1만 5천여 명이 주둔하고 있었다. 그들이 동원할 수 있는 크고 작은 전함은 500여 척에 달했다. 왜교성 근처엔 유정의 명군 1만 5천 명이 주둔하고 있었고 도원수 권율의 조선군 5천 명도 왜교성을 포위한 채 주둔하고 있었다. 하지만 명군이나 조선의 육군은 문제가 되지 않았다. 저들의 병력으론 견고한 왜교성의 일본군을 감당할 수 없었다. 평지에서 맞붙어도 당해낼 수 없는 병력으로 견고한 왜성을 공격한다는 것은 말도 안 됐다. 공성엔 수성군보다 열배 이상의 병력이 필요하다는 것이 병가의 상식이었다. 그런데 왜교성을 포위한 조 ·

명 연합군의 수와 왜교성에 웅거하고 있는 고니시의 병력은 거의 대등한 수준이었다. 다른 곳의 사정도 마찬가지였다. 그런 상태에서 왜성에 웅크리고 있는 일본군들을 적극적으로 공격해서 몰아낸다는 것은 거의 불가능했다. 더군다나 명 제독 유정은 일본군과의 전투에 소극적이었다.

고금도의 이순신은 7천 명의 수군 전력이었다. 지난 해 10월 강화도로 들어갔다는 진린의 수군 5천과 연이어 보강되고 있는 명의 수군 전력이 모두 고금도의 이순신과 합세한다면 조선과 명의 수군 전력은 최소 2만 명이 될 것으로 예상하고 있었다. 고니시의 걱정은 이순신의 수군이었다.

나의 최종 목표도 이순신이었다. 하지만 그 전에 먼저 조선 조정을 움직여 협상을 진척시킬 수 있다면 굳이 이순신을 제거해야 하는 위험은 피할 수도 있을 것 같았다. 그렇다면 한시라도 빨리 한성으로 가는 길을 택해야 했다. 나는 이순신의 수군에 귀순하려던 계획을 바꿔 권율의 도원수부로 곧장 갔다. 어차피 이순신의 진영에 귀순하더라도 조사 후에 도원수부로 인계할 가능성이 많았기 때문이었다. 이순신을 먼저 제거할 것이 아니라면 굳이 이순신의 진영에 귀순해서 시간을 허비할 필요가 없었다. 권율의 도원수부와 한성의 비변사를 거쳐 임금에게 도달할 수 있는 빠른 길을 택해야 했다. 이순신에게 가는 것은 그 다음 일이었다. 어쩌면 돌

아가는 길이 가장 빠른 길일 수도 있다. 하지만 나는 이순신에게
가기 전에 내 일이 마무리 될 수 있기를 바랐다.

한성부 기생 유희와는 순천에서 헤어졌다. 관아에 신고부터 해
야 할 것 같았으나 무엇이 현명한 일인지는 나도 그녀도 쉽게 판
단할 수 없었다. 일본군의 손아귀에서 풀려났으니 다시 기생으로
관물이 된 것이나 그녀의 몸에 새겨진 이력을 쉽게 되돌릴 수도,
설명할 수도 없었다. 그녀를 데리고 도원수부에 귀순할 수는 없을
것 같았다. 그렇다고 그녀의 소원대로 이순신에게 가더라도 별 뾰
족한 수가 있을 것 같지도 않았다. 면천을 받을 만한 공을 세우기
는커녕 적장의 노리개 노릇을 한 기생을 옆에 다시 둘 수도 없을
것이고, 무작정 목을 벨 수도 없을 거였다.

아무것도 해줄 수 없는 나는 그녀 앞에서 잠시 절망했다. 각자
의 앞에 놓인 삶의 무게에 짓눌려 아무 말도 할 수 없었다. 나는
눈으로 그녀를 전송했다. 그녀를 좇아오고 있는 죽음의 그림자가
어디까지 다가오고 있는 것인지 나는 알 수 없었다. 나는 그 자리
에 잠시 서서 그녀의 무사안일을 빌었다. 슬픔이 밀려왔다.

도원수부의 조사는 열흘 넘게 계속되었다. 도원수부 군관들의
손을 거쳐 종사관 황여일의 앞에까지 가는데 열흘이 걸렸다. 임
진년 이전의 이력은 비록 기록이 거의 다 손실되었다고 하더라도

나를 기억하는 사람이 어딘가에는 있을 것이고 속일 것도 없어서 나는 있었던 사실 그대로를 진술했다. 심문하던 군관들이나 종사관 황여일도 내가 지난 임진년 이전인 기축년과 신묘년에 대마도주 소요시토시와 야나기시게노부, 겐소와 함께 역관 자격으로 한성에 갔던 일에 수복했다. 일본군에 대한 부역이 그때부터 시작된 것이 아닌가 의심하는 눈치였다.

"너는 원래 동래부에 소속된 역관 신분으로서 임진년 개전 이래 대마도주의 심복이 되어 고니시유키나가의 부장 노릇을 했고, 칠천량 이후엔 왜놈들이 점령한 남해에서 현감 노릇까지 했다. 아무리 부정해도 네가 부역한 사실은 숨길 수 없다. 그간의 행적만으로도 너는 죽음을 면치 못할 것이다. 그걸 모를 리 없는 자가 왜 목숨을 걸고 갑자기 귀순을 한 건가?"

이미 수차례에 걸쳐서 조서에 쓴 내용을 도원수의 종사관이 다시 묻고 있었다. 이상하게 생각할 만도 했다.

"내 처자와 친지들은 임진년 4월 13일, 개전 첫날 부산진성에서 왜놈들에게 목이 잘려 죽었다. 그런 내가 진심으로 왜놈들의 심복이 됐겠는가? 그동안 내가 죽지 못해 산 것은 그래도 해야 할 일이 있다고 생각했기 때문이다. 내 목숨에 대한 미련 따윈 이미 오래전에 버린 지 오래다. 그대들도 의심하고 있다시피 내가 살려고 했다면 내 발로 여기에 찾아왔겠는가? 난 그 정도로 바보는 아니다."

나는 솔직한 내 심정을 토로했다. 그것은 사실이었다.

"그럼 네가 왜놈들의 심복노릇을 하면서까지 해야 할 일이란 건 도대체 뭐였나?"

종사관이 물었다.

"사람들을 살리고 싶었다."

"무슨 말인가?"

"말 그대로 사람들을, 조선 사람을 하나라도 더 살리고 싶었다."

"어떻게 말인가?"

"일본군들은 무자비하게 조선인들을 살해했다. 반나절 만에 부산진성을 함락한 왜군은 성 안에 있는 주민들을 삽시간에 목 베어 죽였다. 성 안엔 300호 남짓 민가가 있었다. 그들은 성 안의 모든 조선인을 전투원으로 본 거다. 그 때 내 처자도 그들에게 당했다. 만약 그때 내가 옆에 있었더라면 그런 무지막지한 살상은 막을 수 있었을지도 모른다."

"네가 무슨 힘으로 왜놈들의 살상을 막을 수 있었을 거란 말인가?"

종사관이 의심스러운 목소리로 물었다.

"내 일본말 실력을 과소평가하지 마라. 일본군들이 성 안의 백성들을 모조리 도륙한 것은 저들이 조선의 성의 특성을 이해하지 못하고 있었기 때문이다. 조선의 성은 일본의 성과는 다르다. 조선의 성은 일정한 행정 단위의 지역을 감싸는 식이다. 따라서 그 안에는 관리나 전투원뿐만 아니라 민가의 일반 백성들도 함께 기주하고 있게 마련이다. 하지만 일본의 성은 그 자체가 영주의 집이다. 영주와 그를 지키기 위한 군사들이 주둔하고 있는 공간이다. 조선의 성처럼 그 안에 일반 백성이 있을 수 없다. 그렇기 때문에 일본군들은 성을 점령하고 나면 성 안의 사람은 모두 적으로 간주하고 도륙하는 것이 관례다. 물론 항복하지 않는 자들에 한해서지. 그런 차이점을 왜놈들에게 설명해줬다면 부산성에서도 그렇게까지 무지막지한 짓은 하지 않았을 거다. 이런 건 소통의 문제다. 전쟁도 소통의 한 방식이긴 하지만 그건 서로에 대한 이해와 평화적 교섭 능력을 상실한 집단 사이의 자멸적 소통 방식일 뿐이다."

"네 말을 듣고 보니 그럴 법도 하다. 허나 왜놈들이 부산진성을 점령하고 그 안의 백성들을 모두 도륙한 것은 그것이 첫 전투여서 본보기로 그러한 것이 아닌가?"

"물론 그런 면도 있다."

"네 말대로라면 그 후 네가 고니시 부대를 따라다니면서 겪은 전투에선 왜놈들의 무자비한 조선인 학살은 없었어야 되는 거 아닌가? 과연 그러했나?"

종사관이 다시 의심스러운 눈초리로 나를 바라보며 말했다.

"물론 나 혼자의 힘으로 일본군들의 약탈과 살인을 전부 막을 수는 없었다. 어느 전쟁에서건 그런 건 불가능하다. 하지만 나는 내 능력 안에서 조선 백성의 생명을 하나라도 더 살리기 위해 노력했다. 부역을 하게 할망정 일단 살리고 보는 것이 내가 할 일이라고 생각했다. 도자기 기술을 가진 자는 그들대로, 글을 읽을 줄 아는 자는 아는 자대로, 종이를 만들 줄 알고 활자를 만들 줄 아는 자는 또 그들대로 살려둘 명분을 만들어주려고 노력했다. 그들이 비록 일본으로 끌려가는 한이 있더라도 살 수 있는 길이 있으면 찾아주려고 노력했다. 일본으로 끌려가더라도 죽는 것보다는 낫지 않은가? 어디에서 사느냐보다 사느냐 죽느냐의 문제가 더 다급한 것이 전장의 일이 아닌가? 또 비록 타국일망정 살아 있다 보면 다시 고국으로 돌아올 수 있는 기회도 생길 수 있을지 모르고. 세상일을 어찌 다 알겠나."

나는 내가 솔직히 그렇게 생각했고 행동한 것을 다시 또 종사관 앞에서 그대로 말했다.

"너는 지금 네가 하는 말이 얼마나 심각한 말인 줄 알고 하는 소린가? 왜놈들이 조선인 기술자들과 포로들을 끌고 왜국으로 가는 데 네 놈이 결정적인 역할을 했다는 거 아닌가? 왜놈들이 닥치는 대로 조선인 기술자와 포로를 끌고가서 저들이 훑고 간 고을마다 사람의 흔적을 찾아보기 어렵고, 가마에선 도공의 흔적을 찾아보기 어려우며, 활자와 책이 흩어져 글 읽는 소리가 끊어진 남해의 고을이 한둘이 아니다. 사정이 이 지경이 된 데에는 네놈이나 네놈 같은 부왜자들의 부역이 한 몫을 한 것이니 어찌 그 죄가 크다 하지 않을 수 있겠는가? 그러고도 네가 어찌 조선의 충성스런 백성이라고 할 수 있는가?"

종사관의 말이 힐난조로 바뀌었다.

"어느 나라 백성이냐가 중요한 것이 아니라 죽느냐 사느냐의 문제였다. 나라가 보호해주지 못해서 억울하게 죽어가는 백성들에게 충성을 강요할 순 없다. 그들에게 중요한 건 어느 나라 백성이냐가 아니라 그냥 살아남는 거다. 백성들에겐 나라의 이름이 중요한 게 아니다."

나도 물러설 수 없었다. 감정이 복받쳤다.

"그래도 한 나라의 백성으로서의 도리가 있지 않은가?"

종사관이 말했다.

"나라가 나라로서 제 역할을 하지 못하고 제 백성을 사지로 내몬 마당에 힘없는 백성의 도리만을 따지고 있는가?"

"망극한 말이구나. 좋다. 너를 살릴 지 죽일 지는 위에서 결정할 일이니 그 말은 이 정도로 해두자. 그럼 네가 갑자기 귀순한 것은 무엇 때문인가?"

종사관이 다시 물었다.

"사람을 살리기 위해서다."

나는 잠시 뜸을 들였다가 다시 똑같은 대답을 했다.

"그 말은 그만 이제 접도록 하자. 네가 저들의 수하에서 그동안 심복 노릇을 한 이유는 충분히 들었다. 지금은 네가 귀순한 이유를 묻는 것이다."

종사관이 자신의 질문을 좀 더 보완했다. 내가 무슨 말인지 이해를 못한 줄 아는 모양이었다.

"사람들을 살리기 위해서라고 했다."

나는 다시 대답했다. 종사관이 잠시 아무 말 없이 나를 쳐다봤다. 고신을 해야 할지 고민을 하는 모양이었다. 종사관이 주위에 있는 군관들과 군졸들을 일별하더니 다시 나를 바라봤다.

"또 무슨 사람을 살리겠다는 건가? 어떻게?"

종사관이 내 말의 의미를 눈치 챘는지 다시 입을 열었다. 나도 잠시 아무 말 없이 종사관을 바라보다가 입을 열었다.

"전쟁을 끝내는 거다."

종사관이 잠시 어이없다는 표정을 짓더니 다시 물었다.

"간단하군. 그런데 그대가 어떻게 전쟁을 끝낼 수 있단 말인가?"

"현재로선 일본군이나 조선군 그리고 명군 중 어느 쪽도 이 싸움을 이기긴 어렵고 계속하기도 어렵다. 여기서 접어야 한다는 사실은 누가 봐도 명약관화한 얘기가 아닌가."

"강화협상을 하겠단 말인가?"

"그렇다."

"지난 번 명과 왜의 협상이 결렬되어 지난 정유년에 전쟁이 다시 일어났다. 황제의 사신도 해내지 못한 일을 네가 어떻게 다시 하겠다는 건가?"

종사관이 가소롭다는 듯이 웃었다.

"그때는 서로를 속이려 해서 안 된 것이다. 지금은 그때와는 사정이 다르다."

"사정이 다르다? 왜놈들의 요구 조건이 터무니없는 것들이었다고 들었다. 저들의 요구조건이 그토록 터무니없거늘 어떻게 협상이 되리라고 보는가? 왜놈들이 무조건 항복이라도 하겠다는 건가? 그대가 히데요시의 특사라도 되는가?"

"이건 누가 이긴 전쟁이 아니다. 굳이 말하자면 모두가 진 전쟁이고 모두가 이긴 전쟁이다. 항복이란 말을 함부로 입에 담지 마라."

"그럼 뭘 어쩌자는 얘긴가? 달라진 사정이란 건 뭔가?"

"여기서 지금 그걸 설명하긴 어렵다. 하지만 굳이 말하자면 지난 번 협상은 서로가 힘이 있는 상태에서 더 이상 전쟁을 하는 건 무의미하다는 현장 지휘관의 생각에서 시작된 것이라면, 이번엔 다르다. 지금은 서로 전쟁을 지속할 힘이 없다. 무조건 전쟁을 끝내는 것만이 능사다."

"그 판단은 왜군 수뇌부의 공식적인 판단인가 너의 개인적인 판단인가?"

"모두들 마음속으론 그렇게 생각하고 있지만 히데요시의 눈치를 보느라 겉으론 드러내지 못하고 있다. 그래서 내가 온 거다."

"그렇다면 너의 귀순을 왜군 수뇌부의 암묵적 동의하에 이뤄진 것으로 봐야 하는가?"

"그렇다고 볼 수 있다."

나는 잠시의 망설임도 없이 대답했다. 설사 내 마음속에 또 다른 생각을 가지고 있다하더라도 그것만은 사실이었다.

"결국 네가 말하고 싶은 것은 무조건 양측이 전쟁을 중지하고 왜군을 물러가게 하겠다는 것인가?"

"그렇다."

"그래? 그건 좀 이상하지 않은가? 이 전쟁은 왜군의 침략으로 시작된 전쟁이다. 싸움을 그만두고 싶다면 그냥 군사를 거둬서 돌아가면 그만이다. 우리 측과 협상할 것이 뭐 있나? 쳐들어 올 땐 상의하고 들어왔나? 결국 퇴로를 안전하게 열어달라는 소리가 아닌가?"

종사관이 이상하다는 표정을 지으며 물었다.

결과적으로 그렇다. 하지만 항복은 아니다. 일본군들에게 항복은 죽음 아니면 복종이다. 왜장들이 조선 임금의 신하가 되길 기대하긴 어렵지 않은가? 그렇다면 저들보고 할복자살을 하란 소린데 그것도 어렵다. 그렇게 되면 저들은 죽기를 각오하고 싸울 것이다. 피차 피해만 커진다. 몇 가지 명분을 주어 자발적인 후퇴를 유도하는 것만 못하다."

"그 명분 중에 지난 번 왜의 협상 조건도 들어 있는가?"

"아니다. 하나도 없다. 그건 불가능하다는 걸 저들도 알고 있다. 교역 조건의 개선이나 정기적인 통신사 교류 정도의 조건이면 된다."

"결국 자신들의 명예도 지키면서 목숨도 구할 수 있게 해달란 소리가 아닌가? 침략자 주제에 너무 염치가 없는 말이 아닌가? 그 정도의 말로 주전 의지가 확고한 조선의 임금을 설득시킬 수 있다고 보는가?"

"싸움은 의지만 가지고 되는 건 아니다. 지금의 조선군과 명군의 힘으론 단기간에 일본군을 몰아내긴 어렵다. 또한 수년 동안 백성들은 굶주렸고 농경지는 황폐화 됐다. 조선도 더 이상 버틸 수 없다는 걸 안다. 임금의 주전 의지는 그의 자존심일 뿐이다. 현실을 직시할 때다."

나는 있는 그대로의 현실을 말했다. 누구나 알고 있는 사실이었지만 결단을 내려야할 사람들이 명분과 자존심에만 너무 집착하고 있었다.

"현실성이 있든 없든 지금의 네 말은 왜적의 자존심을 지켜주자고 우리의 자존심을 꺾자는 소리로밖에 들리지 않는구나. 네 말은 결국 임금을 만나서 결판을 내야할 말이다. 도중에 목이 잘리지 않고 임금 앞에까지 갈 수 있다면 그때 가서 힘써 설득해 보거라."

종사관이 말을 하고 있을 때 한 사내가 막사 안으로 들어섰다. 도원수 권율이었다.

"이 자가 지난 번 귀순했다는 그 자인가?"

도원수가 나와 종사관을 번갈아 바라보며 말했다.

"예. 동래부 역관 손문욱입니다. 고니시의 부장으로 남해를 영지로 받았다는 자입니다."

종사관이 말했다.

"그 동안의 조서 내용은 이미 다 보았다. 어차피 이자의 처결은 비변사에서 결정할 일이다. 조사를 마무리하고 이번에 한성으로 다시 올라가는 선전관을 통해 압송케 하라."

도원수가 판결을 내리듯이 말했다. 종사관이 고개를 끄덕였다.

"그런데 한 가지 더 물어볼 말이 있다. 조서 내용에는 없던데,

혹시 경상 수사 배설이란 자가 고니시 진영에 있지 않은가?"

도원수가 나에게 물었다. 종사관은 미처 그 일을 챙겨보지 못했다는 표정을 지으며 나를 바라봤다.

경상 수사 배설이라면 지난 칠천량 해전에서 도망친 경상우수사를 말하는 듯했다. 통제사 원균의 명령을 어기고 도망갔다는 장수가 있었다더니 그 자를 찾고 있는 듯했다. 원균이 칠천량에서 조선 수군의 함대를 모두 엎질러 버렸고, 나중에 다시 통제사가 된 이순신은 그 경상수사 배설이란 자가 도망가서 숨겨놓았던 배 10척과 몇 척의 배를 더 수습하여 13척의 배로 울돌목에서 333척의 일본 수군을 격퇴했다. 불가사의한 일이었다.

"왜 경상수사를 고니시 진영에서 찾으시오?"

도원수에게 어떻게 말을 해야 하나 잠시 망설였다. 조선의 역관 신분으로선 당상관 자리에 있는 사람에게 반말을 할 수는 없었다. 하지만 이미 그런 건 내게 의미가 없었다. 나는 이미 조선의 역관도 아니고 아무것도 아니었다. 그렇다고 적국의 벼슬아치도 아니었다. 나는 고니시 진영을 떠날 때 내 스스로 양측의 강화협상을 위한 평화사절로서 내 신분을 정했다. 그렇다면 거기에 걸맞는 품위를 스스로 유지해야만 했다. 그랬기 때문에 도원수부의 군관들이나 종사관에게도 무턱대고 존댓말을 하지는 않았다. 그들이 반말을 하면 나도 반말로써 대응했다.

잠시 도원수가 이놈 봐라 하는 식의 표정을 짓더니 이내 평상심으로 돌아오는 듯했다.

"그 자는 지난 칠천량 해전에서 통제사의 명령을 거역하고 적전이탈을 한 자요. 그런 자가 숨어있을 수 있는 곳은 적진밖에 또 있겠소?"

도원수의 말이 공손해졌다.

"그 자를 찾으면 어떻게 할 작정이시요?"

내가 물었다.

"도원수의 권한으로 군법에 따라 목을 벨 것이오. 군령을 어긴 자에겐 죽음이 있을 뿐이오."

도원수가 근엄하게 말했다. 도원수 권율은 전라 광주 목사로 있으면서 수원의 독산성에서 일본군을 물리쳤고 지난 계사년(1593) 2월 12일엔 행주산성에서 3천의 병사로 한성에 주둔하고 있던 일본군 3만 명을 상대로 싸워 이겼다. 결국 한성에 주둔하고 있던 일본군은 남해안으로 후퇴할 수밖에 없었다. 그 후 개전 이래 한강, 임진강, 평양에서 어이없게 패하기만 했던 김명원을 대신하여 그는 도원수의 자리에 올랐다. 지혜가 부족하고 고지식하다는 평도 있었으나 그는 싸워서 이길 줄 아는 장수 중 한 명이었다. 본시 그는 문과에 급제한 문관이었다. 책상물림인 대부분의 문관들과는 달리 그는 군사의 지휘통솔에도 능했다. 병조판서 이항복이 그의 사위였다.

"군령이 지엄해야 한다는 건 나도 알고 있소. 하지만 결과적으로 배설이 원균의 명을 어기고 숨겨놓은 전선이 있었기 때문에 이순신이 울돌목에서 왜군의 함대를 격파하고 왜군의 서해 진출을 막았던 거 아니요? 그나마 왜군의 북상을 막을 수 있었던 것도 그자가 원균의 명령을 어기고 전선을 숨겨놓았던 것에서 시작된 것이니 그의 공이 적다고만은 할 수 없는 일이오. 배설이 숨겨놓은 전선이 없었다면 결과적으로 어떻게 이순신의 재기가 가능했겠으며 일본 수군의 북상 또한 어떻게 막을 수 있었겠소. 어찌 보면 그는 죽여야 할 자가 아니라 상을 받아야 할 자가 아니요?"

배설이란 자와는 개인적인 관계가 없었으나 이치가 그러한 것같아 내 생각을 말했다. 고지식한 도원수의 성격상 그러한 말이 통할 것 같지는 않았다.

"전선에 나가 있는 장수의 명이 한번 어긋나기 시작하면 그건 돌이킬 수 없는 사태를 불러오는 것이오. 군인에게 상관의 명령은 죽음을 무릅쓰고서라도 시행해야하는 절대적인 거요. 이 전시에 요행만을 믿고 한번 명을 어긴 자를 용서하게 되면 나라가 위태로워지는 법이오."

도원수가 말했다. 도원수다운 말이었다. 하지만 나도 그냥 물러설 수만은 없었다.

"도원수는 상관의 명령에 무조건 복종하는 것만이 충이라고 생각하시오? 잘못된 상관의 명령에 무조건 따르는 짓이야말로 경우에 따라선 치명적으로 나라를 위태롭게 하는 일이란 사실을 생각해보지는 않으셨소? 도원수의 말대로 배설이란 자가 원균의 명령을 그대로 따랐다면 그야말로 나라가 위태로워질 뻔 하지 않았소?"

도원수와 종사관을 번갈아 보며 내가 말했다.

"원칙과 규범을 어기고선 천하를 바로 할 수 없는 법이오. 장수에게 무슨 말이 더 필요한가."

도원수의 말은 단호했다. 무수히 많은 적을 목 베고 부하들을 군령에 따라서 처리해온 한 인간의 삼엄한 기운이 내게까지 미치고 있었다. 살기인지도 몰랐다.

"그 원칙과 규범이란 것은 어디에서 나오는 것이요? 원칙과 규범이란 것도 본래 그때의 현실과 시류를 좇아서 만든 것 아니겠소. 원칙을 따져야할 때 편법부터 들고 나오는 자도 경계를 해야겠지만 편법을 따라야할 때 원칙만 고집하는 인간도 경계해야 하는 법이오. 그게 내 짧은 소견이오."

지난 칠천량 해전에서 통제사 원균은 임금과 도원수의 명령에 따라 무조건 쳐들어갔다가 패했다. 그의 패배는 조선 수군을 괴멸 직전까지 몰고 갔을 만큼 치명적이었다. 권율은 원균이 명에 따르지 않는다고 곤장까지 쳐서 전선으로 내몰았다. 칠천량 해전의 패전은 무능한 수군통제사 원균의 지휘 역량이 한계를 드러낸 것이기도 하지만 원래부터 무모한 명령을 내린 임금과 도원수 권율의 전술적 무지함이 더 근본적인 패전의 원인이었는지도 몰랐다. 하지만 도원수는 시금 자신의 잘못을 인정하고 싶지 않을 거였다. 아직도 그는 임금의 명에 따라 군령을 시행했을 뿐이라고 생각하고 있을 수도 있었다. 그런 인간들이 흔히 그렇듯이 그도 단순하고 우직한 인물일 뿐이었다.

"자네가 내게 원칙과 규범을 가르치려 드는가?"

도원수가 나직한 음성으로 말했다. 나는 그 순간 언젠가 경상수사 배설의 목이 도원수 권율의 손에 베어지는 환영을 보았다.

"내가 누굴 가르치려는 것이 아니라 이치가 그렇다는 얘기고, 군법에 따라서 무작정 목을 베는 것만이 능사가 아니란 사실을 말하고 싶었을 뿐이오. 때론 현장의 사정에 따라서 편법을 따라야 할 때도 있는 게 아니겠소. 특히 이 전란과 같은 위기 시엔 말이오."

나는 내 생각을 말했다.

"그렇다면 자네는 그 편법이란 걸 따라서 여기까지 온 모양이군. 자네는 자네의 그 편법을 따라서 살게, 나는 내 원칙을 따라서 살 것이니. 누구의 선택이 옳은 것이었는지는 후대의 역사가 말해

줄 것일세. 그나저나 비변사에서도 자네의 얘기가 통할지 모르겠네. 요행히 살아남아서 전하를 대면하게 되더라도 하루가 멀다 하고 독전을 하고 있는 전하를 설득시킬 수 있을지 걱정이구만. 만약에 전하를 설득시키지 못한다면 그 다음엔 뭘 어쩔 것인가?"

도원수가 걱정스러운 듯이 말했다. 나는 후대의 평가를 믿지 않았다. 그건 또 그때 그 시대를 살아가는 자들의 편의적인 해석과 평가일 뿐이기 때문이었다. 잠시 피로가 몰려왔다.

"임금도 믿는 구석이 있어서 그럴 것인즉, 뜻대로 되기를 바라는 수밖에 없지요."

전쟁을 계속할 수 있다는 희망을 제거하거나 그 힘의 원천을 소거하는 수밖에 없을 거라는 말은 하지 않았다.

"그동안 조사를 받느라 고생이 많았소. 이런 일이 원래 그런 것이니 누굴 원망은 하지 마시게. 내일 또 먼 길을 가야할 터이니 이만 편히 쉬시오."

도원수가 자리에서 일어나며 말했다.

"나도 도원수의 무운을 빌겠소. 그리고 그 배설이란 자는 고니시 진영에 없었소. 나름대로 생각이 깊은 자라면 그런 짓까진 하지 않을 듯싶소. 이 좁은 땅덩어리 위에 사는 조선 놈이 갈 곳이 고향밖에 더 있겠소? 시간이 걸리더라도 결국 고향으로 돌아가지 않겠냐 말이오. 우리 모두 결국엔 그럴 사람들이니까."

나도 살아서 고향으로 다시 돌아갈 수 있기를 바랐다. 하지만 내 고향이 어디가 될지는 나도 모르고 있었다. 죽은 처자의 모습이 생각나지 않았다.

무술년(1598) 2월 17일, 이순신의 수군이 고하도에서 나와서 고
금도로 들어갔다는 정보가 입수됐다. 이순신의 수군이 고하도에
서 고금도로 진을 옮긴 보름 후 저녁, 대마도주인 소요시토시는
부장 야나기시게노부와 요시라 그리고 겐소를 데리고 순천의 왜
교성에 도착했다. 소요시토시는 크지만 느린 충루선 대신 세키
부네關船에 정예병 100명을 태우고 남해에서 왜교로 재빨리 건너
갔다. 이순신의 2차 제거작전을 고니시와 상의하기 위해서였다.
나는 그런 대마도주를 수행했다. 다행히 조선 수군의 척후선과는
마주치지 않았다.

이순신의 수군은 울돌목에서 서해로 북상하려던 일본 수군을
저지한 후 몇 달 동안 남해와 서해의 접점인 고하도로 물러나 칠
천량에서 거의 와해된 수군 전력을 추스르고 있었다. 그동안 수군

과 함께 북상하려던 계획이 울돌목 패전과 일본 육군의 직산 패전으로 저지되자 일본군들은 남해안으로 다시 내려와 성을 쌓고 들어가 장기전에 대비했다. 전라도 지역을 약탈하고 남서해안의 수군 진영까지 위협하던 고니시 유키나가는 순천의 왜교로 내려와 새로 성을 쌓고 웅거했다.

동쪽의 울산 서생포로부터 서쪽으론 순천의 왜교까지 일본군들이 쌓은 왜성이 연이어 있었다. 남해안 일대엔 이미 임진년에 평안도와 함경도까지 북상했던 일본군들이 남해안으로 다시 쫓겨 내려오면서 쌓아놓았던 성들이 이미 십여 개나 있었다. 히데요시는 명군의 개입과 각지에서 일어난 조선 의병들의 반격으로 더 이상 내륙에서 일본군들이 버티기 어렵게 되자 남해안 일대로 철수를 명한 후 각 영주들로 하여금 그곳에 12개의 성을 쌓도록 명령했다. 조선정벌이나 명나라 정벌의 성공 여부와는 상관없이 전쟁을 그만 둘 의사가 없었던 히데요시로선 협상을 위해서라도 남해안 일대의 교두보를 유지하고 있을 필요성이 있었다. 중국은 물론 안남, 필리핀, 인도까지 정복하겠다고 호언장담했지만 그런 히데요시의 말을 곧이곧대로 믿을 사람은 없었다. 히데요시의 1차적인 전쟁 목적은 대륙의 정복이 아닌 정적들의 국외 추방이었고, 그들의 물적·인적 자원을 전쟁을 통해 소모시킴으로써 자신의 권력을 보다 안정적으로 유지하기 위한 것이었다. 그렇기 때문에 히데요시는 각 영주들에게 끊임없이 대규모 토목 공사를 벌리도록 명령했다. 일본의 전진기지인 나고야엔 자신이 거처할 화려한 궁전은 물론 각 영주들의 성을 짓게 함으로써 아무것도 없이 황폐했던 나고야를 일시에 번화한 도시로 바꿔놓았다. 한때 그곳에 집결한 크고 작은 전선이 1,800여척이나 되었다고 했다. 히데요시는 그와 같은 방식으로 잠재적으로 위협이 될 만한 영주들을 전선으로 내몰았으며, 그들로 하여금 끊임없이 성곽과 전선을 건조하게 하고 전쟁 물자를 대게 함으로써 정적들의 힘을 소진시켰다.

히데요시는 조선의 남해안 일대에도 왜성들을 축조케 함으로써 영주들의 물적·인적 자원을 소모시켰다. 물론 조선의 남해안 일대에다 왜성을 축조하는 데엔 포로로 잡은 조선인들과 현지에서 약탈한 자재들이 많이 동원된 것도 사실이었다.

고니시의 왜성은 서쪽 끝에 있는 전초기지로서 이순신의 수군과 마주하고 있는 최전선 기지였다. 고니시가 전라도를 완전히 장악하기 위해선 이순신의 수군과 먼저 맞부딪쳐야 했다. 이순신의 함대 또한 동쪽으로 가기 위해선 왜교성의 고니시군을 제일 먼저 돌파해야만 했다.

이순신의 수군은 고하도로 물러나 한숨을 돌린 후 다시 적의 근거지인 부산 쪽으로 조금이라도 더 다가가기 위해 진을 고금도로 옮긴 거였다. 고니시는 이순신과의 일전이 불가피하다는 걸 깨달았다.

지난 번 고니시와 요시토시의 이순신 1차 제거작전에 의해서 수군통제사 자리에서 쫓겨난 이순신은 죽음 직전까지 갔었다. 그 사이에 일본 수군은 원균이 대신 이끌었던 조선의 수군을 칠천량에서 거의 괴멸시켰다. 임진년 개전 이래 이순신이 거제도의 견내량을 막고 있어서 더 이상의 서진이 불가능했던 일본의 수군은 드디어 그 틈을 이용하여 남해를 돌아 서해로 북상하는 길목까지 갔었다. 육군도 남원성과 전주성을 점령하면서 조선군의 후방 기지 역할을 해왔던 전라도 일대를 장악했다. 수륙병진 작전에 의해 일본군은 다시 한성을 점령하는 듯했다.

정유년(1597) 8월 3일. 백의종군 중이라던 이순신이 다시 삼도수군통제사에 임명되었다는 간자의 정보가 고니시의 진영에까지 전해졌다. 간자의 정보대로라면 그는 7월 중순경까지 권율의 도원수부가 있는 초계에 있었다. 그가 다시 삼도수군통제사가 되었다면 그는 이미 그곳을 떠나서 수군 기지가 있는 어딘가로 향했을 거였다. 한산도의 수군 진영이 무너졌으니 그는 자신의 본영이 있던 여수 쪽으로 향했을 가능성이 많았다.

이순신의 복직 소식을 들었을 때 고니시는 순간 긴장하는 눈빛이었으나 이내 대수롭지 않은 표정을 지었다. 이순신의 숨통을 완전히 끊어놓지는 못했지만 이미 그의 손발은 다 잘라났다고 판단한 모양이었다. 칠천량에서 수장시킨 크고 작은 300여 척의 조선 함대는 사실상 조선 주력 함대의 전부나 마찬가지였다. 그동안 이순신과 그의 수군이 각고의 노력으로 마련해놓은 전함을 원균은 하루아침에 일본군의 제물로 만들었다. 이순신이 삼도수군통제사의 직에서 파직되고 후임자인 원균에게 인계한 전선은 건조 중인 전선을 포함하여 180여 척의 함선과 협선 120여 척에 수군 5,000명 안팎이었다고 간자에 의해 고니시에게 보고된 바가 있었다. 그 숫자는 조선이 보유하고 있는 모든 전선의 수와 거의 일치했으며 수군 전력의 전부나 마찬가지였다.

이순신의 수군은 한때 18,500여 명에 달했다. 그러나 연이은 흉작과 전염병의 극성으로 인하여 병사자와 도망병들이 속출하여 을미년(1595) 2월쯤엔 귀향자를 제외하고 4,100여 명으로 줄어들기도 했다. 그동안의 전투에서 희생된 이순신 휘하의 조선 수군의 숫자가 100명도 되지 않았던 것을 고려하면 전염병에 의한 병사자 수는 심각한 수준이었다. 전체 병력의 삼분의 일 이상이 감염되었고, 그 중의 삼분의 일 이상이 죽어나갔다. 그러자 배고픔과 전염병에 대한 공포 그리고 고단한 수군 생활을 견디지 못하고 수군을 이탈하는 도망병들로 인하여 병력 수는 급감했다. 상황은 일본군 진영에서도 마찬가지였지만 홀로 바다에서 일본 수군의 서북진을 틀어막고 있던 이순신 휘하의 조선 수군의 타격은 보다 심각했다.

하지만 이러한 상황 아래에서도 이순신은 부지런히 수군 속읍의 백성들을 긁어다가 병력을 충당했다. 그는 수군의 원활한 병력 충당을 위해서 수군에 속한 지역의 백성들을 수군과 육군에서 이중으로 징발하는 문제로 조성 대신들이나 지방관들과 끊임없이 대립했다. 또한 그는 도망병이 발생할 경우 일족 중에서 대신 징발하는 문제로 왕과 조정의 여론은 물론 백성들의 원성을 사기도 했다. 나라가 위태로운 상황에서 인정이나 순리를 좇기보다는 일시적으로 백성의 원성을 사고 백성을 피곤하게 하더라도 편의와 방편을 좇아 일단 외적들로부터 백성들을 보호한 다음에 인정을 베푸는 것이 합당하다고 그는 생각했다. 도망병은 과감히 목을 벴고 일족으로 하여금 책임을 물었다. 징모의 책임을 다하지 못한 아전과 지방관의 목도 서슴없이 벴다. 그런 식으로 그는 부족한 수군의 병력을 충당했다. 염전과 둔전을 일궈서 부족한 군량을 충당하고 주위의 인력과 자원을 징발하여 부지런히 전선을 건조하고 화약과 병장기들을 만들었다. 그가 원균에게 인계한 화약은 4,000근이었고 함선에 탑재한 총통 외에 300자루의 총통을 별도로 또 인계했다. 이순신의 수군 전력은 전라좌수사로서 2년여 동안, 또 삼도수군통제사로서 3년 5개월 동안 그 자리에 있으면서 그의 노력과 백성들의 피땀으로 이뤄놓은 것이었다. 하지만 그의 수군 전력이 수장되는 데는 채 한나절도 걸리지 않았다. 단 한 번의 접전으로 처참하게 무너졌다.

제아무리 이순신이라고 하더라도 사실상 재기는 불가능했다. 조선의 임금과 이순신의 정적들은 천리 밖에 있으면서 이순신이 그동안 섬에 틀어박혀 한 일이 뭐냐고 그를 탄핵했지만 그 의미와 중요성을 확인하는 덴 그리 많은 시간이 필요하지 않았다. 이순신이 한산도에서 굶주림과 싸워가며 애써 막고 있던 거제도 견내량 방어선이 무너지자 진주를 넘어 남원, 전주 등 전라도 내륙이 순식간에 무너져 내렸다. 부산진과 그 일대에서 막을 수 있었던 전쟁은 다시 경상도와 전라도 일대를 넘어 충청도를 지나 한성을 위협하는 지경에 이르렀다. 이순신의 파면과 복직을 둘러싼 당파간의 이전투구와 전략에 대한 무지는 조선의 임금과 조정 대신들의 치부로 역사에 길이 기록될 만했다.

기적처럼 되살아온 이순신에 의해 두 달 만에 울돌목에서 다시 믿기지 않는 일이 벌어지고 일본군들은 거듭 후퇴를 해야만 했다. 빈손이나 다름없는 이순신의 수군에게 다시 패한 일본군 수뇌부들은 경악했다. 어차피 이순신을 제거하지 않는 한 조선에서의 전쟁은 승패를 가늠할 수 없었다. 고니시는 다시 이순신 제거명령을 내리지 않을 수 없었다. 고니시는 이순신 1차 제거작전에 참여했던 소요시토시와 휘하의 부장들을 다시 소집했다.

고니시의 왜교성은 정유년(1597) 9월에 쌓기 시작하여 3개월 만인 그해 12월에 완공된 성이었다. 수많은 조선인들이 공사에 동원되었고, 공사 도중에 죽어나갔다. 고니시는 1만 5천 명의 군사를 이끌고 그 성에 입성했다. 성의 동쪽과 북쪽은 절벽이었으며 남쪽은 바다와 연결되어 있었다. 육지에서 접근할 수 있는 통로는 서쪽밖에 없었다. 육지에서 성을 공격하려면 서쪽으로 접근해야 했지만 접근로가 좁아서 공격하기가 어려워 보였다. 이순신의 수군이 바다에서 공격을 해온다고 하더라도 수심이 얕아서 판옥선 같은 큰 전함이 드나들긴 어려웠다. 밀물을 따라서 잠시 공격을 해온다고 하더라도 오래 지체할 순 없을 거였다. 전함에서 쏘아대는 조선 수군의 대포도 성까지 도달하진 못했다. 왜교성은 난공불락의 요새처럼 보였다.

소요시토시 일행을 태운 세키부네는 밀물을 따라서 성의 남쪽 해안에 접안했다. 평상시엔 바다와 갯펄이 해자 역할을 하고 있는 곳이었다. 접안해 있는 배에는 여기저기서 약탈한 물건들과 포로들을 싣고 있었다. 짐을 실어 나르는 인부들 대부분은 조선인들이었다. 그 중에는 코가 없는 사람들도 상당 수 있었다. 왜군들에 의해서 코가 베어진 사람들이었다.

일본군들의 코베기는 정유년(1597) 8월 남원성 전투를 기점으로 몇 달 동안 극성을 부렸다. 그해 6월 15일 히데요시는 요시라의 반간계에 의한 이순신 제거 작전의 성공을 알리기 위해 보고차 일본으로 건너갔던 야나기시게노부를 다시 부산으로 급파했다. 히데요시는 조선에 주둔하고 있던 전 일본군에게 전라도로 들어가서 식량을 확보하고 여러 성을 공격한 후 충청도로 들어가도록 명령한 다음, 사병 1명당 한 되씩의 코를 베어 소금에 절여 보내도록 명령했다. 이른바 히데요시의 코베기 명령이었다. 조선에 주둔하고 있는 일본군들이 몇 달 동안 싸우지도 않은 채 남해안에 머물러 있자 히데요시는 적극적인 싸움을 독려하면서 군사들에게 가시적인 성과물을 요구한 것이었다. 이후 일본군들은 닥치는 대로 코를 베기 시작했다. 조선군과 명군의 코는 물론 눈에 띄는 모든 조선인들의 코를 베가기 시작했다. 일본군들은 조선인들의 코뿐만이 아니라 눈까지 도려냈다. 남원성에서만 베어져 교토로 보내진 코만 3,276개였다. 일본군들은 심지어 전사한 동료들의 코마저 베어 바쳤다. 이 끔찍한 참상을 나는 고니시의 부장으로서 남원성 전투에 참가하면서 똑똑히 보았다.

칠천량에서 조선 수군을 격파한 일본군은 고니시를 선봉으로 우끼다히데이, 가토 등이 이끄는 5만 6천여 명의 대군으로 전라도를 공격하기 위하여 고성, 사천, 하동, 구례를 거쳐 남원으로 쳐들어갔다. 명나라 부총병 양원은 근처의 교룡산성이 아닌 평지의 남원성에 방어사령부를 차리고 일본군을 맞았다.

8월 11일 선발대로 도착한 고니시는 먼저 남원성 근처에 거치적거리는 민가들을 정리하면서 공격준비를 하는 한편 양원에게 성을 비우고 도망갈 것을 주문했다. 하지만 천병을 자처하는 양원은 일단 그 말을 무시했다. 양원은 명 유격장 진우충과 전라 관찰사, 순찰사 등에게 구원병을 요청하는 한편 나름대로 일본군의 공격에 대비했다.

그러나 남원성의 조·명 연합군 4,000명은 5만여 명의 일본군을 당해낼 수가 없었다. 12일부터 시작된 본격적인 전투는 16일 낮에 명군이 지키고 있던 남문이 뚫리면서 막을 내렸다. 남문이 뚫리자 명군과 조선군 그리고 남원 부민들은 한꺼번에 조선군이 버티고 있던 북문으로 몰려들었고 그곳에서 대부분 몰살당하는 참변을 겪었다. 그 사이 명 부총병 양원은 50여 기의 기마병들과 함께 서문을 통해 달아났다. 고니시는 양원에게 서문 쪽의 포위망을 풀어주고 뒤쫓지 않았다. 양원이 막판에 전황이 불리해지자 성 안의 조·명 연합군과 부민들의 코를 고니시에게 넘겨주는 조건으로 퇴로를 보장받았다는 소문이 일본군 진영에 돌았다.

전라병사 이복남과 조방장 김경노는 패색이 짙어지자 남은 군사들을 몰아 화약창고로 진격하여 그곳에 불을 지르고 창고 안으로 뛰어들어 전사했다. 그동안 모아놓은 화약을 일본군에게 넘겨

줄 수 없다는 판단에서 한 행동이었다. 접반사 정기원, 방어사 오응정, 별장 신호, 부사 임현, 통판 이덕회, 구례 현감 이원춘이 전사했고, 명 총병 중군 이신방, 천총 장표, 모승선 등 명군 장수를 비롯한 명군 3,000명과 조선군 1,000명, 남원 부민 6,000여 명이 몰살당했다. 일찍이 북문으로 빠져 나간 일부 사람들은 목숨을 건졌다.

남원성이 함락됐다는 소문이 인근에 퍼지기 시작하자 여산 군수, 전주 부윤 박경신, 익산 군수 이광길, 김제 군수 고봉양, 만경 현령 조응서, 임피 현령 이산휘, 용안 현감 정지, 함열 현감 박정길, 옥구 현감 김희온, 부안 현감 권성, 무장 현감 이람, 영광 군수 전협, 고창 현감 문희개, 정읍 현감 이진, 고부 군수 이정립, 금구 현감 한수성, 태인 현감 박지술, 고산 현감 최철강, 금산 군수 홍창세, 무주 현감 김백추, 진안 현감 오장, 장수 현감 강복성, 옥과 현감 홍요좌, 진원 현감 심유, 창편 현령 백유항 등이 일찌감치 근무지를 이탈해서 도망갔다.

당시 남원성 안에는 전라병사 이복남이 이끌고 들어온 조선군 1,000여 명과 명나라 부총병 양원이 이끄는 명군 3,000명, 그리고 남원 부민 6,000여 명이 있었다. 나는 남원 부민에 대한 무분별한 살상을 막기 위해 노력했지만 아무도 내 말에 귀를 기울이려 하지 않았다. 고니시나 소요시토시도 부하들의 살인과 코베기를 그저 바라만 보고 있었다. 살인은 경쟁적으로 벌어지고 있었다. 나는 고니시나 소요시토시가 믿고 있다는 천주교의 정신이란 게 뭔지 의문이 들기 시작했다. 일본군 군종 자격으로 참전한 그레고리오 데 세스페데스 신부란 자도 끔찍한 장면을 볼 때마다 위아래 좌우로 손만 그어댈 뿐 별다른 움직임이 없었다.

남원성을 점령한 후 서너 달 동안 정신없이 인근의 조선인들을 학살하고 코를 베는 일본군들을 나는 막을 수가 없었다. 군사 개개인에게 구체적인 전투 실적을 요구하는 히데요시의 코베기 명령이 있었던 데다가 이순신의 전라 좌수영의 수군과 행주산성에서 광주 목사 권율이 이끌었던 전라도 병사들 때문에 고전을 했던 경험이 있는 일본군들의 전라도에 대한 증오심과 보복은 끔찍했다.

남원성 함락 이후 한동안 일본군들의 손길은 내륙으론 곡성과 구례, 남원, 함양까지 미치고 있었으며 서남해안 쪽으론 장흥과 해남, 영암, 나주, 함평 등 전라우도의 수군 속읍 지역 깊숙이까지 미쳤다. 그런 와중에 이순신의 수군이 울돌목에서 서진하던 왜 수군을 막아낸 후 점차 서남해안의 내륙 일부가 다시 조선군에 의해서 수복이 되어가고 있었다. 그래도 여전히 일본군들은 곳곳에 출현해 관아를 습격하고 조선인들을 잡아가고 코를 베고 살인과 약탈, 강간을 밥 먹듯이 했다. 전쟁이 소강상태로 접어들면서 일본군들의 약탈은 더욱더 기승을 부렸다. 사람은 물론 눈에 보이는 모든 것들을 긁어모았다. 금붙이 은붙이는 물론, 도자기, 책, 활자, 절에 있는 종이나 돌탑까지 모든 걸 일본으로 실어내 가려는 듯했다. 어차피 조선의 영토를 자신들의 영지로 만들지 못할 바엔 조선의 모든 재물과 물건을 약탈이라도 하겠다는 듯이 장수들은 부하들을 다그쳤고 병졸들도 식량이나 옷 같은 생필품에서 재물들까지 능력껏 취할 수 있는 모든 것을 취했다. 조선의 남자들은 잡아다가 코를 베거나 성을 쌓고 노를 젓게 했으며 전투 시에는 화살받이로 내세웠다. 여자들은 잡아다가 밥이나 빨래를 시키기도 했고 밤에는 성적인 노리개로 삼았다. 그들은 틈만 나면 여자들에게 달라붙었다. 마지막 정액까지 짜내서 씨를 뿌려대려는 자들처럼 극성스러웠다. 아이들도 예외는 아니어서 눈에 띄는 대로 잡아다가 본국으로 후송했다. 그런 아이들은 노예시장으로 팔려가거나 일본인들의 종으로 팔려나갔다.

고니시가 거주하고 있는 천수각까지 올라가기 위해서는 대부분의 왜성들이 그렇듯이 갈지자형의 경사진 언덕의 통로를 한참 통과해야 했다. 왜교성도 다른 지역에 쌓은 왜성들과 거의 비슷한 구조였다. 유일하게 절벽이 아닌 서쪽으로 조선이나 명나라의 육군이 공격해온다고 하더라도 그들은 다시 좁고 가파른 언덕의 꼬

불꼬불한 통로를 통과해야만 했다. 다행히 왜교성의 서문을 돌파해서 성 안으로 들어온다고 하더라도 그들은 대부분 이 통로에서 조총부대의 3교대 집중 사격을 받고 죽을 거였다. 성 안에는 3천 명가량의 조총수가 배치되어 있었다. 성 안의 식량이 바닥나지 않는 한 왜교성의 일본군을 쉽게 몰아낼 수는 없을 듯했다.

천수각은 고니시와 그가 데려다 놓은 그의 여자들의 생활공간이었다. 그는 그곳에서 먹고 잤으며 여자들과 뒹굴었다. 거기엔 일본 여자들과 조선 여자들이 뒤섞여 있었으며 여자들은 자주 교체되었다. 고니시는 싫증난 여자들을 부하 장수들에게 나누어 주었다. 그의 부하들도 여러 명의 조선 여자들을 첩으로 거느리고 있었다. 조선 여자들은 사방에 널려 있었으며 그들은 조선 여자들을 마음껏 소비하고 버렸다. 수군 장수들조차 전함에 조선 여자들을 서너 명씩 예사로 싣고 다니며 즐겼다. 원균과 그의 수하 장수 몇몇이 전함에 자기 여자들을 싣고 다닌다는 얘기를 전에 들은 적이 있었는데 일본 수군들이 하는 짓을 배웠던 모양이라고 생각했던 적이 있었다.

천수각의 조선 여자들은 기모노를 입고 있었으며, 머리는 짧게 깎거나 댕기나 비녀를 풀어 뒤로 묶고 있었다. 그래서 일본 여자와 언뜻 구분이 가지 않았다. 여자들의 출신도 다양해서 양갓집 규수부터 관기, 종, 심지어 양반의 부인이나 소실이었던 여자들도 섞여 있었다. 일본군에 잡혔을 때 목숨을 끊지 못한 대부분의 조선 여자들은 그들에게 욕을 당하거나 그들의 상관에게 바쳐졌다. 일본군들에게 붙잡힌 조선 여자들은 그들에게 끌려 다니며 욕을 당하다가 목이 베어지기 일쑤였다. 그나마 미색이 출중한 여자들은 그들의 상관들에게 바쳐져 조금 더 목숨을 연장할 수 있었다. 장수가 데리고 놀던 여자는 일정 기간이 지나면 그 부하들에게 선물로 주어졌고, 또 그 부하에게 인수인계 되는 시간만큼 목숨을 연장할 수 있었기 때문이었다. 일부의 여자들은 약탈한 물건들과 함께 그 장수의 일본 영지나 본가로 보내지기도 했다. 고니시에게 바쳐진 여자들은 물론 최고의 미녀들이었다.

하지만 고니시가 천수각에서 여자들과 뒹굴고 있는 것만은 아니었다. 그는 매일 일정한 시간을 부장들과 함께 작전 회의를 했고 주변의 상황을 수시로 보고 받았다. 천수각에는 아무나 드나들 수 없었지만 그의 핵심 참모들은 수시로 드나들며 고니시에게 보고하고 뭔가 지시를 받기도 했다. 천수각에선 광양만이 한눈에 내려다 보였다. 배들이 드나드는 것이 훤히 보였다.

고니시가 그의 부장들과 회의를 하는 넓은 방에 한쪽으론 이미 그의 부장들이 앉아 있었다. 소요시토시와 수행원들은 그 반대편에 앉았다. 나는 야나기시게노부의 옆에 앉았다.

"오늘 우리가 이렇게 다시 모인 것은 이순신을 제거하기 위해서다. 잘 알고 있다시피 이순신을 제거하지 않고서는 앞으로 나갈 수도 없고 뒤로 물러설 수도 없는 형편이다. 지난 1차 제거 작전을 통해서도 그의 목숨을 거두진 못했고, 그동안 여러 차례 자객을 보내보기도 했지만 이렇다 할 소식이 없었다. 최근 들어 이순신이 뭍에 오르지도 않고 전선 안에서 보내는 시간이 많아진데다가 이동이 잦아 그의 행방이나 주둔지를 파악하는 것조차 애를 먹고 있는 형편이다. 이런 상황에선 그의 행방을 파악한다고 하더라도 정상적인 방법으론 가까이에 접근하기도 힘들 것이다. 좋은 계책들이 있으면 말해 봐라."

고니시유키나가가 부장들과 그의 사위인 대마도주 소요시토시를 번갈아 바라보며 말했다. 조선과의 협상 문제나 이순신 제거 음모는 모두 소요시토시의 지휘 하에 그의 수하들에 의해서 진행되어왔다. 임진년 이전부터 오랫동안 조선과의 교류를 주도해온 대마도주는 그 휘하에 조선말에 능통하고 조선의 사정에 훤한 사람들을 많이 거느리고 있었다. 또한 곳곳에 조선 사람들과 통할 수 있는 사람들을 확보해두고 있었다. 그래서 전쟁 전부터 대마도주는 야나기시게노부로 하여금 조선내의 정보망을 점검하고 보강하여 운영하게 하였다. 그에 따라서 전쟁을 전후로 활발하게 활약해온 인물 중의 하나가 요시라였다. 그도 대마도 사람이었다.

그는 조선 조정과 일본군 그리고 명군 사이를 오가며 협상을 주도했고 물밑에선 이중간자 노릇을 하기도 했다. 명나라 유격 심유경과 고니시 사이의 실질적인 협상이나 제1차 이순신 제거 작전도 그가 아니라면 해낼 수 없는 일이었다. 그는 조선 임금으로부터 정삼품 절충장군이라는 벼슬과 은자 80냥까지 받은 인물이었다. 고니시와 심유경 사이의 비밀 협상 내용을 경상우병마사였던 김응서를 통해 조선 측에 전달하기도 했으며, 가토의 도해 사실을 미끼로 조선 조정에 알려 이순신이 삼도수군통제사 직에서 파직되도록 공작을 한 장본인이기도 했다. 요시라는 평소에 닦아놓은 경상우병마사 김응서와의 관계를 통해 김응서-김응남-좌의정 윤두서 라인을 이용해 조선의 임금에게까지 영향을 미쳤다. 그 대가로 요시라가 조선의 임금으로부터 받은 상금이 은자 80냥이었다.

요시라의 반간계에 의해 바다를 건너오는 가토의 함대를 공격하지 않았다는 죄명으로 이순신은 파직되었고 서울로 압송되어 고문을 당한 후 백의종군하게 됐다. 그 사이 이순신을 대신한 원균의 조선 수군은 칠천량에서 일본 수군의 함정에 빠져 공격을 받고 거의 전멸했다. 복직한 이순신이 울돌목에서 일본 수군을 물리치고 상으로 받은 것은 은자 20냥이었다. 그 말을 전해들은 요시라는 실소했다.

하지만 이제 그는 너무 많이 노출된 사람이었고 그에 대한 조선과 명나라 측의 신뢰도 땅에 떨어진 판이라 더 이상 조선이나 명과의 공작 전면에 나설 수는 없는 형편이었다. 지난번과 같은 이순신 제거 작전도 통할 수 없었다. 다른 인물과 다른 작전이 필요한 시점이었다. 하지만 솔직히 사람은 많았지만 요시라만한 인물도 드물었다. 고니시나 소요시토시의 고민이 거기에 있었다.

"자객도 접근하기 어렵고 지난번과 같은 이이제이식 반간계도 어렵다면 실질적으로 우리가 이순신을 제거하기는 어렵다는 소리가 아닙니까? 그렇다면 지금의 전황을 바꾸기가 어렵다는 소리인데 상황이 길어질수록 우리에게 좋을 건 없습니다. 나아갈 수도 없고 그렇다고 이대로 본국으로 돌아갈 수도 없는 상태가 지속된다면 우리는 여기에 고립된 채 시들어 가는 꼴이 될 겁니다. 조선 측과 직접 만나서 담판을 하는 수밖에 없지 않겠습니까?"

요시라가 말했다.

"다시 협상이라도 하자는 말인가? 조선은 더 이상 우리를 상대로 협상을 하려고 하지는 않을 텐데. 우리에 대한 저들의 불신은 장난이 아니다. 명나라라면 모를까 저들하고는 협상이 불가능해. 싸울 능력도 없는 조선군을 계속해서 전선으로 내몰며 압박하고 있는 게 다름 아닌 조선의 임금이다. 그걸 이용했던 것이 지난 번 이순신 제거작전이고. 이젠 저들에게 던져줄 미끼조차 없잖은가? 이순신이 원균이나 조선의 관리들, 하다못해 명나라 놈들처럼 뇌물이라도 통하는 인간이라면 어떻게 해보겠는데, 그것도 아니고."

고니시가 곤혹스러운 표정으로 말했다. 고니시는 일찍부터 명나라와의 국제 무역으로 돈을 모아온 오사카의 상인집안 출신이었다. 그의 아버지 고니시류사는 약재상으로서 명나라와의 무역으로 일찍부터 서양문물을 접했고 일찍부터 독실한 천주교 신자가 된 인물이었다. 그의 영향으로 차남인 고니시유키나가도 천주교 신자가 되었다. 고니시류사는 히데요시의 대관을 지냈으며 그는 아들과 함께 세토나이해의 군수물자를 운반하는 총책임자가 되었다. 히데요시의 신임을 얻은 고니시유키나가는 히고노쿠니 우토성의 영주가 되었고 임진년에는 18,000명의 병력을 이끌고 1진으로 조선에 출병하여 부산진성과 동래성을 점령했으며 한성과 평양성을 점령하기도 했다. 심유경과의 협상 과정이 들통 나면서 곤경에 처하기도 했지만 정유년엔 가토에 이어 2진으로 다시 조선 땅을 밟았다. 그에 대한 히데요시의 신임은 여전했다.

상인집안 출신답게 그는 매우 실리적이고 현실적인 사람이었다. 개인적으로 그는 조선과의 전쟁에 반대했지만 자신의 주군인 히데요시가 한번 결심한 일은 거역하지도 않았다. 그는 히데요시의 조선정벌 명령이 내려지자 누구보다도 앞장서서 조선에 출병했다. 그는 전쟁터에서도 되도록 최소한의 희생으로 최대의 효과를 얻고자 했다. 불필요한 살상은 되도록 피하고자 했으나 일단 전투가 시작되면 무자비하게 적들을 짓밟았다. 싸우기 전에 항상 적들에게 항복을 권했고, 싸움을 원하지 않고 도망가길 원한다면 기꺼이 퇴로를 열어줄 줄도 아는 사람이었다. 협상과 거래에 능해서 싸우기 전엔 적들과도 항상 협상이나 거래를 하려고 했다. 하지만 결코 그는 비겁하지도 않았다. 살아야 할 때는 살고 죽어야 할 때만 죽는 것이 사무라이라는 말처럼 그는 싸워야 할 땐 누구보다도 용감히 싸웠고 협상을 해야 할 땐 기꺼이 몸을 낮춰 협상을 하려드는 인물이었다. 그런 면에선 그의 사위인 대마도주도 마찬가지였다. 역사적으로 중개무역을 통해서 자신들의 목숨을 보존해온 대마도 사람답게 소요시토시 또한 협상과 거래에 능한 인물이었고 실리적이고 현실적인 인간이었다. 그런 고니시나 소요시토시에게도 이순신과 같은 인간은 다루기 힘든 인간이었다.

상인 집안에서 태어나 어떠한 협상이나 거래도 쉽게 포기한 적이 없는 천하의 고니시였지만 개인적인 실리를 경우에 따라선 기꺼이 내던질 줄 아는 인간을 세속적인 미끼로 낚을 수는 없었다. 눈앞의 이익이나 당장엔 보이지 않더라도 더 큰 실리를 좇는 인간들과의 협상은 어려울 것이 없었다. 내가 줄 수 있는 것과 상대에게서 내가 받을 수 있는 것만을 생각하면 됐다. 하지만 눈에 보이지 않는 명분이나 이상을 좇는 인간들과는 거래가 되지 않았다. 그들에겐 내가 줄 수 있는 것도 상대로부터 내가 받을 수 있는 것도 항상 막연하거나 없는 듯했기 때문이었다. 고니시는 가끔 조선인들과의 싸움에서 그러한 상황에 부딪히곤 했다. 뻔히 죽을 자리란 걸 알면서도 그 죽을 자리로 기꺼이 걸어 들어가는 조선인을 간혹 볼 때마다 고니시는 당혹스러웠다. 고니시가 보기에 조선인들의 싸움은 때론 무모했고 때로는 비장하고 성스러운 그 무엇이었다. 물론 겁쟁이들이 더 많았다. 하지만 겁쟁이는 사무라이 중에도 있었다. 어디에나 사이비들은 있기 마련이었다. 하지만 존경할 만한 인간도 어디에나 있기 마련이었다. 조선의 선비란 자들 중에도 그런 인간들이 간혹 있었다. 그들의 머릿속엔 분명히 자신의 손익계산과는 다른 셈법이 있는 듯했다. 그것을 고니시는 이해할 수 없었다. 평생을 시장바닥과 전장에서 동물적인 감각을 통해 단련된 고니시의 실리적이고 현실적인 머리론 어려서부터 서책 속의 도와 예를 읊조리며 살아온 조선의 선비란 자들의 머릿속을 이해할 순 없을 것 같았다. 때론 그들이 칼을 든 사무라이들보다도 더 절의와 용기가 있는 듯도 했다.

하지만 그럼에도 불구하고 그런 자들이 조선의 백성들에게 가져다 준 현실적 고통과 굶주림을 그는 또 이해할 순 없었다. 임진년 이전부터 전쟁 발발에 대한 경고를 대마도주를 통해 해줬음에도 불구하고 제대로 대비하지 않은 것은 뭐며, 협상을 통한 해결방법을 찾을 생각은 하지 않고 싸울 힘도 없는 군사들을 병참 지원도 없이 끊임없이 전선으로 내몰고 있는 조정 대신들과 임금이란 자의 작태는 또 뭔지 고니시로선 납득이 가지 않았다. 조선과 명나라 400주는 물론 인도까지 자신의 발아래 굴복시키겠다는 히데요시의 망상보다도 더 이해할 수 없는 게 조선의 임금이란 자의 행동이었다. 히데요시에겐 정적들 제거라는 현실적인 이유라도 있었지만 조선의 임금에겐 이 전쟁의 지속이 어떤 의미가 있는 것인지 고니시로선 헤아리기 어려웠다. 전쟁이 끝난 후 자신이 짊어져야할 책임과 변화를 두려워하고 있는 것이 아닌가 하는 의문만이 머릿속을 맴돌고 있을 뿐이었다. 결국 선비도 선비 나름이고 사무라이도 사무라이 나름이란 말인가 하는 의문이 항상 머릿속에서 떠나지 않는 고니시였다.

"내가 쓸 만한 정보를 가지고 다시 한 번 저들을 방문하는 수밖에 없을 듯합니다. 그런 건 만들면 있는 겁니다."

요시라가 고니시의 생각을 헤아리고 있는 것인지 자신 있는 목소리로 다시 말했다.

"너무 자만하고 있는 것 아닌가? 자네의 작전은 항상 처음엔 그럴 듯한데 끝이 좋지 않았어. 심유경과의 협상도 이순신 제거 작전도 처음엔 잘 되어가는 듯 하더니 결국엔 어떻게 되었냐 말이야? 그게 다 자네의 그 자만심 때문이란 생각은 해보지 않았나?"

야나기시게노부가 요시라를 보며 말했다. 두 사람은 모두 소요시토시의 왼팔과 오른팔이었다. 야나기가 주로 지근에서 대내적인 일과 일본 본토와의 일을 처리해왔다면 요시라는 대외적인 일을 도맡아 처리해왔다. 두 사람은 경쟁자인 동시에 대마도주를 오랫동안 안팎에서 보좌하고 있는 가신들이었다. 그런 만큼 두 사람은 서로에 대해서도 잘 알고 있었다.

"자네가 이젠 내 탓을 하려는 것인가?"

요시라가 반문했다.

"탓이 아니라 좀 신중하게 말하라는 소리일세."

야나기가 조금 언성을 높이며 말했다.

"이젠 자네가 내게 충고까지?"

요시라도 언성을 높였다.

"그만들 하라! 주군 앞이다. 무례하지 않은가!"

소요시토시가 끼어들었다. 고니시의 부장들 시선이 두 사람에게 집중됐다. 모두의 신경이 날카로워지고 있었다.

"그만 됐다. 다들 잘해보려고 하는 소리가 아니겠는가."

고니시가 소요시토시를 보며 말했다.

"결국 협상이 정답인가? 그런데 뭘 가지고 조선 측과 협상을 한단 말인가? 명군이야 당연히 전쟁을 하고 싶지 않을 테니 강화 협상의 명분이 있지만, 싸움을 계속하려는 조선의 임금과 무슨 명분으로 협상을 제의한단 말인가?"

고니시가 답답하다는 듯이 말했다. 그의 부장들은 뚜렷한 대안을 제시하지 못하고 고니시의 눈치만 살피고 있었다. 묘안이 없긴 대마도주나 그 수행원들도 마찬가지인 것처럼 보였다.

"쓸 만한 명분? 쓸 만한 정보라……."

고니시는 요시라가 한 말을 읊조리고 있었다. 뭔가 마음에 걸리는 것이 있을 때 나오는 고니시의 행동이었다. 그런 고시니의 마음속을 읽었는지 다시 요시라가 입을 열었다.

"태합의 사망 소식은 어떨까요?"

요시라의 말이 끝나기도 전에 모두의 시선이 그에게로 집중됐다. 놀란 입들을 다물지 못하고 있었다. 요시라의 말은 함부로 입에 담을 수 없는 지극히 불경스런 말이었다. 때문에 아무도 그의 말에 뭐라 말하지 못하고 있었다. 잠시 날카로운 침묵이 서로의 심장을 들쑤시고 있었다. 그러나 그 침묵을 아무도 먼저 깨지는 못했다. 그건 결국 고니시의 몫이었다.

"태합의 사망이라……?"

"그렇습니다. 그 정도면 명나라나 조선과의 강화 협상의 명분이 되지 않겠습니까? 이 전쟁을 일으킨 장본인이 죽었다는데 그보다 더 좋은 강화의 명분이 어디에 있겠습니까? 다행히 태합의 건강이 좋지 않다는 소문도 진즉에 이곳까지 퍼져있는 상태가 아닙니까. 잘만하면 당분간 시간을 벌면서 사태를 주시할 수 있을 것도 같습니다."

적진을 시도 때도 없이 드나들며 굵직한 협상을 주선하고 서로의 정보를 대담하게 주고받으며 공작을 해온 사람답게 요시라가 담담하게 말했다.

"그 말도 그럴 듯하구나, 요시라."

고니시가 회심의 미소를 지으며 말했다.

"하지만 요시라의 생각은 태합의 목숨을 가지고 하는 위험한 장난입니다. 만약 그랬다가 이 일이 다시 태합께 알려지면 뒷일을 누가 어떻게 감당할 수 있겠습니까?"

야나기가 정색을 하며 말했다. 야나기의 말이 자리에 앉아 있는 모두의 생각을 대변하고 있는 소리처럼 들렸다.

"지금은 전시입니다. 전장에서 이용하지 못할 건 없습니다. 있는 소문을 조금 이용하는 것 뿐입니다."

요시라가 야나기의 말을 의식한 듯이 고니시를 보며 말했다.

"태합의 건강을 의심하는 것 자체가 불충입니다. 쓸데없는 소문을 퍼뜨려 병사들의 마음을 어지럽히는 자들을 색출해야할 우리가 오히려 그 소문을 이용하여 공작을 한다는 것 자체가 죽을죄입니다. 태합의 건강엔 이상이 없습니다."

야나기의 말엔 무게가 실려 있었다. 순천의 고니시 진영과 대마도 그리고 나고야를 오가며 히데요시와 고니시 사이에서 중간 연락 업무를 담당하고 있는 그였다. 히데요시를 가장 최근에 만나고 온 사람도 바로 그였다. 히데요시의 건강 이상설이 일본군 진영에 퍼지고 있었으나 최근에 만나고 온 야나기가 히데요시의 건강엔 이상이 없다고 하면 이상이 없는 거였다. 물론 히데요시의 나이가 62살이니 미래를 장담할 수 있는 나이는 아니었다. 그 나이이면 죽을 먹다가도 갑자기 체해서 죽었다고 하더라도 조금도 이상하지 않은 나이였다. 하지만 야나기가 들려준 히데요시의 최근 모습 속에선 건강 이상에 대한 징후가 느껴지지 않았다.

히데요시는 최근에 쿄토 동쪽의 다이고지醍醐寺 절 뒷산에서 처첩들을 거느리고 벚꽃놀이를 하고 있다고 했다. 히데요시가 관계한 여자만도 200여 명이 넘었고 공식적인 처첩만도 10명 정도인 것으로 알려져 있었다. 히데요시는 다이고지 절 뒷산의 계곡을 따라서 찻집과 건물들을 지어놓고 자신의 처첩들을 조선에 출진한 부대처럼 1진에서 6진까지 차례로 배치해 놓은 다음 유유히 유람하며 즐기고 있다는 거였다. 1진엔 히데요시의 정실인 키타만도코로北政所, 2진엔 두 아들을 낳은 요도도노淀殿, 3진엔 마쓰노마루도노松之丸殿, 4진엔 오다노부나가의 다섯째 딸인 산노마루도노三之丸殿, 5진엔 부하인 마에다토시이에前田利家의 셋째딸 카가도노加賀殿, 6진엔 마에다토시이에의 정실이었던 여자를 배치해 놓았다고 했다. 히데요시는 각각의 찻집을 돌아다니며 차를 마시고 와카를

짓고 연극을 보며, 상납한 물건들을 살피고 목욕을 하며 지내고
있다는 것이 야나기의 말이었다. 야나기는 히데요시가 승려인 모
쿠지키 오고木食 應其와 주고받았다는 와카까지 들려주었다.

이름을 바꿔
새로 지어야지
행차한 산御幸山
숨었던 꽃이
나타나네

행차한 산御幸山
비치는 해 아래
꽃 그늘을
고려 중국까지도 우러러보겠네
만대를
지나겠네 행차한
산 벚꽃
소나무에 잔 소나무
색을 보태서

야나기는 히데요시가 그곳에서 가을 단풍놀이까지 하자고 처

첩들과 약속했다는 얘기까지 전했다. 그의 말대로라면 적어도 히데요시의 건강엔 이상이 없는 듯했다. 히데요시는 부하들을 전장으로 보내놓고 자신은 꽃 속의 꽃들에 둘러싸여 삶을 즐기고 있다는 소리였다. 이해할 수 없는 행각이었지만 히데요시는 히데요시였다.

하지만 고니시유키나가도 고니시유키나가였다.

"좋다! 요시라의 생각대로 간다. 그 정도도 이해 못할 태합 어른이 아니다. 책임은 내가 진다. 그러면 협상 사절로 누가 가는 것이 좋겠는가?"

고니시가 결심을 한 듯이 말했다. 고니시가 결심한 이상 아무도 그 일에 토를 달 순 없었다.

"제가 꺼낸 얘기니 제가 책임을 지고 일을 마무리 하겠습니다."

요시라가 말했다.

"요시라, 지난 번 협상 건이나 이순신 건도 있으니 그건 위험하지 않을까?"

고니시가 염려의 눈길로 요시라를 바라봤다.

"협상 사절을 죽이는 법은 없습니다. 그 정도는 평소 예를 중시하는 저들도 잘 알고 있는 일입니다. 제가 해낼 수 있습니다."

요시라가 자신감 있는 어조로 말했다. 굳이 위험을 무릅쓰고 적진에 들어가 협상을 하겠다는 요시라를 막을 사람은 없었다. 위험은 요시라 자신이 감수해야할 일이었다. 하지만 아무래도 그가 다시 한 번 조선 측과 협상을 시도하기 위해 조선 측으로 건너간다면 다시 살아서 돌아오길 기대하긴 어려웠다. 협상 사절로서 한 일이야 그렇다고 쳐도 그를 이중간자로 의심하고 있는 조선과 명나라의 혐의를 벗어나긴 힘들 거였다. 목숨을 걸어야만 하는 일이었다. 영민한 요시라가 그러한 사실을 모르고 있을 리가 없었다. 요시라는 그 위험한 줄다리기를 오히려 즐기고 있는 듯했다. 그렇다면 할 수 없는 일이었다. 그는 그 자신이 쳐놓은 운명의 그물 안에서 유영을 하고 있었다. 그 대가는 온전히 그의 몫이었다. 내가 개입할 수 있는 것이 아니었다. 나는 침묵했다.

"그럼 조선과의 협상 건은 요시라가 별도로 준비하도록 해라. 하지만 이번엔 그건만 가지고는 안 된다. 만약을 대비해서 이순신을 제거할 수 있는 별도의 확실한 방책도 세워둬야 한다는 말이다. 모두들 계책이 있으면 다시 말해봐라."

고니시가 안건을 재정리 했다. 양쪽에 앉아 있는 부장과 소요시토시의 수행원들이 다시 긴장했다. 이번만큼은 마무리까지 확실히 해두겠다는 고니시의 의지가 눈에 보였다. 하지만 아무도 쉽게 입을 열지 않았다. 자객을 보내 암살하는 것도 여의치 않고 지난번처럼 조선 수군 내 지휘관들 사이의 알력이나 조정 내부의 분열을 이용한 분열 공작이 어렵다면 달리 쓸 수 있는 방법이 있을 것 같지 않았다.

복직된 이순신의 자리를 위협할 만한 사람도 당분간 없을 듯했다. 아무리 그가 못마땅하다고 하더라도 지난 번 칠천량에서 쓴 맛을 본 조선 조정이 똑같은 실수를 바로 다시 되풀이하길 기대할 순 없었다. 이순신을 바로 그 자리에 복직시킨 것만 봐도 그들도 이순신 외에 달리 대안이 없다는 것을 알고 있는 거였다. 또한 원균이 죽은 마당에 그처럼 이순신을 못마땅하게 생각하는 사람도 현재로선 조선 수군 내에 있을 것 같지는 않았다. 만약 명나라 수군이 개입한다면 그 틈을 이용해볼 수는 있을 것 같았다. 하지만 강화도로 들어간 명나라 수군이 남해로 내려온다는 정보는 아직 입수되지 않았다. 그들이 서둘러 전선으로 내려올 일은 없을 듯했다. 명나라 육군이나 수군은 이동과 주둔만으로 참전 생색만 내고 있었다. 그것이 천병을 자처하고 있는 그들의 전투 방식이었다. 일본군으로선 다행한 일이었다.

그렇다고 무작정 일본 수군의 공격만을 믿고 마냥 있을 수만도 없었다. 비록 양적으로 우세한 일본 수군이었지만 어찌된 일인지 이순신의 상대가 되지는 않았다. 수군 쪽에서 제 역할만 해줬어도 진즉에 끝난 전쟁이었다. 지난 임진년에 평양까지 단숨에 쳐올라갔던 고니시 부대는 명과의 국경을 앞에 두고 전진을 멈춰야했다. 서해로 올라오기로 한 수군이 이순신의 함대에 가로막혀 남해를 벗어나지 못하고 있었기 때문이었다. 결국 고니시는 명과의 협상을 빌미로 시간만 끌다가 평양성과 한성을 연이어 내주고 남해안으로 후퇴를 해야만 했다. 그때 수군이 서해로 올라와 병력과 물자를 제때에 보급만 해줬어도 명군이 참전하기 전에 전쟁을 끝낼 수 있었을 거였다. 명군이 참전했다고 하더라도 명군까지 일거에 쳐부수고 압록강을 건너 요동까지 진격할 수 있었을 거라고 고니시와 그의 참모들은 생각하고 있었다. 일본 수군과 이순신을 생각하고 있자니 고니시의 고민이 깊어질 수밖에 없었다.

"자객들이 일을 제대로 처리하지 못하는 건 이순신의 행방을 제대로 파악할 수 없어서라기보다는 그에게 쉽게 접근할 수 없기 때문입니다. 일본인 자객을 조선군으로 위장해서 접근시키는 것에는 한계가 있지요. 다행히 이순신의 진영 내로 접근한다고 하더라도 조선 수군 진영에 오랫동안 머무르면서 작전을 펼치긴 어려울 거 아닙니까. 순식간에 일처리를 하지 못하면 위장한 신분이 드러나는 것은 시간문제니까요. 그에 대한 경호가 허술하지 않을 터인데 그렇다면 그 방법은 어렵다고 봐야죠."

야나기시게노부가 침묵을 깨고 말했다.

"그러니까 자네가 하고 싶은 얘긴 뭔가? 결국 이 일이 어렵다는 건가?"

소요시토시가 고니시를 대신해서 말했다.

"아닙니다. 조금만 돌아가면 방법이 있지요."

"돌아간다?"

요시토시가 고개를 갸웃거리며 말했다.

"예. 칠천량 패전 이후 지금 조선 수군도 병력이 심각하게 부족한 상황일 겁니다. 그들은 부족한 수군을 수군에 소속된 남해안 일대에서 보충하고 있습니다. 하지만 전력 보충이 제대로 되지 않고 있습니다. 일본군들의 전라도 공격으로 대부분의 마을들이 파괴됐거나 흩어진 상황입니다. 병적도 불타거나 소실돼서 일일이 확인할 수도 없을 겁니다. 그 점을 이용하는 거죠. 조선말에 능통한 자나 아예 우리 쪽에 포로가 된 조선인을 이용해서 조선 수군으로 편입시키는 겁니다."

야나기의 말을 듣고 있던 고니시나 그의 부장들 얼굴에 화색이 도는 듯했다.

"조선 수군의 징모 허점을 이용하자는 거군. 되도록 여러 명이면 더 좋겠지?"

고니시가 고개를 끄덕이며 말했다.

"그렇습니다."

야나기가 대답했다.

"좋은 방법이긴 합니다만 거기에도 문제점은 있습니다. 조선 수군에 편입시킨 자들이 어디로 배속될지는 미지수입니다. 요행히 이순신이 있는 본영이나 그의 직할함대로 배속되길 기다리는 수밖에 없지 않습니까? 그리고 무엇보다도 조선인을 믿을 수 있겠습니까? 그렇다고 조선말에 능통한 일본인들을 선발하는 것도 쉽지는 않을 텐데요."

소요시토시가 문제점을 지적하고 나왔다.

"그건 심각한 문제가 아닙니다. 이순신의 수군이라고 해서 다 이순신 같은 자들만 있는 건 아니지 않습니까. 인사 담당자를 적당히 구워삶아서 배속지를 바꿀 수도 있는 일입니다. 그리고 어차피 저들도 소수의 병력으로 일본 수군을 상대하다보니 연합함대를 구성해서 대항하고 있는 실정이 아닙니까. 일시적으로 배속지가 이순신의 본영과 떨어져 있더라도 그에게 접근할 수 있는 기회는 반드시 오게 마련입니다. 그리고 조선인들 문제는 그리 염려하지 않아도 됩니다. 조선인들 중에도 조선에 대한 반감을 가지고 있는 자들이 의외로 많습니다. 조선군에게 처형당한 가족들도 많고 전쟁 전부터 조선의 양반에 대한 적개심이 많은 자들도 찾아보면 많이 있습니다. 지금 우리 일본군 진영 내에도 자발적으로 우리 일에 협조하고 있는 조선인들이 상당수 있습니다. 그들을 철저히 교육시킨 다음 각자의 연고지로 보내 조선수군에 들어가게 하는 건 일도 아닙니다. 적당히 벼슬과 상금을 내건다면 목숨을 거는 자들이 한둘이 아닐 겁니다."

야나기시게노부가 나를 쳐다보며 자신 있게 말했다. 조선인 중에는 나 같은 사람도 있지 않느냐는 무언의 암시인 듯했다. 나는 그의 시선을 피하지 않았다. 일본군 진영 내에 자발적인 조선인 부역자들이 많다는 사실은 나도 이미 알고 있는 사실이었다. 그들은 앞장서 조선인들과 그들의 식량을 약탈하고 일본군들의 향도 역할을 했다. 혼란을 틈타 일본군 복장을 하고 서슴없이 동족을 약탈하고 강간하는 조선인들도 있었다. 그들은 조선군에게 쫓기게 되면 지체 없이 일본군 쪽으로 투항했다. 평소에 양반이나 관헌들에 대해 반감이 있었거나 그들에 의해 해를 입었던 사람들도 아무 거리낌 없이 일본군에게 협조했다.

나도 임진년 4월 이후 누구도 부정할 수 없는 부왜자로 살아왔다. 나의 죄는 어쩌면 난리 통에 일본군 복장을 하고 동족을 약탈하고 강간한 자들보다 더 크고 무거울지도 몰랐다. 어느 날엔가 나는 그 죗값을 치러야만 할 것 같았다.

그의 말에 이전보다 더 많은 사람들이 공감하는 듯했다.

"해볼 만한 일이다. 손해 볼 게 없지. 하지만 시간이 좀 걸릴 수도 있다는 게 문제다. 일단 야나기의 말대로 그 일도 기획해서 추진해라. 이중 삼중으로 그물을 치는 거다. 하지만 이젠 좀 더 가시적이고 확실한 방법도 찾아야 할 때다. 다른 방법은 없나?"

아직도 뭔가 미진하다는 듯이 고니시가 한 손을 움켜쥐며 말했다. 요시라의 계책이나 야나기의 제안도 뭔가 고니시의 기대를 충족시키기엔 부족한 뭔가가 있는 듯했다. 확실한 믿음을 줄 수 있는 그 뭔가를 고니시는 찾고 있었다. 어쩌면 그의 심중엔 그 뭔가가 이미 준비되어 있는지도 몰랐다. 다만 그 걸 누군가가 먼저 꺼내주기를 바라고 있는 것 같기도 했다. 그게 뭘까 나는 생각하며 고니시의 얼굴과 소요시토시의 얼굴을 살폈다. 둘 사이에 뭔가 무언의 교감이 오가는 듯했다. 어쩌면 오래전부터 둘이 함께 생각하고 준비해온 일일 수도 있었다. 드디어 정해진 수순처럼 소요시토시가 입을 열었다.

"돌아가는 것도 좋지만 할 수만 있다면 곧장 가는 게 가장 빠른 길이죠. 안 그렇습니까?"

모두가 소요시토시를 주목했다. 그런 길이 있다면 왜 진즉에 말하지 않았느냐는 표정들이었다.

꿇고 있는 내 무릎이 저려왔다. 아직도 나는 무릎을 꿇고 앉는 그 자세가 익숙하지도 편안하지도 않았다.

"그게 무슨 소린가?"

고니시가 갑자기 놀란 사람처럼 물었다.

"저들이 쉽게 내칠 수 없는 거물을 곧장 이순신에게 보내는 겁니다."

소요시토시가 신중한 어조로 말했다.

"협상 사절을 말하는 건가?"

고니시가 겨우 그거냐는 듯이 물었다.

"아닙니다. 협상 사절이 아니라 이순신에게 귀순을 시키자는 거죠."

소요시토시가 회심의 미소를 지으며 말했다. 모두가 놀라는 표정을 지으며 그를 주목했다.

"우리 쪽 거물을 이순신에게 귀순을 시킨단 말인가?"

고니시가 놀란 표정을 지으며 다시 반문했다.

"그렇습니다."

"그럼 그로 하여금 귀순을 가장해서 접근한 다음 이순신을 제거하게 한단 말이지?"

고니시가 더욱 놀란 표정을 지으며 다시 말했다.

"그렇죠."

소요시토시가 담담하게 대답했다. 주위에 있던 고니시의 부장들과 대마도주의 수행원들도 더욱 놀라는 표정을 지었다. 일부는 고개를 끄덕이며 탁견이라도 되는 듯이 감탄의 눈빛으로 대마도주를 쳐다보는 사람도 있었다. 나는 담담히 다음의 말을 기다리고 있었다.

"그럼 우리 쪽 거물은 도대체 누굴 보낸단 말인가? 하급 무사 정도로는 곤란한 거 아닌가?"

고니시가 주위를 일별하며 물었다. 잠시 침묵이 이어졌다. 아무도 그 주인공이 되고 싶지는 않을 거라고 나는 생각했다. 죽어야 할 때에는 죽고 적을 쳐야 할 때는 치는 것이라고 항상 떠들어대는 자들이었지만 적장과의 정면 대결을 누구도 선뜻 원하지는 않을 거였다. 주군의 명령이라면 기꺼이 따르는 자들이었지만 그 명령이 자신에게 도달하기 전까진 아무도 움직이려 하지 않을 거였다. 적장을 죽이고 그 자리에서 죽는 일은 사무라이로서 영광스러운 일이었지만 그런 일은 누구에게나 쉽지 않은 결정이었다. 모두가 긴장하고 있는 모습이 역력했다. 비장한 분위기마저 감돌았다. 삽시간에 극도의 긴장감으로 방안의 공기가 달아오르고 있었다. 바늘 끝만 살짝 대도 방안이 터져나갈 것만 같았다. 그때 다시 소 요시토시가 입을 열었다. 그의 눈길이 나를 향하고 있는 것이 순간 불길했다.

"손문욱입니다."

불길한 예상은 언제나 적중했다. 소요시토시의 말이 떨어지자마자 팽창된 방안의 공기가 순간적으로 빠져나가는 소리가 들리는 것 같았다. 여기저기서 안도의 한숨이 터져 나오는 듯도 했다. 끄덕이고 있는 주위 사람들의 고개 각도가 어느 때보다도 커보였다. 모두가 지금 막 사지에서 벗어난 사람들처럼 보였다. 그들이 일본 최고의 사무라이들이란 게 믿어지지가 않았다. 전투에선 비정하게 칼을 휘둘러대던 그들도 자신의 목숨이 아까운 줄은 아는 인간이란 사실이 새삼스러웠다. 삶에 대한 그들의 집착을, 살아서 돌아가고 싶은 그들의 욕망을 비웃을 수가 없었다. 투구 속에 가려져 있던 그들의 맨얼굴과 내면을 순간 들여다 본 것 같았다.

"조선말에 능통하면서 주군의 부장 노릇도 했고 남해의 현감 노릇도 하고 있는 손문욱만한 적격자도 드뭅니다. 저들은 지금 순천과 마주보고 있는 남해의 사정도 궁금할 것이고 지금 여기의 사정도 궁금할 것입니다. 손문욱이라면 저들의 궁금증을 많은 부분 해결해 줄 거라고 저들도 생각할 겁니다. 그리고 원래 조선인인데다가 가족들이 일본군 손에 살해된 것도 사실이니 손문욱이 귀순한다면 저들도 귀순 이유를 끝까지 의심하지는 않을 겁니다. 주군께서도 손문욱을 부장으로 삼아 중용했듯이 이순신도 손문욱 정도라면 옆에 두고 쓰고 싶을 겁니다. 이순신에게 대놓고 접근할 수 있는 방법 중 이보다 더 좋은 건 없을 겁니다."

소요시토시가 미리 생각해놓은 얘기처럼 술술 정리해서 말했다. 듣고 보니 내가 생각해도 그럴 듯했다. 모두가 기꺼이 공감하는 분위기였다. 그들로서는 손해 볼 것이 없는 작전이었다. 그렇다고 내가 이의를 제기할 여지는 없었다. 소요시토시의 말을 고니시가 받아들인다면 내가 그들의 결정을 거부할 권한도 여지도 내겐 사실상 없었다.

고니시가 잠시 내 얼굴을 살폈다. 모두가 나만 바라보고 있었다. 고니시의 침묵이 조금 더 길어지고 있다는 생각이 들었다. 내가 먼저 입을 열기를 바라는 것 같았으나 나는 아무 말도 할 수 없었다. 그냥 처분만을 기다리는 심정으로 어서 고니시가 입을 열기를 기다리며 앉아있었다. 소요시토시의 말은 이미 다시 되돌릴 수 없는 말이었고 없던 말로 덮어둘 성질의 말도 아니었다. 이윽고 고니시가 신중한 목소리로 입을 열었다.

"손문욱 같은 인재를 잃는 것은 우리로선 큰 손실이고 가슴 아픈 일이다. 물론 이순신을 제거하는 건 이 전쟁의 승패를 좌우하는 중차대한 일이지만, 나로선 도저히 결정을 내릴 수 없는 일이다. 더군다나 우리에게 귀화한 사람을 이런 식으로 대우하는 건 태합 전하의 덕을 손상시키는 짓이다. 다시 생각해봐라, 소요시토시! 손문욱을 대신할 만한 사람이 있을 것이다."

유능한 부하를 죽음이 기다리고 있는 적진으론 도저히 보낼 수 없다는 듯이 가슴 아픈 표정을 지으며 고니시가 말했다. 순간 고니시의 얼굴이 덕장의 얼굴로 변했다. 그의 부장들은 고니시의 부하 사랑에 감동한 표정들을 지었다.

"주군의 넓고 깊은 마음은 감히 헤아릴 수조차 없습니다. 그러나 아무리 생각해봐도 손문욱 만한 사람이 없습니다. 손문욱도 이번 기회에 하늘과 같은 태합 전하와 주군의 은혜를 갚고 싶어 할 것입니다. 이 일이 성공한 후 그때 다시 큰 상을 내려서 주군의 하해와 같은 덕을 펼쳐보여 주신다면 손문욱은 다시 한 번 주군의 은혜에 감읍할 것입니다. 그렇지 않나?"

소요시토시가 나를 보며 말했다. 그건 질문이 아니라 명령이었다. 달리 대답할 수 없다는 걸 잘 알고 있는 대마도주가 새삼 내 충성심을 확인 하듯 물었다. 언젠가 상황에 따라서 나라는 인간은 저들에게 버리는 패가 될 거라는 걸 모르고 있지는 않았다. 지금의 대마도주나 고니시의 입장에서 나를 이순신에게 보내는 건 저들이 선택할 수 있는 현실적이고 실리적인 전술이었다. 그들이 그걸 마다할 리가 없었다.

나도 더 이상의 전쟁을 원하진 않았다. 어느 쪽으로든 결판을 낼 수 없는 이 전쟁은 이미 무의미한 살인에 불과하다고 생각했다. 협상이든 살인이든 전쟁을 멈출 수만 있다면 해볼 만한 일이라고 생각하고 있었다. 하지만 누군가를 살리기 위해 누군가를 죽여야 하는 일이 과연 정당한 것인가에 대한 의문은 여전히 남아 있었다. 다수를 살리기 위해 소수를 혹은 누군가를 죽이는 것이 과연 옳은 것인가에 대한 의문은 내 꿈의 실현을 위해 타인을 사지로 몰아넣을 수 있는가, 죽일 수 있는가에 대한 의문과 함께 전쟁 내내 지울 수 없는 나의 의문이었다.

소요시토시나 고니시는 내가 이순신에게 진심으로 귀순할 수도 있다는 사실을 모를 만큼 어리석은 인간들이 아니었다. 그럼에도 불구하고 소요시토시가 내게 그런 말을 하고 있는 것은 더 이상의 전쟁을 원하고 있지 않은 내 마음을 읽었기 때문이었다. 언제부턴가 소요시토시는 전쟁을 끝낼 수 있다면 무슨 일이든 할 수 있다고 생각하는 내 속마음을 읽고 있었다. 고니시나 소요시토시도 처음부터 이 전쟁을 원하지 않은 사람들이었다. 일찍부터 상업이나 중간 무역을 통해 살아온 사람들답게 그들은 상대를 죽여서 얻을 수 있는 것이 없다는 걸 알고 있었다. 장사나 교역은 사람이 만든 물건을 서로 교환함으로써 이익을 남기는 행위란 사실을 그들은 누구보다도 잘 알고 있었다. 결코 상대를 죽여서 얻을 수 있는 건 장기적으로 없다는 사실을 그들은 알고 있었다. 그들은 조선인 포로들조차 죽이기보다는 살려서 돈과 바꿀 줄 알았다. 내가 그들의 연기를 모른 척 묵인하고 따를 수밖에 없는 것도 어쩌면 그들의 그런 속사정을 나 또한 알고 있다고 생각했기 때문이었다.

"예, 그렇습니다. 기꺼이 목숨을 바쳐 임무를 수행하겠습니다."

나도 연기 아닌 연기를 하며 대답했다. 7년간의 전쟁 동안 내가 지켜야할 것은 이미 하나도 남아있지 않았다. 이 전쟁을 마무리하기 위해서 나도 뭔가를 해야 할 때가 됐다는 걸 느꼈다. 마음 한편이 착잡했다.

"손문욱! 그대야말로 진정한 사무라이다. 이 일은 한 사람을 죽여서 수만의 목숨을 구하는 일이다. 그대가 임무를 완수하고 돌아오면 내 기꺼이 그대에게 내 1만 섬의 영지를 떼어주겠다. 태합 전하께도 주청을 드려서 더 높은 영지와 상을 받도록 하겠다. 기분 좋은 날이다. 내 오늘 그대와 함께 기꺼이 취할 것이다. 술을 준비하도록!"

고니시가 문 밖을 향해 소리를 질렀다. 고니시는 5만 섬의 영지를 가지고 있었다. 1만 섬이라면 결코 작은 게 아니었다. 그만큼 그는 절박했다.

고니시의 부장이나 소요시토시의 수행원들도 비로소 나를 자신들의 동료로 바라보는 듯했다. 그들의 목숨을 대신한 값이라고 생각하니 씁쓸한 느낌이 들기도 했다. 하지만 상관없는 일이었다. 나는 그저 나였다.

고니시와 소요시토시 그리고 두 사람의 부장들이 술상이 차려진 옆방으로 이동했다. 야나기시게노부가 내 어깨를 감싸 안으며 말했다.

"내 이런 날이 있을 줄 알았다. 손문욱, 그대가 이렇게 크게 쓰일 날이 있을 줄 알았어. 뒷일은 걱정하지 마라."

야나기가 내 어깨를 잡고 있는 손에 힘을 주며 말했다. 대마도에 있는 여자를 염두해둔 말인 듯했다. 한때는 그냥 내 인생에 덤이라고 생각했던 사람이었다. 그래도 그녀에게 미안한 마음이 없지 않았다. 누구의 인생도 누군가에게 덤일 순 없었다. 오히려 나란 인간이 그녀에겐 잠시 스쳐지나가는 바람일지 몰랐다.

술자리는 질펀하게 시작될 모양이었다. 오랜만에 싱싱한 해물들이 상에 잔뜩 올라와 있었다. 고니시의 부장과 소요시토시의 수행원들이 어느 새 여자들을 하나씩 꿰차고 앉아 수작들을 하고 있었다. 일본 여자들도 간간이 있었으나 대부분 조선 여자들이었다. 조선인 포로들 중에서 좀 반반한 여자들을 잡아다 놓았거나 관아를 분탕질 할 때 데려온 관기들일 거였다.

술자리는 초장부터 계통이 없었다. 그들은 거침없이 마시고 더듬고 주물렀다. 가끔 여자들의 비명소리가 여기저기서 들려왔다. 방 밖의 사정도 방 안과 별반 다름이 없는지 천수각 안팎이 농익은 비명과 신음소리로 온통 달떠있었다. 여기저기서 조선의 여자들이 욕을 당하고 있었다.

"그만 멈춰라! 잠시 예를 갖춰라!"

고니시가 소리쳤다. 계통과 질서를 잃어가던 술자리가 일순 조용해졌다.

"오늘은 우리의 영웅을 위한 자리다. 영웅은 자고로 호색이라고 했다. 오늘 저 손문욱을 모실 미인은 없겠는가? 오늘밤 우리의 영웅을 모시는 자에겐 푸짐한 상품과 함께 한 가지 소원을 들어주 겠다. 집으로 보내달라면 집으로 보내주고 일본으로 보내달라면 일본으로 보내주겠다.”

고니시가 제법 호기로운 목소리로 말했다. 하지만 이미 다른 사 내들의 품에 안겨 있거나 신체의 일부가 사내들의 손아귀에 잡혀 있는 여자들은 아무 말도 하지 못하고 있었다. 잠시 그러고 있을 때 고니시의 왼쪽에 앉아 있던 여자가 입을 열었다.

“제가 모시겠습니다.”

순간 고니시의 얼굴에 당혹스런 빛이 스쳐지나갔다. 설마 자기 를 섬기던 여자가 그렇게 나올 줄은 몰랐다는 듯이 놀라는 기색이 완연했다. 하지만 이미 자기가 스스로 내뱉은 말이었다.

“역시 영웅에겐 미인이 어울리는 법. 미인도 영웅을 알아보는 구나. 정성껏 모셔라. 그런데 유끼, 네가 이러는 데엔 뭔가 바라는 것이 있어서인 것 같은데, 도대체 네가 원하는 건 뭐냐? 한 가지 소원을 들어주기로 했으니 내 그 약속은 지키마. 솔직히 말해 봐 라.”

고니시가 유끼라고 불린 여자의 오빠라도 되는 듯이 자상하게 말했다. 기모노를 입고 머리를 그냥 풀어내려 중간을 묶고 있어서 처음엔 알아채지 못했지만 여자는 분명 그 기생이었다. 지난 정해 년(1587)에 대마도주를 수행하여 한성을 방문했을 때 연회에서 본 한성부 소속의 기생인 유희가 분명했다. 임진년에 고니시가 한성을 점령했을 때 사로잡혔을 수도 있었다. 언제부터 천수각에 있게 된 것인지, 얼마나 험한 여정을 돌아서 지금 이곳에 있게 된 것인지 그녀의 인생 역정이 궁금했으나 짐작되지 않는 바도 아니었다.

"이순신에게로 가기를 원합니다."

여자의 말에 모두가 놀란 표정을 지으며 고니시와 여자를 번갈아 바라봤다. 의외의 말에 나도 놀라서 그녀를 다시 찬찬히 훑어봤다. 나이를 먹었으나 찌지도 마르지도 않은 그녀의 몸매와 얼굴은 여전히 아름다웠다. 그녀의 눈과 내 눈이 잠시 공중에서 부딪쳤다. 그녀는 태연히 앉아 있었다.

"하하! 대단하구나 유끼. 그 이유를 물어봐도 되겠나?"

고니시가 호탕하게 웃는 척 말했다. 하지만 그의 눈의 초점은 이미 흔들린 다음이었다.

"천하의 일본군들도 맥을 못 추는 상대가 이순신의 수군이란 소릴 들어왔습니다. 도대체 어떤 사내인지 내 눈으로 확인해보고 싶습니다."

그녀가 간결하고 단정한 어조로 말했다.

"단지 그뿐인가?"

고니시가 물었다.

"예, 단지 그뿐입니다."

그녀가 간결하게 대답했다. 잠시 고니시가 뭔가를 머릿속에 그리고 있는 듯했다. 이윽고 다시 그가 입을 열었다.

"역시 유끼다. 비록 적장이지만 이순신은 영웅이다. 미인이 영웅을 그리워하는 건 당연지사다. 마침 잘 됐다. 이번에 손문욱과 함께 가라. 나 고니시의 여자를 데리고 가면 저들이 손문욱의 말을 더 신뢰하지 않겠나? 상관의 여자와 눈이 맞아서 적진으로 도망간 사례는 동서고금에 드물지 않은 일이 아닌가? 안 그런가 요시토시?"

고니시가 이번엔 대마도주를 바라보며 말했다. 요시토시는 뭔가 개운치 않은 표정이었으나 달리 말을 하지 못했다. 고니시는 개의치 않는 눈치였으나 나는 그녀의 목숨이 위태로워질 수도 있겠다는 생각을 했다. 고니시와 천수각의 비밀을 많이 알고 있을 그녀를 순순히 적진으로 보내줄 저들이 아니었다. 이미 모욕당한 주군의 자존심을 생각해서라도 그냥 좌시하고 있을 저들도 아니었다. 하지만 오늘밤만은 저들도 그녀를 어쩌지 못할 거였다. 고니시가 직접 한 말도 있으니 천수각 안에선 일을 벌이려고 하지 않을 거였다. 문제는 천수각을 나서는 순간부터 아무것도 장담을 할 수 없다는 사실이었다. 그 시간이 많이 남지 않았다는 사실을 그녀도 알고 나도 알고 있었다.

그날 밤 고니시의 부장들과 요시토시의 수행원들이 제각각 여자들을 꿰차고 각자의 방으로 사라졌다. 나도 그녀와 함께 천수각 안의 어떤 방으로 안내되었다. 여기저기서 내지르는 남녀의 신음소리로 천수각이 붕 떠있었으나 나와 여자는 아무것도 할 수 없었다.

"이렇게 이런 자리에서 다시 만나게 됐구료."

나는 무겁게 한마디 했다.

"그러게요."

여자는 짧게 대답했다.

"아까는 어쩌자고 그런 말을 했는가?"

안타까운 심정에 내가 다시 한마디를 꺼냈다.

"어차피 살아도 산목숨이 아니지 않습니까. 운명을 하늘에 맡길 수밖에요."

여자가 담담하게 말했다. 그 담담함이 안타까운 내 심정을 더욱 부채질했다.

내가 그녀를 데리고 이순신의 진영으로 간다면 여자의 목숨은 그 중간의 어디쯤에서 쥐도 새도 모르게 거둬질 것이다. 그 전에 그녀를 데리고 어딘가로 숨어버리거나 그녀를 안전한 곳으로 피신을 시켜야만 했다. 그러려면 앞으로 저들과 합의할 약속된 길로 가서는 곤란했다.

나는 이순신에게 이르는 먼 길을 내 나름대로 준비해둬야만 했다. 그 길은 누구와 함께 가는 길이 아니었고 함께 갈 수 있는 길도 아니어야만 했다. 나는 내 길을 나 혼자 가기를 바랐다. 그리고 여자가 안전하기를 수없이 더럽혀졌을 그녀의 몸을 앞에 두고 나는 밤새 빌었다. 내 기도 앞에 그날 밤 그녀는 더없이 아름다웠다. 나도 어쩔 수 없는 남자였고, 전쟁은 미친 짓이었다.

- 6

삼도수군통제사 이순신은 정유년(1597) 2월 26일, 한산도에서 체포되어 한양으로 압송됐다. 요시라와 내가 기안한 반간계가 너무나 쉽게 먹혀들어가서 우리도 놀랐다. 세상은 생각보다 너무 허술했다. 아니, 인간의 의심과 이기적인 욕망 앞에 사실과 정의는 너무 무기력 한 것인지도 몰랐다.

그가 압송되기 전에 원균에게 인계한 전선은 140여 척이었고 협선이 160여 척이었으며, 화약 4,000근과 전선에 장착된 총통 외에 300통의 총통을 더 인계했다. 그리고 전염병과 아사의 위협으로부터 살아남은 수군 5,480명과 굶어가며 모아놓은 군량미 10,680석도 함께 인계했다. 그만한 수군과 전력 물자를 유지하기 위해서 그동안 이순신이 궁벽한 한산도에서 기울인 노력을 나나 일본군 수뇌부들은 잘 알고 있었다.

병신년(1596) 가을, 대마도엔 다시 전쟁 기운이 감돌았고 나는 무기력했다. 그해 9월 1일 오사카성에서 명의 책봉사를 만난 히데요시는 회담 내용의 진상을 파악했다. 일본 측이 내건 협상 조건이 무시되고 다만 히데요시를 일본국왕으로 봉한다는 명나라 황제의 칙서에 히데요시는 대노했다. 심유경과 고니시유키나가 사이의 협상 공작은 그것으로써 파탄을 맞이했다. 히데요시는 즉각적으로 조선에 대한 재침을 명령했다. 히데요시에게 그것은 예정된 수순에 불과한 것인지도 몰랐다. 그는 무력에 의한 조선 4도의 할양을 명분으로 내걸고 총 병력 141,490명의 동원령을 다시 내렸다. 임진년에 1진이었던 고니시는 협상 실패에 대한 책임을 지고 2진으로 물러났다. 대신 가토기요마사의 군대가 1진으로 배치됐다. 히데요시의 일본군은 1진에서 8진까지 구성되었으며 별도의 수비대를 두어 교두보인 부산포성, 안골포성, 서생포성, 가덕성, 죽도성을 수비하도록 했다.

대마도는 다시 비상사태에 돌입했다. 나고야, 이키, 대마도, 부산포를 잇는 함대의 진출로 상에 위치하고 있는 대마도는 일본군의 중간기착지인 동시에 최전선 기지였다.

히데요시는 지난 임진년의 실패를 거울삼아 전라도에 대한 집중적인 공격을 명했다. 지난 임진년에 전라도를 점령하지 못한 일본군들은 전라도의 군량과 보급품을 기반으로 한 이 지역 출신의 의병들과 이순신의 수군으로 인해서 고전을 면치 못했었다.

전라도를 온전히 점령하기 위해선 어차피 남해안을 장악하고 있는 이순신의 수군과 맞부딪쳐야 했다. 거제도의 견내량을 봉쇄하고 있는 이순신의 수군을 제압하지 않고서는 남해안 일대를 온전히 장악할 수가 없을 뿐만 아니라 궁극적으로 대마도와 부산포를 잇고 있는 보급로마저 위태로웠다. 따라서 이순신을 제거하는 작업은 조선에 대한 재침과 함께 신속히 진행되어야 할 필요성이 있었다.

2진으로 물러난 고니시와 대마도주에게 히데요시의 긴급 명령이 하달됐다. 이순신과 이순신의 수군을 제거하는 일이 전쟁의 승패를 좌우하는 일인만큼 고니시와 대마도주로선 그 명을 신속히 진행시켜야만 했다. 나는 그저 방관자일 수도 없었고 적극적인 동조자일 수도 없었다.

일이 바쁘게 돌아갔다. 고니시-요시라-김응서-윤두서를 잇는 통신축선이 가동되고 뇌물과 거짓 정보가 오갔다. 이순신과 원균의 불화, 아니 그들 뒤에서 정치를 하고 있는 조정 대신들 사이의 불화를 이용한 이이제이식 간계가 너무 쉽게 먹혀들어갔다.

이순신이 경질된 조선 수군과 내륙의 조선군들은 삽시간에 다시 무너져 내렸다. 몇 년 동안의 소강상태에도 불구하고 조선군들은 제대로 된 방비를 하고 있지 않았다. 몇 년 동안의 흉작과 기근 그리고 역병으로 허약해질 대로 허약해진 조선은 제대로 된 대비책을 마련하지 못하고 있었다.

그렇게 정유년(1597) 2월, 나는 재침하는 일본군 2진의 고니시와 소요시토시를 따라 다시 대마도에서 부산포로 건너왔다. 이순신의 경질과 조선 수군의 몰락을 지켜봤고 다시 연이어 무너지는 조선의 성들과 일본군들의 칼날 앞에 유린당하는 조선의 백성들을 지켜봤다. 나는 일본군 아닌 일본군인 나의 운명됨을 의심할 수밖에 없었다. 모든 것이 혼란스러웠다.

일본군이 남해로 내려와 웅거하면서 명과의 협상을 하고 있었던 3년 6개월 동안 전쟁은 소강상태였다. 하지만 고니시의 일본군이나 이순신의 수군은 사실상 또 다른 전쟁과 마주하고 있었다. 굶주림이나 역병과의 싸움이 그것이었다.

평양성까지 점령했던 고니시의 18,700명의 선봉군이 후퇴하여 1년여 만에 다시 남해로 내려왔을 때 그의 휘하엔 6,626명의 군사가 살아남아 있었다. 평양성 전투와 행주산성에서의 전투 외엔 이렇다 할 전투가 없었음에도 불구하고 고니시의 병력은 눈에 띄게 줄어들었다. 가토의 부대도 부산진 상륙 당시의 병력에 반 정도밖에 살아남지 못하고 있다는 보고였다. 전투에서의 사망률보다 역병에 의해 죽어나가는 군사 수가 더 많았다. 원활하지 못한 군량 보급으로 굶주림에 지친 병사들은 역병에 취약했고, 장염과 설사로 인해 고통 받았으며 조선의 추위에도 적응하지 못해 동사자들이 속출했다. 명군의 휴전 요청이 아니었더라도 군량보급과 보충병력의 파병 없이는 더 이상의 전투가 불가능한 실정이었다. 일본군의 조선에서의 전쟁은 이동과 주둔만으로도 심각한 병력의 손실을 가져왔다.

고니시는 살아남은 병력 중 소수의 병력만을 김해에 남겨두고 대마도를 거쳐 일본 본토로 철수했다. 명과의 협상이 진행되는 동안 자신의 영지에서 병력과 물자를 재충원해야될 필요성이 있었다. 그동안 김해와 대마도의 병력은 사실상 대마도주가 관리할 수밖에 없었고, 또 대부분이 대마도의 병력이었다.

부산진 일대를 중심으로 남해안에 남아 있는 일본군은 임진년 개전 당시의 사분의 일 수준도 안 되었으나 조선군과 명군은 그 정도의 일본군조차 바다로 밀어낼 힘이 없었고, 그 덕분에 명군과의 협상을 명분으로 일본군은 조선에서의 교두보를 잃지 않은 채 재정비에 필요한 시간을 벌 수 있었다.

하지만 조선에 주둔하고 있는 일본군 내부에선 탈영병들이 속출하고 있었다. 대마도주는 탈영병 문제로 골머리를 썩고 있었다. 임진년 개전 이래 전투 중이거나 전투 후의 혼란 중에 부대를 이탈하여 숨어 있다가 고향으로 밀항하거나 조선군 쪽으로 투항하는 자들은 심심찮게 있어왔다. 문제는 전투가 소강상태에 빠진 현재 교대 병력이 도착하기도 전에 부대를 이탈하여 제멋대로 고향으로 돌아가기 위해 밀항을 시도하는 탈영병들이었다. 더군다나 부대를 이탈하여 조선군이나 명군 쪽으로 투항하는 탈영병들 때문에 대마도주를 비롯한 조선 주둔군 사령관들의 체면이 구겨지고 있었다.

그러나 그들보다도 더 큰 문제는 포로로 잡혔거나 일본군에 투항했다가 다시 조선으로 도망가거나 투항하는 자들이었다. 그런 자들에 의해서 크고 작은 일본군 내부의 정보가 조선군 쪽으로 넘어가는 것도 문제였지만, 그들의 탈출을 배신으로 여기는 그들의 사고방식과 남아있는 자들에 대한 보복이 더 큰 문제였다. 나 같은 조선인들의 입지가 점점 더 위태로워졌다. 조선 주둔군 지휘관들은 조선의 재상륙을 앞두고 자신들의 진영에 붙잡아 놓은 조선인들의 동태에 대해 감시를 더 강화하기 시작했다.

대마도주는 나에게 부대 내에 있는 주요 조선인 포로와 투항자들에 대한 성분 분석 및 동태 보고서를 다시 작성하도록 명령했다. 임진년 9월에 내가 심문하여 히데요시에게 넘겼던 제만식이 일본 본토에서 탈출하여 이순신에게로 갔다는 첩보가 입수됐기 때문이었다. 그는 이순신 제거 계획이 담긴 요시라의 반간계에 대한 정보를 가지고 탈출했을 가능성이 있었다. 일의 상황에 따라서 나의 신변에도 중대한 영향을 미칠 수 있는 일이었다.

제만식은 경상 우수영의 원균 휘하의 군관이었다. 임진년 9월에 일본군 기지를 염탐하던 중 웅천에서 포로가 되어 내 앞에 끌려온 자였다. 힘이 장사였고 활을 잘 쏘았다.

제만식은 그 이전에 두 번의 탈출 시도를 했었다. 세 번째 탈출 시도만에 결국 성공한 거였다. 끈질긴 구석이 있는 사람이었다.

첫 번째 탈출 시도는 임진년 11월 13일, 창원에서 붙잡혀 포로가 된 소년들 십여 명과 탈출을 꾀하다가 발각되었다. 소년들의 목은 그 자리에서 즉각 베어졌다. 주모자인 그를 살려둔 것은 전적으로 고니시가 그를 달리 이용할 생각을 하고 있어서였다. 다시 잡혀온 그를 심문하는 자리에서 나는 그에게 물었다.

"왜 굳이 무모하게 탈출을 시도했는가?"

질문을 던져놓고 나는 잠시 생각했다. 어쩌면 그 질문은 내 자신을 향해 있어야 할 것만 같았다.

'왜 너는 적의 진영에 남아 이들의 주구노릇을 하고 있는가? 탈출을 하려고 마음만 먹으면 얼마든지 기회는 있지 않은가?'

제만식은 잠시 나의 눈을 뚫어져라 바라보았다. 내가 조선인임을 그는 알고 있었다.

"사람은 제 각기 있어야 할 자리가 따로 있는 법이다. 여긴 내가 있어야 할 자리가 아니다."

제만식의 말은 짧고 단호했다.

"그런가?"

"……."

나도 그의 눈을 마주 바라보았다. 그는 입을 다물고 있었다.

"사람이 본래부터 있어야 할 자리란 없는 법이다. 시류를 좇아서 살면 그뿐 아닌가?"

내 입가에 잠시 비웃음기가 스쳐 지나갔는지도 모르겠다.

"내가 읽은 책엔 그 따위 말은 없었다. 역관이란 자들은 두 나라를 넘나드는 족속들이니 마음도 둘이라서 그런 말을 제멋대로 지껄이는 모양이구나? 나는 네가 아니다."

제만식은 조용히 눈을 감았다. 착잡한 모양이었다.

"이 혼란스런 난세에 그대는 고작 책 속의 얘기나 하고 있는가? 죄 없는 백성들이 무수히 죽어나가고 있는 이 무참한 현실을 앞에 두고도 책 얘기라? 그럼 그대는 공자도 모르는가? 창랑의 물이 탁하면 발을 씻고 창랑의 물이 맑으면 갓끈을 씻는다지 않았는가?"

나는 한낱 말단 무부에 불과한 제만식을 앞에 두고 선비 흉내를 내고 있었다. 나 또한 하찮은 역관에 불과했었다. 이런 것이 다 무슨 말장난이란 말인가 싶었다.

"그 말이 그런 때 쓰는 말인 줄 내 미처 몰랐구나. 가소로운 말이다. 무사에겐 충忠 한 자만 있을 뿐이다."

제만식은 내 말을 일소에 붙였다. 잠시 무참했다. 하지만 가만히 있을 수 없었다.

"그대의 그 충忠 한 자를 위해서 오늘 십여 명의 어린 목숨이 베어졌다. 그럴 가치가 있는 일인가?"

내 눈 앞에 오늘 목이 베어진 어린 것들의 모습이 어른거렸다. 오랫동안 굶주려서 눈만 퀭하니 붉게 빛나던 아이들이었다.

"언제나 대를 위한 소의 희생은 있는 법이다. 구차하게 어린 것들의 목숨을 거론하지 말라. 그건 어쩔 수 없는 시대의 탓이다."

제만식의 목소리가 낮게 깔리면서 신음이 배어나왔다.

"그렇다면 그대의 충은 누굴 향한 것인가? 그대의 직속상관인 원 수사인가, 아니면 백성들을 버리고 달아난 조선의 임금인가?"

나는 제만식의 아픈 곳을 건드려보았다. 그의 직속상관인 경상우수사 원균에 대한 정보는 이미 그의 입을 통해서도 확인한 바 있었다. 조선 수군에 대한 정보에 대해서만은 입을 함구하던 그도 신문 과정에서 자신의 상관인 원균에 대한 험담만은 줄줄 내뱉었다. 이미 일본군들도 파악하고 있는 사항들이었다.

일본 수군은 원균과 원균의 함대에 대해선 신경을 쓰지 않았다. 이미 임진년 개전 이래 자신의 함대를 스스로 격침시키고 도망가기에 바빴던 원균의 이력을 그들도 잘 알고 있었다. 그런 장수와 함대를 일본 수군이 얕잡아 보는 것은 어쩌면 당연했다. 이순신의 뒤나 따라다니면서 죽은 시체에서 수급이나 베어다가 바치기에 급급한 장수를 그들이라고 모를 리가 없었다. 그런 장수가 조선 수군의 요직에 있다는 것은 일본 수군에겐 축복이었다. 일본 수군은 일찍부터 그 점에 주목하고 있었다.

그 자리를 감당할 만한 인물인가 아닌가는 중대한 사건이 벌어지기 전까진 아무도 알 수 없는 일이었다. 조선의 명장이라고 소문이 자자했던 원균이 바로 그런 경우에 해당했다. 원균의 명성과 능력은 평시의 소규모 전투에서 얻어진 와전된 소문일 뿐이었다. 그는 전혀 준비가 되어 있지 않은 무능한 장수였다. 또 그런 장수의 임금으로나 어울릴 자가 조선의 임금이었다. 그래서 나는 제만식이 말하는 충이란 것이 향하고 있는 곳이 어디인지 궁금해서 굳이 그걸 따져 물었다.

"백성이다."

제만식의 대답은 짧았다. 의외의 대답이기도 했다. 내 질문을 순식간에 뒤엎어버린 느낌이었다. 말단 무부의 입에서 그런 소리가 나오리라곤 전혀 예상치 못한 말이기도 했다. 직급과는 상관없이 만만치 않은 자라는 생각이 들었다. 저런 부하를 거느리고 원균이란 자는 도대체 뭘 어쩌고 있었던 것인지 의심스러워지기 시작했다.

"그대의 백성은 먼 곳에 있는가, 아니면 가까운 곳에 있는 것인가?"

나는 그대로 물러설 수가 없어서 다시 물었다.

"무슨 말인가?"

제만식이 물었다.

"오늘 그대 때문에 죽은 저 어린 것들은 그대가 말하는 백성이 아닌가? 어찌 가까운 곳의 백성을 죽이면서 먼 곳의 백성을 찾는가? 그러고도 그대의 충이 백성을 향한 것이라고 말할 수 있는가?"

나는 다시 제만식의 아픈 곳을 파고들었다. 하지만 역시 그는 만만치 않았다.

"그러면 내가 여기 그대로 남아서 당신처럼 일본 놈들의 개 노릇을 하는 것이 진정으로 조선의 백성을 위한 길이라도 된다는 말인가?"

이번엔 제만식이 내가 아픈 곳을 파고들었다.

"이 한 몸 기꺼이 개 노릇을 해서라도 백성의 목숨을 하나라도 살릴 수 있는 길이 있다면 그것이 진정으로 백성을 위한 충이 되지 않겠는가?"

어느 새 심문자의 위치가 바뀌어 있는 듯했다. 나는 내 스스로를 변호하며 말했다. 이상한 자리였다.

"너는 지금 네가 하는 일이 진정으로 조선 백성을 구하는 일이라고 어찌 장담할 수 있단 말인가? 너는 세 치의 혓바닥으로 네 일신의 목숨을 구하고 있을 뿐, 결국 조선의 백성을 욕보이고, 더 많은 조선의 백성들의 목숨을 저들의 노리개감으로 던져주는 일을 하고 있는 것이 아니라고 어찌 장담하겠느냐? 요망한 짓거리일 뿐이다."

나는 선뜻 그의 말에 대구를 할 수 없었다. 제만식의 말에도 일리가 있었다. 어떤 말로도 나의 부왜 혐의를 전면 부정하기는 힘들었다. 거기에 내 고민이 있었다. 제만식은 그걸 알고 있는 듯했다.

한 달 후 제만식은 다시 탈출을 시도했다. 이번엔 웅천에 있는 어린 아이들과 내통하여 탈출을 도모하다가 한 아이의 고변으로 발각되었다. 어른들은 다 끌려가서 노역에 시달리고 있었기 때문에 제만식이 접촉할 수 있는 조선인은 어린 아이들 뿐이었다. 하지만 조선의 아이들이라고 해서 다 믿을 것은 못 된다는 사실을 그는 간과하고 있었다. 이미 오랫동안 일본군들과 생활을 같이 해온 웅천의 아이들 중에는 심정적으로 이미 일본군들 쪽에 붙은 아이들도 있었다. 그런 아이들에게 조선에 대한 의리나 충을 거론할 순 없었다. 그 아이들에게 그런 추상적인 관념은 밥 한 끼 해결해줄 수 없는 하찮은 물건에 불과했다.

이번에도 고변한 한 아이를 제외한 나머지 아이들의 목이 베어
졌다. 나는 다시 제만식의 경솔함을 탓하고 싶지는 않았다. 하지
만 그대로 그를 둘 수도 없었다. 나는 그를 죽이지 않을 거면 하루
라도 빨리 일본 본토로 보내서 탈출 의지를 꺾어놓을 필요가 있다
고 생각했다. 조선에서 멀어지면 멀어질수록 그의 탈출 의지도 약
해지리라고 나는 생각했다.

고니시가 그를 살려서 쓰고자 하는 용도를 알고 있었기 때문에
나는 그를 내 손으로 탈출시킬 순 없었다. 그건 내 자신에게도 아
직은 커다란 모험이었다.

고니시는 제만식을 임진년 9월 부산포 해전에서 사로잡은 조선
의 수군 장수로 둔갑시켜 히데요시에게 보냈다. 나는 제만식에 관
한 심문 조서를 첨부하여 올렸다. 탈출 위험이 있으나 문무를 겸
비한 장수로서 일본으로 귀화시킬 수 있다면 쓸모가 많을 거라는
개인적인 의견을 첨부하였다. 만약 그에게 문제가 발생한다면 내
게도 위협이 될지 모를 일이었다. 하지만 나는 그를 일단 살리고
싶었다.

히데요시는 그가 일본 수군에게 패배를 안긴 조선의 수군 장수
라는 보고를 받자마자 그 자리에서 목을 베려고 했다. 하지만 그
가 글을 아는 자라는 사실을 다시 보고 받고, 또 내가 올린 심문
조서의 내용을 알고 나서는 그의 머리를 일본인들처럼 깎게 하고,

일본 옷을 입게 하고는 그의 곁에서 서기 반개木下半介吉勝의 일을 돕게 했다. 히데요시는 자신이 글을 제대로 읽을 줄 몰랐기 때문에 글을 아는 자들에 대한 경외심이 있었다. 덕분에 제만식은 목숨을 건질 수 있었다.

제만식은 히데요시를 최측근에서 보좌하며 일을 한 조선인이었다. 그렇기 때문에 그는 히데요시와 그 주변의 일, 그리고 일본군 수뇌부에 관한 고급 정보를 누구보다도 많이 알고 있는 조선인이었다. 때문에 그에게 문제가 생긴다면 그를 애써 옹호한 나에게도 치명적인 해를 끼칠 것이 분명했다. 염려는 몇 년 만에 현실로 드러났다.

제만식은 정유년(1597) 정월 대보름날 반개의 집과 그 주변에 끌려와 종살이를 하던 조선인 12명을 규합하여 배 한 척을 훔쳐 타고 마침내 나고야를 탈출하여 육지도를 거쳐 경상좌수영 앞바다로 도망쳤다. 웅천 사대도에 도착한 제만식은 함께 탈출한 사람들과 헤어져 다시 이순신이 있는 한산도 조선 수군 진영에 귀순했다고 조선에 있는 일본군 첩자들은 보고했다. 그는 자신의 직속 상관이었던 원균에게로 가지 않았다.

그와 함께 탈출한 조선인은 동래에 살던 성돌, 사노 망련, 봉수군 박검손, 목자 박검실, 사노 김국, 김헌산, 종 돌이, 사노 윤춘,

양산의 강은억, 박은옥, 김해에 살던 갑장 김달망, 사노 인상 등이었다. 주로 노비거나 평민으로서 이용 가치는 별로 없던 자들이라 그들 때문에 특별히 문제가 될 것은 없었다. 문제는 히데요시의 측근에서 문서를 다루며 고급 정보를 많이 알고 있을 제만식이었다. 특히 재침략을 앞두고 계획하고 있던 이순신 제거 작전에 대한 정보를 그가 알고 있느냐 모르고 있느냐가 관건이었다.

대마도에 있던 나는 나고야로 소환되어 조사를 받았다. 제만식이 처음 포로가 되었을 때 심문에 참여하여 모든 것을 기록으로 남긴 것이 나였다. 더군다나 그를 히데요시에게 인계할 때 그에 대한 선처의 말을 첨부하여 보낸 것도 나였다. 그런 제만식이 히데요시 밑에서 일을 하다가 탈출하였고, 공교롭게도 그 시점이 이순신 제거 작전이 히데요시에게 보고된 직후였다. 요시라의 반간계책에 나 또한 참여하였기 때문에 제만식의 탈출 사건에 내가 어떤 식으로든 관여하고 있는 것이 아니냐는 것이 나를 소환한 자들의 생각이었다. 요시라의 반간계책에 대한 정보를 제만식에게 주어서 그의 탈출을 내가 도왔을 수도 있다는 거였다. 그들로서는 충분히 의심을 하고도 남을 만한 일이었다. 나는 억울하지 않았다.

나는 나의 결백에 내 목을 걸었다. 내 결백이 입증되는데 필요한 것은 시간뿐이었다. 이순신 제거 작전이 먹혀들어 가느냐 아니냐를 지켜보면 자연히 나의 결백은 어느 정도 증명될 수 있을 거 같았다. 나에 대한 처분은 그 이후로 미뤄졌다.

다행히 나는 대마도로 돌아왔다가 2진으로 다시 조선 땅에 발을 들여놓는 고시니를 따라 부산포에 상륙했다. 나고야를 탈출하여 원균에게로 가지 않고 이순신에게 귀순했던 원균의 부하 제만식은 원균이 삼도수군통제사가 되면서 목이 달아났다. 원균은 그를 철저히 부왜자로 다뤘다. 그에게 적용된 죄목은 첩자로서 이순신과 히데요시 사이를 오가며 적과 내통하고 조선 수군의 정보를 적에게 넘긴 혐의였다. 거기에 상관에 대한 항명과 능멸죄, 그리고 임금에 대한 불충죄가 첨가되었다. 원균은 제만식이 보고한 히데요시와 일본군 수뇌부에 대한 정보를 기록하지 않았다.

고니시가 비록 2진으로 밀려나 있었으나 나는 조선인으로 조선 침략의 선봉에 서 있었다. 조만간 점령할 남해가 내 영지로 주어졌다. 조선인 역관 손문욱은 아득한 과거였다.

진주성 전투 이후 계사년(1593) 8월, 나는 보고차 나고야로 돌아가는 고니시 유키나가와 그 일행을 따라서 대마도로 건너왔다.

명군의 참전과 조선군의 반격으로 평양성과 한양을 연달아 내주고 패주한 일본군들은 진주성 전투를 마지막으로 히데요시의 명에 의해 남해안으로 내려와 십여 개의 성을 쌓고 성 안에 웅거했다. 명과의 협상이 진행되는 동안 상당수의 일본군들이 철수했다. 임진년 당시 28만 명의 일본군을 나고야에 소집하여 1차로 15만 명 이상을 조선으로 출진시켰던 히데요시는 점차적으로 남해안과 일본으로의 철군을 명했다. 조선에 출병한 일본군의 절반은 1년 만에 소모되고 부상병과 교대 병력을 일본으로 보내고나자 남해안의 왜성에 주둔한 병력은 4~5만 명 수준으로 떨어졌다. 정유년(1597) 2월 21일, 14만 명을 동원하여 다시 조선을 침략할 때까지 전투는 거의 소강상태였다.

대마도는 혼잡 속에서도 활기찬 모습이었다. 조선과의 전쟁이 벌어지면서 대마도는 전쟁 특수를 누리고 있었다. 나고야에서 부산으로 향하는 일본군들의 중간 기착지였던 대마도는 어느 때보다도 많은 사람들과 군수물자의 출입으로 북적였고, 조선으로부터 약탈한 재물과 포로들의 거래로 대마도 역사 이래 최고의 호황을 누리고 있었다. 비록 3,000여 명의 대마도 청년들이 대마도주를 따라서 고니시의 휘하에 출전하고 있었고, 이러저러한 전쟁 물자를 조달하는데 협조해야 했지만 그 정도의 희생은 전쟁 특수로 인한 이익에 비할 바가 못 됐다. 하지만 그 이익은 일부의 상인과 관리들만의 몫으로 돌아가고 일반 백성들의 노고는 오히려 전쟁 전보다 심하면 심했지 결코 적지 않았다. 8진인 우키다히데이에宇喜多秀家의 10,000명이 예비대로서 주둔하고 있었고 일본과 조선을 오가는 병력과 물자의 뒤치다꺼리에 등골이 휘었다. 그래도 겉으로 보기엔 더 없이 활기차 보였다.

계사년 가을과 겨울을 나는 온전히 대마도에서 보냈다. 소요시토시의 이복동생과 혼례를 한 후 대마도에서의 내 입지가 그리 헐거운 것은 아니었으나 나는 늘 물에 뜬 기름처럼 따로 놀고 있었다. 동족과 유리된 내 처지가 그랬고 동족에게 칼을 겨눈 침략자들의 편에 서 있는 내 처지가 또한 그랬다.

조선인 포로들을 분류하는 작업 외에는 특별히 다급하게 해야할 일이 없었던 겨울 내내 나는 여자에게 몰입했다. 서녀일지언정 대마도주의 딸이었으니 일본 여자에게도 성과 이름이 있을지 모를 일이었으나 나는 여자의 이름을 묻지 않았다. 대신 남희南姬라는 이름을 지어주었다. 둘만이 알고 있는 이름이었고 나만이 부를 수 있는 이름이었다. 여자는 나직이 조선 발음으로 내가 지어준 이름을 발음했다. 여자가 그 이름을 발음했을 때 여자는 오랜 내 친구이자 일족처럼 다가왔다. 더 이상 외롭지 않았고 세상이 헐겁지도 않았다. 낯선 남녀가 만나서 다시 하나가 되고 거기서 다시 세상과 맞설 수 있는 힘이 생긴다는 사실이 놀랍고 신기했다. 그날 이후 대마도는 더 이상 낯선 땅만도 아니었고 견딜 수 없는 지옥만도 아니었다.

고니시와 명군 사이의 협상은 길고 지루했다. 조선 측은 처음부터 배제되어 있었다. 야나기와 요시라는 부지런히 명군 진영과 고니시 부대가 주둔하고 있는 웅천과 부산 그리고 나고야를 오가며 협상을 중개했지만 어차피 이루어질 수 없는 협상이었다. 정적들을 애써 조선으로 내몬 히데요시가 쉽게 싸움을 거두고 정적들을 일본으로 다시 불러들일 리도 없었고, 명나라나 조선이 조선팔도의 할지에 동의할 리도 없었다. 또한 명나라 황제가 자신의 딸을 히데요시의 첩으로 내줄 리도 없었다. 협상은 어차피 서로가 필요한 시간을 벌기 위한 수작에 불과했다. 서로의 이해관계 속에서 속이고 속는 척 하고 있을 뿐이었다.

명군과 일본군 사이의 협상에 내가 끼어들 여지는 없었다. 조선 측이 배제되어 있었고 조선어 역관이 필요한 자리도 아니었다. 명나라말 역관만 부지런히 팔려 다녔다. 나는 명군과 일본군 사이에서 왔다 갔다 하는 조선의 운명을 그저 지켜볼 수밖에 없었다. 괴로운 것은 그것만이 아니었다. 끌려온 조선인 포로들을 분류하고 그들이 여기저기로 팔려나가는 모습을 지켜봐야 하는 건 또 다른 고통이었다.

조선 각지에서 끌려온 조선인 포로들은 그 포로를 잡은 영주들의 각 영지로 보내지기도 했고 노예시장에서 팔려나가기도 했다. 전투는 소강상태였지만 조선에 대한 일본군들의 약탈은 점점 더 심해졌다. 조선의 관군과 의병들이 없는 지역을 골라 일본군들의 약탈은 점차 치밀하게 진행됐다. 약탈을 위해 별동대를 따로 꾸리기도 했다. 그들은 민가와 절간은 물론 무덤까지 파헤치기 시작했다. 금붙이나 은붙이는 물론 서책이나 활자, 절간의 종이나 탑들도 실어 날랐다. 도자기 약탈은 도공의 포획과 납치로 무게 중심이 옮아갔다. 그렇게 해서 잡은 도공이나 기술자들을 영주들은 자신의 영지로 보냈다. 특별한 기술이 없는 포로들의 일부도 병사들의 차출로 인해 공백이 생긴 노동력을 만회하기 위해 자신의 영지로 보내기도 했다. 그리고 일부는 급한 대로 보급품이나 전쟁 경비를 충당하기 위해 노예 상인들에게 팔아넘기기도 했다.

조선인 포로들은 간혹 한 마을 사람들이나 가족들이 한꺼번에 잡혀 오는 경우도 있었지만 일시에 포로가 되었다고 하더라도 중간에서 이리 저리 나뉘고 찢어져서 흩어진 사람들이 많았다. 부모를 잃은 고아들도 넘쳐났다. 만약을 위해 나는 포로들의 명부를 작성했다. 명부엔 출신지역과 이름을 기록하고 부모형제에 관한 내용도 간략히 기록했다. 하지만 흩어진 가족을 찾아주는 것은 쉽지 않았다.

노예 시장에 나온 조선인 포로들은 원양을 오가는 장사꾼들에게 팔려가 무역선에서 노를 젓기도 했고, 일본 어부들에게 팔려가 그물을 걷거나 어선의 노를 젓는 인부로 팔려가기도 했다. 포로 중 일부는 유구나 안남으로 팔려가기도 했고 양이들에게 팔려 블랑긴가 하는 서양으로 팔려가기도 했다. 젊은 여자들은 색주가의 기생이나 첩으로 팔려가기도 했다. 간혹 도망치다가 다시 잡힌 포로들은 그 자리에서 목이 베어지거나 시범적으로 공공장소에서 때려죽였다. 도망쳐 봤자 어차피 섬이어서 대마도에선 탈주가 불가능했다. 그럼에도 불구하고 어딘가로 무작정 달아나다 참혹한 죽음을 맞이하는 조선인들은 끊이지 않았다. 하루아침에 신분에 상관없이 노예로 전락해서 제대로 먹고 입지도 못한 채 짐짝처럼 실려 다니는 조선인들의 참상은 끔찍했다.

그런 대마도는 지옥 속의 낙원이었다. 포로로 잡혀온 조선인들의 지옥이었고 전쟁 특수를 누리고 있는 장사꾼들의 천국이었다. 전쟁 통에 한몫 잡기 위해 돈을 싸들고 모여드는 장사꾼들로 인해서 대마도의 항구와 색주가는 내내 흥청거렸다. 색주가에는 팔려온 조선 여자들로 넘쳐나고 있었다. 손님 받기를 거부하다가 죽어나가는 조선 여자들의 얘기는 이젠 대마도에선 화젯거리도 되지 않았다. 죽은 조선 여자들을 포로로 잡혀온 조선 남자들이 묻었고 그 여자가 죽어나간 자리는 다른 조선 여인으로 대체됐다.

장사꾼들은 조선과 대마도를 오가며 일본군들이 조선에서 약탈한 각종 보물들을 여기저기서 헐값에 사들였다. 약탈한 물건들을 쉽게 처분할 수 없는 병사들은 장사꾼들에게 헐값에라도 넘기는 것이 이익이었기 때문에 그렇게 했다. 고향으로 돌아갈 수도 없고 언제 죽을지도 모르는 전쟁터에서 언제까지 지니고 있을 수 없는 물건들을 그들은 장사꾼들에게 넘겼다. 탈영해서 고향으로 돌아가기 위해 밀항을 시도하는 병졸들도 적지 않았다. 그런 자들은 그런 자들대로 밀항에 필요한 배와 물건들을 사들이기 위해 더 많은 물건들을 약탈해야 했고, 약탈한 물건들은 장사꾼들을 통해 처분해야만 했다. 이래저래 장사꾼들에겐 돈이 되는 일이었다. 그 이윤을 좇아서 배들은 부산에서 대마도로, 대마도에서 나고야로, 다시 안남과 안남보다 더 서쪽에 있다는 블랑기를 오고갔다. 이윤을 좇아 그 보이지 않는 바닷길을 넘나드는 이들이 나는 무서 웠다. 돈이 되는 것이라면 뭐든지 실어다가 팔고 사는 이들이 나 는 역겹고 무서웠다.

대마도엔 블랑기에서 왔다는 신부들이 있었다. 고니시의 진영 에도 그런 자들이 있었다. 그들은 열십자처럼 생긴 목걸이를 하고 다녔고 그런 막대기 앞에서 절했다. 고니시의 일본군은 열십자 문 양이 새겨진 깃발을 들고 다녔다. 그 십자가는 그들이 섬기는 자 가 다른 사람들의 죄를 대신에 못 박혀 죽은 사형도구로서 그들 이 믿는 신의 상징물이라고 했다. 나는 다른 사람의 죄를 대신해 죽었다는 저들의 신과 히데요시가 일으킨 전쟁을 연결할 수가 없 었다. 블랑기에서 들여왔다는 조총과 대포 그리고 십자가의 의미 를 하나로 연결시킬 수가 없었다. 히데요시는 블랑기에서 들여온 조총과 대포의 힘으로 일본을 통일하고 다시 조선을 침략했다. 그 선봉에 고니시 부대의 1진이 있었고 그 부대의 깃발에 십자가가 그려져 있었다. 고로 내게는 십자가와 조총은 하나처럼 보였다. 블랑기에서 왔다는 자들은 누군가의 죗값을 묻기 위해 십자가와 총포를 들고 이역만리 이곳까지 온 것일까 하는 의문이 들었다. 병 주고 약 준다는 말이 아니고선 도저히 설명할 길이 없는 저들 의 출현과 행동이 나는 내내 의심스러웠다.

216

블랑기 출신의 신부들은 후방의 여자들 틈을 깊이 파고들었다. 사내들이 전선에 나가 있는 동안 여자들은 새로운 의지처가 필요했다. 죽은 남편과 자식들의 빈자리에, 전선에 나가 있는 병사들의 뒤치다꺼리에 지치고 피곤한 이들의 마음 한 구석을 저들은 파고들었다. 요시토시의 부인도 블랑기 신부를 극진히 섬겼고 그들의 활동을 적극적으로 후원하고 있었다. 그녀의 시누이인 남희도 예외는 아니었다. 그들은 이미 오래전부터 그런 활동에 익숙해 있었다. 정기적으로 모여서 예배란 것을 했고 뭔가를 암송했으며 음식을 나눠 먹었다. 그들끼리의 행위는 지극히 평화스럽고 평온해 보였으나 살육의 현장에 있는 십자가와 신부들의 모습은 이해할 수 없었다. 살육의 죄를 면해주겠다는 것인지 뭔지 알 수 없었다. 그들은 장사꾼들과 함께 배를 타고 왔으며 조총과 함께 바다를 건너왔다. 그들이 서로 같은 편인지 아닌지 내내 헷갈렸다.

대마도의 겨울은 따스했다. 간혹 찬 바닷바람이 휘몰아치기도 했으나 매운 맛은 없었다. 조선인 포로들만 아니라면 전쟁은 물 건너 남의 나라 일처럼 느껴질 것 같았다. 대마도에서 나는 전쟁을 일으킨 자들의 이해타산과 전쟁을 끝내지 않으려는 자들의 이해타산을 헤아려보려고 했으나 쉽게 헤아려지지 않았다. 저마다 처놓은 그물은 엉켜 있었고 흐트러져 있었다. 그물에 걸린 고기와 그물에 걸릴 고기만이 애처롭게 몸부림치고 있는 듯했다. 나는 그

고기가 조선의 백성들로 보였고 때로는 일본의 병졸들로 보였으며 명나라 각지에서 끌려왔을 명나라 병졸들의 모습으로 보이기도 했다.

지옥 같은 아비귀환 속에서도 아이들은 태어났다. 남녀 사이의 이치는 나라나 종족을 가리지 않는 것이 신기했다. 일본군의 아이를 밴 조선 여자들은 수치와 모욕감 속에서 아이를 낳았다. 그렇게 낳은 아이들 중 일부는 고의적인 방치 속에 죽기도 했으나 모진 것이 사람 목숨이었다. 조선 여인과 일본군과의 관계 속에서 태어난 아이들의 운명이 조선과 일본에서 각각 어떻게 전개될지 나는 짐작할 수 없었다. 원하지 않는 인간들의 피섞임과 번식이 가엾고 또 무서웠다. 만약 나와 살고 있는 여자가 아이를 낳는다면 조선인이 되는 건지 일본인이 되는 건지 나는 알 수가 없었다. 무엇보다도 나는 내가 누구인지 알 수 없었다.

− 8

임진년(1592) 4월 13일 오후, 부산진 앞바다에 수백 척의 왜선이 나타났다는 첩보에 이어 부산진에 왜선들이 정박하고 있다는 정보가 내 근무지인 동래성으로 날아든 것은 유시 경이었다. 부산진 남문 밖에 정박한 왜선들은 곧바로 부산진성을 공격하지 않았다. 오사카를 출발하여 중간 기착지인 대마도에서 쉬다가 다시 출발했다고 하더라도 수백 척의 함선이 부산까지 건너오는 데는 십여 시간이 걸렸을 것이기 때문에 전열을 정비하고 공격 준비를 하기 위해선 저들도 시간이 필요할 거였다.

가족들이 있는 부산진성으로 곧바로 달려가고 싶었으나 급박한 상황에서 나는 근무지를 이탈할 수 없었다. 부산진성 안에는 삼백여 호의 민가가 있었다. 그중에 처가도 있었고 아내와 아이들도 그곳에서 살고 있었다. 나를 따라서 동래성 쪽으로 옮겨와 살 수도 있었으나 부산진성과 동래성은 가까운 거리인데다가 굳이 살던 곳을 떠나서 번거롭게 옮길 것이 있냐는 처가쪽 사람들의 의견을 좇아서 결혼 후에도 나와 아내는 그냥 처가에 머물며 살림을 시작했다. 나만 며칠에 한 번씩 부산진성과 동래성을 오갔다.

동래성에서 역관인 내가 특별히 할 일은 없었다. 이미 중요한 서류들은 정리해서 관아 뒤뜰에 묻어놨기 때문에 내가 신경써야 할 일은 별로 없었다. 다만 왜관에 남아 있는 일부 왜인들과 그 가족들의 동태를 살피고 관리하는 일이 신경 쓰였다.

일단 동래 부사의 지시를 받아야 했기 때문에 근무지를 이탈해서 무작정 부산진성으로 달려갈 수는 없었다. 잠시 혼란이 정리되면 나는 한밤중이든 새벽이든 부산진성으로 달려가 볼 생각이었다. 그때까지 일본군들이 부산진성을 공격하지 말아야 했다. 아마도 일본군의 공격은 내일 새벽이나 아침부터 시작될 가능성이 많았다. 그 전에 나는 부산진성으로 들어가야 했다.

부사는 병사들을 소집하고 성 밖의 백성들을 성 안으로 피신시키도록 했다. 왜관에 남아 있는 일본인들도 일단은 모두 잡아들여 관아의 옥사에 가두도록 했다. 왜관에 있던 대부분의 일본인들은 몇 달 전에 이미 철수를 했으나 소수의 인원과 가족들은 여전히 왜관에 머물러 있었다. 그들마저 일본으로 철수할 경우엔 침략 시점이 노출될 가능성이 있었기 때문에 그들은 일종의 미끼로 남겨둔 거나 마찬가지였다. 따라서 그들은 자신들의 역할과 운명을 어느 정도 짐작하고 있었다. 그래서 그런지 그들은 특별히 반항하지 않았다.

나는 관아의 군졸들과 함께 그들을 옥사로 옮기는 일을 도왔다. 평소에 안면이 있던 자들도 있었다. 그들은 자신들이 조선을 침략한 일본의 백성이란 사실에 미안해하는 기색도 있었고, 앞으로 어떻게 될지 모르는 자신들의 운명에 불안해하는 기색도 있었다. 잠시 형식적인 조치일 뿐이니 크게 걱정할 일은 없을 거라고 나는 그들을 안심시켰지만, 그것은 나 자신도 모를 일이었다.

동래 부사 송상현은 그 와중에도 한성에서 따라온 자신의 종 신여노를 집으로 돌려보냈다. 신여노에겐 노모가 있었는데 그가 동래성에서 죽을 것을 염려하여 미리 피신을 시킨 거였다. 또한 그의 소실 이양녀도 노비들과 함께 급히 동래성을 떠나 서울로 가게 했다. 이를 지켜본 성 안의 백성들과 군사들은 동요하기 시작했다. 부사의 처신은 인지상정에서 나온 것이었으나 적을 앞에 두고 성을 수성해야하는 수장으로선 해서는 안 되는 실수를 하고 있었다. 싸움을 앞에 두고 자기 주변 사람들부터 성 밖으로 피신시키는 수장을 보면서 자신의 목숨을 걸고 성을 지키려는 사람은 없을 터였다. 부사의 목숨은 물론 성과 백성들의 안전이 위태로웠다.

부사가 자신의 노복들과 소실을 성 밖으로 내보냈다는 소식이 전해지자 성 안의 백성들도 앞다퉈 성을 나서기 시작했고 성 밖에서 성 안으로 들어오려던 백성들은 더 멀리 달아나기에 바빴다. 성을 지키고 있던 병사들의 이탈도 점차 늘어나기 시작했다. 이런 식이라면 성을 지켜내기는 고사하고 잠시 버티기도 어려울 듯했다. 서둘러 사방의 성문을 봉쇄하고 출입을 금했으나 이미 때늦은 일이었다. 나가려는 자들은 성벽을 타고서라도 한밤중에도 계속해서 성 밖으로 나갔다. 성 안엔 삼천여 명의 군졸들과 수백 명의 민간인만이 남아 있었다.

경상좌병사 이각이 저녁에 울산 병영에서 400명의 군사를 이끌고 동래성으로 달려왔으나 그가 끝까지 동래성에 남아서 부사와 함께 싸울지는 미지수였다. 그는 성을 둘러 보고나서 이미 지키기 어렵겠다고 판단한 모양이었다. 동래성에는 그가 좋아하는 대포가 제대로 준비되어 있지 않았던 거였다. 자신의 관할 지역에 적의 대군을 맞아 싸울 만한 화약무기가 준비되어 있지 않다는 것 또한 그의 불찰이었으나 그는 자신의 잘못을 따지지 않았다. 그가 본영이나 다른 지역을 방어하기 위해 떠나려고 한다면 그의 하급자인 동래 부사는 그를 막을 수 없었다. 더군다나 적의 후속 병력이 어디로 상륙할지 모르는 상황이었다.

조선 수군의 움직임 또한 수상쩍었다. 일본군이 부산진에 상륙할 때까지 경상좌수사 박홍의 수군은 아무런 조치도 취하지 못하고 있었다. 척후 활동을 통해 적의 동향을 파악하지도 못하고 있었으며, 해상에서 적의 전선과 수송선을 막아보려는 어떠한 시도도 하지 않은 모양이었다. 부산에 정박해 있는 적의 선단에 대해서도 어떠한 공격도 시도 했다는 소식이 들려오지 않고 있었다. 비록 적의 대선단이 상륙했다고 하더라도 대부분이 수송선단일 거였다. 경상좌수영의 전함을 동원하여 공격한다면 적들이 쉽게 교두보를 확보하고, 재빨리 부산진성을 공격할 순 없을 거였지만 그러한 소식은 끝내 들려오지 않았다. 조선 수군의 행적은 묘연하기만 했다. 평소 가장 많은 함선을 보유하고 있었어야할 경상우수영의 원균의 함대 소식도 감감 무소식이었다. 그러는 사이 부산진에 상륙한 일본군들은 교두보를 안정적으로 확보하고 부산진성 공격에 나설 준비를 계획대로 진행하고 있을 터였다.

내가 더 이상 동래성에서 남아 할 일은 없을 듯했다. 그냥 그렇게 기다리며 일본군들이 쳐들어오길 기다리는 것밖엔 달리 할 일도 없었다. 나는 빨리 부산진성으로 달려가고 싶었다. 어차피 동래성의 운명은 부산진성의 운명 여하에 달려 있었다. 부산진성이 얼마나 버텨주는가에 따라 동래성의 운명도 판가름 날 거였다. 그렇기 때문에 부산진성의 사정을 파악하는 것은 동래성의 방어를 위해서도 필수적인 일이었다. 나는 부산진성 쪽의 척후를 자임했다. 물론 가족의 안부가 먼저 걱정됐기 때문이었다. 부사도 내 처지와 역할을 이해했다. 나는 서둘렀다. 벌써 새벽이었다.

　부산진에 상륙한 일본군의 규모는 정확히 파악되지 않고 있었다. 칠백여 척의 전함과 수송선단이 정박해 있다는 것으로 보아 적어도 1만 명 이상의 병력이 상륙한 것으로 보였다. 하지만 그것이 전부일 리는 없었다. 히데요시가 조선과 명나라까지 정벌하려고 나섰다면 적어도 10만 명 이상의 병력을 동원했을 가능성이 있었다. 부산에 도착한 수백 척의 선단은 부지런히 부산과 오사카를 오가며 나머지 후속 부대들을 속속 실어 나를 거였다. 적의 선봉을 해상에서 저지하지 못하고 이대로 교두보를 내주게 된다면 이후 적들의 앞길을 막기는 점점 더 힘들어질 수밖에 없었다. 그렇기 때문에 조선 수군의 행방이 묘연한 상태에서 부산진성의 운명이 이번 전쟁의 판가름을 좌우하는 거라고 해도 과언이 아니었다.
　부산에 상륙한 일본군의 1진엔 대마도주와 그의 부대가 소속되어 있을 가능성이 높았다. 어차피 대마도주와 그의 부대가 향도 역할을 할 것이고 그의 부대는 선봉에 설 수밖에 없었다. 대마도주로선 부담스러운 일이었으나 그도 어쩔 수 없는 일일 것이다.
　이미 부산진성 주위는 아수라장으로 바뀌어 있었다. 성을 포위한 일본군들의 모습이 멀리서도 보였다. 부산진성의 북문 옆에 있는 암문을 통해 성 안으로 들어가려던 내 계획은 초장부터 어긋나고 있었다. 성을 몇 겹으로 포위하고 있는 일본군들의 눈을 피해 성 안으로 들어가는 것은 불가능했다. 미처 대피하지 못했던 성 주위의 조선 백성들은 일본군들의 손에 목이 잘려 사방에 널브러져 있었다. 몸통과 머리가 따로 굴렀다. 일본군들은 눈에 띄는 족족 조선인들을 잡아 죽였으며 숨어 있는 조선인들을 찾아내어 목을 베고 배를 갈랐다.

이미 날이 밝아오고 있었다. 더 이상 일본군들의 눈에 띄지 않기도 어려워 보였다. 빨리 대마도주나 그 일행을 찾아야만 했다. 분명히 그들은 이번 상륙군과 함께 행동을 같이 하고 있을 가능성이 많았다. 나는 부지런히 동문 쪽과 서문 쪽을 멀리서 오가며 일본군들의 깃발을 눈여겨보았다. 남문 쪽은 바다에 연해 있었고 영가대에서 남문 앞까진 일본군들의 전함과 수송선으로 가득 차 있었다. 일본군들의 전함과 수송선단 때문에 바다가 보이지 않을 지경이었다.

열십자가 그려진 깃발은 멀리서도 보였으나 깃발의 글씨들은 확인할 수가 없었다. 열십자가는 대마도주의 장인인 고니시유키나가가 믿는 신의 표식이란 사실을 전에 들은 적이 있었다. 그렇다면 상륙군은 고니시와 그의 사위인 대마도주의 병사들로 구성되어 있을 가능성이 많았다. 다행이라면 다행이었다. 조선을 빈번히 오간 대마도주나 그의 병사들이라면 급할 땐 말이 좀 통할 것도 같았다.

어디선가 총소리가 났다. 그 소리를 신호로 성을 포위하고 있던 병사들이 일제히 고함을 지르며 성을 압박해 들어가고 있었다. 부산진성의 성첩엔 궁수들과 창병들이 배치되어 있었다. 접근로에 뿌려둔 마름쇠를 밟아 신음하는 일본군들이 눈에 띄었다. 성첩의 궁수들이 일제히 화살을 쏘아대기 시작했다. 하지만 성을 포위하고 있는 일본군들의 수가 워낙 압도적으로 많았다. 일본군의 조총 사격이 시작되자 성첩의 조선군들이 성 밖으로 고꾸라지기 시작했다. 일본군의 3교대 밀집 사격에 삽시간에 성첩의 병사들이 반으로 줄어드는 것 같았다. 성첩에 배치되어 있는 조선군들의 상체는 무방비 상태로 노출되어 있었고 그들은 일본군 조총 부대의 손쉬운 목표물이 되고 있었다. 서문 위에 있던 장수가 총을 맞고 고꾸라지는 것이 멀리서도 보였다. 부산진성 첨절도사 정발 장군일 가능성이 많았다. 장수를 잃은 성 위의 조선군들은 산발적으로 저항을 했으나 그것도 얼마 버티지 못할 것 같았다. 간간이 화살이 일본군들 위로 날아갔으나 성 위에 거치되어 있던 대포들은 끝내 불을 뿜지 않았다. 만든 지 오래된 대포들이어서 녹이 슬어 있거나 화약이 제대로 준비되어 있지 않았을 가능성이 많았다.

일본군들은 삽시간에 성문 밑까지 육박해 들어갔다. 성 위에 있던 조선군들은 성 위로 기어오르기 시작한 일본군들을 창칼로 훑어내기 시작했으나 중과부적이었다. 급속도로 조선군들의 저항은 소진해갔다. 한식경도 채 되지 않은 것 같았는데 조선군들의 저항은 어디에서도 찾아볼 수 없었다. 드디어 성문이 열리고 일본군들이 성 안으로 뛰쳐들어가기 시작했다. 성 안으로 뛰쳐들어간 일본군들은 무참히 칼을 휘두르기 시작했다. 살아있던 조선군들은 물론 성 안의 민간인들까지 마구잡이로 목 베고 찌르기를 거리낌 없이 해대고 있었다. 나는 더 이상 뒤에 숨어서 관망만 하고 있을 수 없었다. 성 안의 가족들은 물론 그 안에 있던 모든 사람들이 그런 식으로 몰살을 당할 판이었다. 나는 정신없이 서문 안으로 뛰어들었다. 그러나 멀리 갈 수는 없었다. 성 문 안으로 들어선 지 얼마 안 돼 나는 일본군의 발에 걸려 넘어졌다. 다가온 일본군이 칼을 쳐들어 나를 단숨에 베려했다.

"좆도 맞데."

내 입에서 순간적으로 일본말이 튀어나왔다. 나를 베려던 일본군이 순간 움찔했다.

"뭐냐, 넌?"

나를 쓰러트린 일본군이 내 몸을 자신의 두 발 사이에 끼운 채 나를 노려봤다. 당장이라도 내 머리부터 두 조각으로 가를 태세였다.

"나는 왜관의 일본인이다. 너희 대장을 빨리 만나보고 싶다."

내가 다급하게 일본말로 말했다. 내 일본말에 의구심이 조금 가셨는지 그는 쳐들었던 칼을 천천히 내렸다.

"그런데 네 꼴이 뭐냐. 머리부터 발끝까지 조선 놈 모양을 하고 있지 않냐?"

일본군이 의심의 눈초리로 말했다.

"그동안 여기서 살아남으려니 할 수 없었다. 그런 건 나중 문제고 너희 대장이 누구냐? 나를 빨리 그 사람 앞으로 안내해라. 한 시가 급하다. 내 가족들이 저 안에 있다. 제발 함부로 살상하지 마라."

내가 다급하게 다시 말했다. 칼을 든 일본군은 하급 무사인 듯했다. 그는 사방을 둘러보더니 나를 보며 일어나라고 손짓했다.

"내 주군은 소요시토시 님이다. 저리로 가자."

일본군이 깃발을 든 병사들이 모여 있는 곳을 가리키며 말했다. 지휘관들이 모여 있는 곳인 듯했다. 나는 정신없이 그 일본군의 뒤를 쫓았다. 일본군이 먼저 달려가 뭐라 말하는 듯했다. 한 사람이 일본군들을 헤치고 앞으로 나왔다. 소요시토시의 가신이자 부장인 야나기시게노부였다.

"이게 어찌된 일인가?"

야나기가 놀란 표정을 지으며 말했다. 나는 자초지종을 설명하고 있을 시간이 없었다.

"저 쪽 민가에 내 가족들이 있습니다. 지금 성 안에 남아 있는 사람들은 군사들이 아니라 민간인들입니다. 무분별한 살상을 빨리 멈추도록 해주십시오."

내가 다급한 나머지 정신없이 말했다.

"이런. 이미 늦지 않았을까? 성은 점령하고 나면 점령한 병사들의 것이다. 그대는 동래성에 있어야할 사람이 아닌가? 어찌 이런 일이……, 빨리 가보자."

야나기가 앞장서 뛰기 시작했다. 그러나 이미 성 안엔 일본군들로 꽉 들어차 있어서 제대로 앞으로 나가기조차 힘들었다. 발에 물컹 하는 것이 있어서 보면 목이 잘린 조선인의 몸뚱이었다. 머리는 이리 채이고 저리 채여서 어느 게 어느 몸뚱이에서 잘려나간 것인지 알 수 없었다. 땅바닥은 이미 피바다였고 쏟아져 나온 내장에선 김이 모락모락 피어오르고 있었었다. 성 밖에 나뒹굴고 있는 조선군 시체들이 주로 조총을 맞고 죽은 사체들이라면 성 안의 시체들은 주로 일본도에 의해 베어진 시체들이었다. 지옥이 따로 없었다. 전쟁터는 정말 인간이 만들어낸 최악의 지옥이었다.

"멈춰라! 어느 집인가?"

간신히 민가 앞에 도착한 야나기가 소리쳤다. 그러나 이미 멈추고 뭐하고 할 것이 남아 있지 않은 듯했다. 집집마다 베어진 시체와 피로 온통 시뻘겋게 물들어 있었다. 일본군에 의한 약탈도 순식간에 끝난 듯했다. 문짝은 뜯어져 깨지고 살림살이들은 깨지거나 부서져 사방에 나뒹굴고 있었다. 돈이 될 만한 것들은 이미 일본군들 손에 들어가 있었다. 일본군들은 손마다 뭔가를 움켜쥐고 동분서주하고 있었다. 그들 사이로 죽어나자빠진 시체들이 처참하게 나뒹굴고 있었다.

앞마당엔 처가 식구들과 종들의 시신이 나뒹굴고 있었다. 목이 베어지거나 허리가 통째로 베어져 죽은 사람도 있었다. 아내와 두 아이의 시신은 방에 있었다. 아내가 두 아이를 끌어안고 있다가 칼을 받았는지 아내의 두 팔이 두 아이를 하나씩 안고 있는 형국이었으나 아내의 팔은 온전히 붙어있지 않았다. 아내의 목은 날아가고 없었고 두 아이는 각각 어깨에서 가슴 쪽으로 칼날이 지나간 듯 살가죽이 찢어져 있었다. 방 안을 들여다보던 야나기도 얼굴을 찌푸렸다. 여덟 살 먹은 딸아이와 여섯 살 먹은 아들이었다. 아내의 나이도 고작 스물여덟이었다.

나는 피범벅이 된 방안에 앉아 한동안 아무 소리도 낼 수 없었고 아무 것도 할 수 없었다. 눈물도 나오지 않았다. 무슨 일인가 싶어 일본군들이 방 안을 기웃거리기도 했으나 아무도 접근해오지 않았다. 밖에는 야나기의 부하들이 지키고 있었다. 야나기의 배려인 듯싶었다.

부산진성 안에 있던 조선군과 백성들은 모두 삼천여 명 정도가 됐을 것으로 일본군들은 추산하고 있었다. 묘시에 시작된 전투는 진시가 다 지나기도 전에 종결되었다. 성 안에 있던 것은 남녀노소는 물론 개나 고양이조차 살아남지 못했다. 고니시는 부산 성주 정발의 목을 베어 오사카로 보내도록 명령했다. 첫 전투의 전과물이었다.

나는 처가 식구들과 가족들의 시체를 한군데 모아서 앞마당에 구덩이를 파고 묻었다. 야나기기가 보내준 병사 서너 명이 내 일을 거들어 주었다. 일본군들도 전사자들과 조선인들의 시체를 도랑이나 구덩이에 밀어 넣고 흙으로 메우기 시작했다. 이제부터 부산진성은 일본군들의 전진기지 역할을 할 거였다.

야나기가 다시 찾아와 나를 위로 하고 조문했다. 그리고 나를 남문 위에 있던 대마도주 앞으로 안내했다. 예상대로 대마도주는 그의 장인인 고니시와 함께 일본군 1진으로 부산에 상륙한 것이었다. 고니시의 1진은 2만 명이 조금 되지 않는다고 했다. 고니시는 다시 동래성을 공격하기 위해 전열을 정비하고 있었다. 이미 동래성에도 부산진성의 함락 소식은 전해졌을 거였다. 나는 다시 동래성으로 달려갈 힘조차 없었다.

나를 만난 소요시토시가 미리 내 가족 얘기를 들었는지 나를 먼저 위로했다.

"가족 일은 안됐다. 왜 진즉에 다른 곳으로 피신시키지 않았나?"

요시토시는 알 만한 사람이 사전에 그런 정도도 대비하지 않고 있었냐는 듯이 힐책했다. 나는 할 말이 없었다. 나도 일본군의 침입이 임박했다는 건 알고 있었지만 이렇게 하루아침에 당할 줄은 미처 짐작도 못하고 있었다. 아마 조정의 관료란 자들도 그랬을 거였다. 그들만 탓할 수도 없었다.

"이제부터 너는 내 막하에서 내 일을 도와라. 모든 걸 잊고 이제부터 다시 시작하는 거다. 수차례의 경고에도 불구하고 이렇게 대비를 하지 않은 것은 전적으로 조선 측의 실수다. 우리도 조선의 첫 관문을 이렇게 싱겁게 돌파하리라곤 생각하지 않았다. 이건 너무 허술하지 않은가? 고작 준비한 것이 마름쇠 정도였단 말인가? 이건 시작에 불과하다. 조선인들은 이제부터 전쟁에서 뭔가를 배워야 할 거다. 무사안일의 대가가 얼마나 혹독한 것인지를 알게 될 거다."

대마도주가 남문 위에서 부산진성 안을 내려다보며 말했다. 피비린내가 코끝을 스치고 있었다.

"내일 아침엔 다시 동래성을 공격한다. 그 전에 네가 주군의 서찰을 동래 부사에게 전해라. 가서 항복을 하든지 미리 성을 비우고 도망가든지 하라고 해라. 그렇지 않으면 동래성도 부산진성 꼴이 날 거다. 저들에게 베푸는 주군의 마지막 자비다."

요시토시가 선심이라도 쓰는 듯이 말했다. 더 살고 싶은 마음은 없었으나 동래성 안의 백성들을 한 명이라도 살리려면 뭐라도 해야만 할 것 같았다. 역관인 내게 평소에 남다른 자비심이 있었던 것 같지는 않으나 왠지 무슨 일이라도 해야 할 듯싶었다. 왜말로 먹고 산 자의 빚갚음 같은 거라고도 순간 생각했다.

"내가 죽는 거는 더 이상 두렵지 않소이다. 그러니 내가 당신들에게 협조하는 대신 내 부탁 한 가지만 들어주실 수 있겠소? 그렇지 않으면 이 자리에서 죽을지언정 당신들의 꼭두각시 노릇은 하지 않을 것이오. 당신 밑에도 역관이야 많지 않소?"

나는 젊은 소요시토시의 눈을 바라보며 말했다. 그의 얼굴에선 자신감이 넘쳐나고 있었다. 이십대 중반의 한창 나이였다.

"오랜 옛 친구를 죽일 수야 있나? 부탁이란 게 뭔가?"

요시토시가 다정한 목소리로 물었다.

"성을 점령하더라도 앞으론 제발 그 안의 백성들을 함부로 죽이진 마라 달라."

내가 말했다. 내가 말해놓고도 나는 내 귀를 의심했다. 나란 인간이 갑자기 군자라도 된 것인가 하는 의문이 들었다. 혹시 다른 사람을 핑계로 나는 내가 살기 위한 명분을 만들고 있는 게 아닌가 하는 생각도 들었다.

'아직은 죽고 싶지 않은 것인가?'

나도 모르게 실소가 나왔다.

"성을 점령하면 그 안에 있는 사람은 모조리 죽이는 것이 우리의 법도다."

"조선의 성 안엔 전투원이 아닌 민간인들도 함께 살고 있소. 일본의 성과는 개념이 다르오. 칼을 들지 않은 비전투원을 살상하는 것은 사무라이답지 않은 거 아닌가?"

사무라이의 명예를 들먹이며 내가 말했다. 요시토시도 뭔가를 생각하는 눈치였다. 이윽고 그가 다시 입을 열었다.

"좋다. 노력해보겠다. 우린 단순한 살인귀가 아니다."

요시토시가 말했다. 하지만 내가 이미 겪어본 일본군들은 살인귀였다.

"내가 지금 주군의 서찰과 표찰을 받아줄 테니 동래성으로 가라. 가서 동래 부사란 자를 설득해 봐라. 우리도 불필요한 싸움은 원하지 않는다."

요시토시가 내 어깨를 잡으며 말했다. 그가 서둘러 남문 위에서 내려갔다. 성 밖의 고니시 진영으로 가는 모양이었다.

나는 요시토시가 건네준 고니시의 서찰과 일본군들의 검문을 통과할 수 있는 표찰 그리고 요시토시가 붙여준 수행원 한 명을 데리고 동래성으로 향했다. 오늘 중으로 성을 비우든가 항복을 받아오라고 했다. 내일 아침이면 일본군의 공격이 시작될 거였다.

동래성 안의 군사들과 민심은 이미 술렁이고 있었다. 경상좌병사 이각은 자신의 군사를 이끌고 이미 성을 빠져나간 후였다.

"자네를 결국 이런 식으로 다시 보게 되는구만."

부사 송상현이 내가 내민 고니시의 서찰을 뜯어보지 않은 채 나를 바라보며 말했다. 부사는 내 가족의 안부를 묻지 않았다. 내 표정에서 이미 모든 걸 읽은 것 같았다.

"면목이 없습니다. 그래도 뜯어보시고 답을 주심이……."

부사에게 달리 대책이 없다는 걸 알면서도 내가 말했다. 이윽고 부사가 고니시의 서찰을 뜯었다. 그 위엔 '싸울 테면 싸우고 싸우지 않으려면 길을 비켜라.'戰則戰矣, 不戰則假道라고 쓰여 있었다.

"이웃나라의 도의란 것이 고작 이런 것이었던가?"

부사 송상현이 개탄을 했다. 도의를 따지고 있을 때가 아니었으나 그의 목소린 비장하게 들렸다. 눈을 잠시 감고 있던 부사가 다시 눈을 뜨더니 붓을 집어 들었다. 단숨에 몇 자를 적어 내려갔다. 고니시의 서찰에 대한 답인 모양이었다.

'죽기는 쉬우나 길을 빌려주기는 어렵다.'戰死易, 假道難.

부사는 자신이 써내려간 글을 한참 동안 내려다보았다. 나도 묵묵히 그 글자들을 내려다보았다. 마지막 글자의 마지막 획에 흔들린 흔적이 있었다.

사전에 싸움 준비를 치밀하게 하지 않은 부사였지만 적 앞에서 도망갈 위인은 또 아니었다. 그것이 조선 선비의 마지막 지조란 거였다. 어차피 문관인 그가 적의 대규모 예봉을 감당하기엔 처음부터 무리였다.

나는 부사가 써준 서찰을 품속에 집어넣고 동래성을 뒤로 했다.

이튿날 아침 동래성은 채 한식경도 되지 않아 일본군에게 점령되었고 부사는 성문 위에 앉아 있다가 일본군의 칼을 받았다. 그의 목도 잘려서 일본으로 보내졌다. 전사자는 삼천여 명이었고 오백 명이 포로로 잡혔다. 죽는 게 나은 건지 사는 게 좋은 건지 알 수 없었으나 나는 그 오백 명의 목숨을 건지기 위해 조선을 배신했다.

그 이후 나는 기장, 양산, 밀양, 대구, 선산, 상주, 충주, 여주를 거쳐 북상하는 요시토시의 부대를 따라서 5월 3일 드디어 한성에 입성했다. 이후 명군에게 밀려 다시 남해안으로 내려갔다가 이듬해에 요시토시가 대마도로 건너갈 때까지 나는 그를 수행했다. 나는 여전히 살아 있었고 조선인도 일본인도 더 이상 아니었다. 원래 어지러운 세상이었다.

공교롭게도 나는 고니시의 휘하에 있으면서 도망가는 조선 임금의 뒤를 밟는 꼴이었고, 그들의 한심한 군사작전과 관리 경영

실태를 목격했다. 고니시 부대의 간자들이 수없이 조선군과 조정을 드나들며 상대의 정보를 실어 나를 동안 조선군과 조선 조정의 어느 누구도 일본군 측의 정보를 손에 넣기 위해 움직이지 않았다. 그들은 자신들을 쫓고 있는 일본군의 규모조차 파악하지 못하고 있었다. 명나라에 달려가 파병을 요청하면서도 일본군의 숫자가 어느 정도인지 대답할 수 있는 사람이 아무도 없었다. 나는 조선 측 사람들과 접선을 시도했으나 연결할 수 없었다. 삭직된 유성룡과도 연결이 되지 않았다. 임금과 그 대신들의 전시 나라 경영이 그 모양이었다.

명과의 국경까지 도망가서 조선의 임금은 세자에게 양위하고 본인은 명나라 땅으로 건너가려 했다. 그곳에서 임금은 명의 파병만을 간청했고, 평양성과 한성의 일본군이 남해안으로 퇴각한 다음에도 한참 동안 남으로 내려올 생각은 하지 않고 명나라 군대를 접대해야한다는 명분으로 그곳에 숨어 있었다. 함경도에 있던 가토기요마사의 군대가 자신의 뒤를 칠까봐 두려워했고 남으로 내려간 일본군이 다시 밀고 올라오는 것을 걱정만 했을 뿐 전란을 수습하고 위기에 빠진 나라를 경영할 생각은 제대로 하지 않았다. 최고 명령권자인 임금이 천리 밖에 있다 보니 전선의 장계가 임금에게 도착하는 데만도 열흘이 넘게 걸렸고, 다시 임금의 유지가 전선의 장수에게 전달되는데 또 그만큼의 시간이 걸리다보니 시시각각 변하는 전황에 맞는 작전이 불가능했고 현지의 전황이나 현황도 제때에 정확히 전달될 수 없었다. 그럼에도 불구하고 임금이란 자는 천리 밖에 머물러 있으면서 명나라 군사를 접대하는 예절이나 운운하며 있었다. 그러니 세상이 온통 캄캄하고 어두울 수밖에 없었다.

고니시나 가토와 같은 일본군 장수들은 그런 조선의 임금과 조정의 사정을 손바닥 들여다보듯이 들여다보며 그들을 우롱했다. 철수를 하면서도 명군과의 협상을 빌미로 '금토패문'禁討牌文이라 쓴 깃발을 내걸고 조선군을 비웃듯이 유유히 남하했다. 쳐들어올 때도 자기들 마음대로 쳐들어와 살인과 약탈, 강간을 멋대로 하다가 물러갈 때도 자기들 입맛대로 안전하게 철수했다. 공격하고 싶으면 공격하고 물러가고 싶으면 물러갔다. 조선의 임금이나 조선군은 안중에도 없다는 듯이 행동했다. 일본군의 적은 오로지 조선의 추운 날씨뿐이었다.

조선의 임금이 할 수 있는 일이란 건 고작해야 명군을 조르는 일뿐이었다. 백성들이 스스로 일어나 왜적을 치고 막아도 의심의 눈초리로 바라만 볼 뿐 그 의미나 전략적 중요성을 생각해보지 않는 듯했다. 오히려 의병들의 식량을 빼앗아서 명군의 군량미를 충당하기에 바빴고 그들을 역적으로 몰아서 잡아다가 족치기에 바빴다. 조선의 임금과 대신들이란 자들이 그런 자들이었다. 그런

자들을 쳐다봐야만 하는 조선의 백성들이 가여웠고, 그런 나라의
백성인 나는 내가 가여워서 견딜 수가 없었다.

　나는 전란이 일어나기 3년 전인 기축년(1589) 6월과, 2년 후인 신묘년(1591) 3월에 대마도주인 소요시토시와 그의 가신인 야나기 시게노부 그리고 세이후쿠지의 주지인 게이테스겐소 일행과 함께 한성을 방문한 적이 있었다. 오랫동안 동래의 왜관에서 대마도와의 무역관계로 통역을 해온 나는 대마도주의 가신인 야나기시게 노부를 오래전부터 알고 있었다. 한성으로 가는 길에 그가 나와의 동행을 요청했던 거였다.

　당시에 대마도주는 조선 조정에 일본으로의 통신사 파견을 요청하고 있었다. 대마도는 이미 정해년(1587) 5월에 규슈를 정복하고 있던 히데요시에게 항복하여 일본에 복속되었다. 규슈를 정복하고 대마도마저 복속해오자 히데요시는 눈길을 해외로 돌렸다. 그는 조선은 물론 유구, 필리핀, 인도, 대만에까지 사신을 보내

항복할 것을 요구했으며 죽기 전까지 중국의 400주마저 손에 넣겠다고 기염을 토했다.

그는 먼저 대마도주를 통해 조선국왕을 교토로 오게 하여 항복할 것을 요구했다. 대마도주로선 난감한 일이었다. 오랫동안 조선의 번신으로 자처하며 조선의 쌀이나 생활용품을 구해서 생활해 온 대마도의 입장에선 비록 히데요시의 명령이라 할지라도 조선국왕의 항복을 받아내는 것은 사실상 불가능하다는 사실을 잘 알고 있었다. 그렇다고 히데요시의 명령을 묵살하고 있을 수만도 없었다. 대마도주와 그 가신들은 할 수 없이 오랫동안 중단되었던 통신사 파견을 요청함으로써 이를 히데요시에 대한 복속의 의미로 위장하려고 했다. 궁여지책이었지만 조선과 일본의 전면적인 충돌을 막기 위해선 그 방법밖에 없다고 생각한 거였다. 통신사 파견을 통해서 조선이 적어도 히데요시의 침략의지를 꺾어주거나 뭔가 외교적인 대책을 세워주기를 바랐다. 조선과 일본 사이에 전쟁이 일어난다면 일본의 향도 역할을 해야 할 대마도로선 막대한 인적·물적 손실을 감당해야만 할 처지였다. 그리하여 대마도주는 가신들을 거느리고 정해년 5월에 한성을 방문하여 조선 측 통신사 파견을 필사적으로 요청했다. 새로 대마도주가 된 소요시토시는 성질이 좀 급한 구석이 있었지만 젊고 정열적인 인물이었다.

나는 그때 야나기시게노부를 수행하며 통역을 했다. 야나기는 대마도주와 함께 조선 조정의 관료들과 만나는 자리는 물론 사적인 연회에도 나를 불러서 동석케 했다. 그와 대마도주는 틈틈이 사태의 심각성을 조선 측에 알리는 한편, 다른 한편으론 수행원들을 풀어 한성은 물론 부산에서 한성으로 올라오는 주요 도로와 거점, 그리고 그 주변의 동태를 면밀히 조사하고 있었다. 나는 그들이 만약의 사태에 대비하고 있다는 것을 알았다. 조선이 히데요시의 침략의지를 꺾지 못한다면 어차피 피할 수 없게 될 전쟁이었다. 그렇게 된다면 대마도로선 어쩔 수 없이 적극적으로 전쟁에 개입할 수밖에 없는 처지였다. 그들이 취합하고 있는 정보는 히데요시가 조선을 침략할 때 요긴하게 쓰여질 것이라는 건 불을 보듯 뻔했다.

조정의 관료나 임금은 대마도주가 얘기한 일본 내의 동향과 일련의 상황 전개 과정에 대해서 그리 심각하게 생각하는 눈치가 아니었다. 그들은 대마도주의 말을 다만 일본에 새로운 권력 주체가 들어섰고 그들이 조선과의 끊어졌던 통신사 교류나 무역을 원하고 있다는 정도의 의미로 받아들였다. 뭔가 중요한 사항을 오판하고 있다는 느낌이 들었으나 일개 역관인 나로선 어쩔 수 없는 노릇이었다.

대마도주는 조선 측 공작 한 마리와 조총을 헌상했다. 하지만 공작은 방생되었고 조총은 그냥 군기사의 창고로 들어갔다. 그들은 전혀 조총의 중요성이나 사용법에 관심이 없었다. 일본에선 이미 수만 정의 조총이 제작되었고 조총 부대가 전투의 중심 전력이 되어 있다는 사실을 알 턱이 없었다. 히데요시가 전국을 통일한 것도 바로 그 조총부대의 힘이었다는 사실을 그들이 알 리가 없었고 알려고 하지도 않았다. 각궁이나 편전이면 발사속도가 느린 조총 정도는 가볍게 제압할 수 있다고 생각하는 모양이었다. 아무리 발사 속도가 느리더라도 수백 혹은 수천 정의 조총을 일시에 발사한다면 그 파괴력이 어찌될지 상상도 못하고 있었다. 이미 일본군들은 3교대 밀집 사격 방식으로 발사 간격을 좁혀서 전쟁의 양상을 바꾸어 놨다는 사실을 조선인들은 알 턱이 없었다. 조총 한 자루의 발사 속도가 활에 비해 늦다는 것만 생각했지 3교대 방식으로 발사할 경우 연속적으로 발사하는 효과를 낼 수 있다는 점은 미처 생각하지도 못했다.

"자네는 왜가 정말로 조선을 침략할 거라고 생각하는가?"

경회루에서 대마도의 사신 일행을 대접하는 연희가 파하고 돌아가는 자리에서 좌의정 유성룡이 내게 물었다. 느닷없는 질문이었다. 내게라도 답답한 상황을 묻고 싶었던 모양이었다.

"소인이 어찌 그것까지 알겠습니까. 허나 왜의 관백이란 자는 전국을 무력으로 통일한 인물로 알고 있습니다. 만약 그의 군대가 조선으로 건너온다면 수십 년간의 전란 동안 단련된 수십만 명의 왜군을 지금의 조선군으로선 당해내기가 힘들 것으로 압니다. 만일에 대비해 저들의 동향을 직접 확인하고 대책을 세워두심이 현명한 일이라고 생각합니다."

내 말이라도 듣고 싶어 하는 좌의정의 열의에 감동하여 나는 짧은 내 소견이나마 말했다.

"역시 그렇겠지. 갈 길이 먼데 말씨름이나 하고들 있으니……."

그도 답답한지 밤하늘을 올려다보며 한숨을 쉬었다. 잘 알지도 못하는 조정 대신들의 당색을 나로선 알 수 없었으나 좌의정 유성룡이 속해 있는 동인들이 앞서서 일본의 침략 가능성을 부인하고 있다고 들었다. 나로선 유성룡의 속내를 다 알 수는 없었으나 그는 내심 일본의 침략 가능성에 대해서 염려하고 있었다. 그의 당색과는 다른 이견이라 드러내놓고 말하지는 못하고 있었으나 나름대로 대비가 필요하다는 데는 인식을 같이 하고 있었다. 하지만 그도 당론을 정면으로 거스를 수는 없는지 적극적으로 나서서 일본의 침략에 대비해야한다고 말하진 못하고 있는 모양이었다.

"일이 돌아가는 꼬락서니를 보니 오늘은 왜의 사신들 비위나 맞추고 있다만, 조만간 왜놈들 사타구니 밑에 깔려서 개노릇을 할 날도 멀지 않았구나."

"아무려면 어떻습니까? 우리 같은 년들이야 잘난 놈들 비위나 맞추고 사는 게 거기서 거기지 뭐. 왜놈들 세상이면 어떻고 조선

놈들 세상이면 어떻습니까."

연회에 참석했다가 돌아가는 기생들이 자기들끼리 주고받는 말이었다. 한성부 소속 기녀들이었다. 대마도주 일행을 접대하는 별도의 사석에서도 본 적이 있는 기녀들이었다.

"난리가 나면 우리같이 힘없고 가진 것 없는 인간들이 더 고생이란 걸 몰라서 그런 말을 하는 게냐?"

그 중에 행수 기생인 듯한 기녀 하나가 동생들을 나무라듯 말했다. 기녀의 식견이 조정 대신들보다도 나은 듯했다. 태가 고와서 자꾸만 눈길이 가던 여자였다. 다시 한 번 그 기녀의 뒷모습에 눈길이 갔다. 저렇듯 어여쁜 조선의 여인들이 외적에게 짓밟혀 욕을 보는 일이 없기를 나는 바랐다.

민심은 이미 흉흉해질 대로 흉흉해지고 있었다. 자연 현상마저 그런 민심을 더욱더 부추기고 있었다. 한강물이 3일 동안 붉고, 죽산 태평원 뒤에 쓰러져 있던 돌이 저절로 일어나고, 통진현에선 쓰러져 있던 버드나무가 다시 일어섰으며, 동해에서 잡히던 물고기가 서해와 한강에서 잡히고, 요동 일대엔 도둑들이 조선에서 몰려오고, 조선의 왕자가 탄 가마가 압록강에 이르렀다는 소문이 돌았다. 집에 오래된 술이 있거든 아끼지 말고 마시면서 놀아라, 곧 군사들이 쳐들어오니 그때는 있어도 마시지 못할 것이라는 소문도 저자에 나돌고 있었다. 일본의 간자들이 퍼뜨린 소문이 백성들의 불안 심리를 반영이나 하듯이 꼬리에 꼬리를 물고 퍼져나갔다. 간자들의 유언비어를 통한 일본군들의 심리전이 벌써 시작되고 있었다.

"민심이 이미 뜨고 있습니다. 서두르심이 좋을 듯합니다."

나는 내 신분을 망각하고 말했다.

"그러게 말일세. 나도 답답하구만. 그런데 자네 이름이 뭐라 했는가?"

유성룡이 내게 물었다. 그의 목소리엔 하나로 모아지지 않는 조정 여론의 답답함이 배어 있었다.

"소인은 부산진에 사는 동래부 역관 손문욱이라고 합니다."

고개를 조아리며 대답했다.

"그래. 내 그 이름을 기억해 두겠네. 혹시 쓸 만한 정보가 있거든 언제든지 내게도 좀 알려주게. 왜의 심상치 않은 동태라면 동래 왜관에서 먼저 감지할 수 있을 테니 말일세. 왜의 문제로 나라가 소란하니 이래저래 자네 같은 사람의 도움이 필요할 듯하구만."

내가 한성까지 와야 할 일은 흔치 않은 일이었으나 왠지 그의 말대로 될 것만 같은 예감이 들었다. 그런 날이 온다면 그건 분명 나라가 위태로운 지경에 처한 다음일 거라는 생각이 들었다.

한동안 조선 조정의 여론은 일치될 기미를 보이지 않고 있었다. 하지만 대마도주인 소요시토시도 만만치 않은 인물이었다. 그는 조선의 통신사와 함께가 아니라면 돌아갈 수 없다고 버텼다. 마침내 조선 조정에서도 일본 국내의 동정을 한번쯤은 살펴볼 필요성이 있다는 것에 의견의 일치를 보았다. 그렇지 않아도 성종조 이래 통신사가 끊어진 지가 너무 오래 되었다는 판단에서였다.

드디어 경인년(1590) 3월에 조선 조정에선 황윤길과 김성일을 정·부사로 한 사절단을 파견하기로 했다. 하지만 이들은 교토의 다이토쿠지大德寺에서 수개월 동안 히데요시의 그림자조차 보지 못한 채 무작정 기다려야 하는 수모를 당했다. 히데요시로선 급할 게 하나도 없었다. 마침내 그해 11월 7일 교토의 주라쿠테이聚樂第에서 조선의 사절단 일행은 히데요시에게 조선 국왕의 국서를 전달할 수 있었다.

조선 국왕의 국서 내용은 전통적인 조선의 외교정책인 사대교린事大交隣의 원칙에 입각해 있었다. 명에겐 사대를 하고, 그 밖의 이웃나라와는 교린 한다는 원칙에 의하여 조선의 임금은 히데요시에게 이웃나라로서 친하게 지내보자는 내용의 국서를 보낸 것이었다. 하지만 히데요시는 조선 통신사의 방문을 멋대로 해석하여 자기 입맛대로 받아들였다. 이듬해인 신묘년(1591) 정월에 10개월 만에 조선으로 돌아온 통신사 일행이 가져온 히데요시의 국서 내용은 사실상 거의 협박에 가까웠다.

　일본국 관백 히데요시 봉서
　조선국왕 합하
　보내준 안서는 거듭 잘 읽었다. 본국은 60여 주가 있었는데 해마다 여러 나라로 분리되어 기강이 문란해지고 대대로 내려오던 예의 또한 폐기되어 조정의 명령을 듣지 않았다. 그래서 내가 분함을 이기지 못하여 3,4년 사이에 반역자의 무리를 토벌하여 다른 지역의 섬까지 모두 손에 넣었다. 〔중략〕 대개 인생이란 것이 세상에 태어나서 비록 오래 산다 하여도 백년을 채우지 못하는 것인데, 어찌 답답하게 이곳에 오래 머물러 있겠는가? 나라가 멀고 산과 강이 가로막혀 있다 하더라도 한번 뛰어넘어 대명국으로 가서 우리나라 풍속으로 중국 400여 주를 바꾸어 놓고 황제의 조정에서 억만년이나 정치를 행할 것을 마음에 품고 있다. 그러니 귀국이 먼저 달려와 우리나라에 입조한다면, 원대한 희망이 생겨 가까운 근심이 없어질 것이다. 먼 나라와 바다 가운데 있는 작은 섬들도 뒤늦게 온다면 용납받지 못하게 될 것이다. 내가 대명국으로 들어가는 날에 귀국의 장수들이 군사를 거느리고 우리 군영에 이른다면 이웃 간의 인호와 동맹이 더욱 두터워질 것이다. 내가 바라는 것은 다른 것이 아니라 다만 아름다운 이름을 삼국에 남기는 것뿐이다. 방물은 목록과 같이 접수했다. 엄숙히 창고에 보관하겠다.

히데요시의 국서 내용과 반드시 병화가 있을 것이라는 정사 황윤길의 보고에도 불구하고 조선 조정에선 지방에 내렸던 방비령마저 거뒀다. 조정의 여론이 침략의 징후를 보지 못했다는 부사 김성일의 보고 쪽으로 기울었기 때문이었다. 김성일은 유성룡과 함께 퇴계의 문하에서 동문수학한 친구로서 그 역시 동인이었다. 손바닥으로 하늘을 가리는 짓거리들을 하고 있었다. 그들이 하는 정치란 걸 나 같은 역관으로선 도대체 이해할 수 없었다.

대마도주는 다시 신묘년(1591) 3월에 야나기시게노부와 겐소를 한성으로 보내어 일본의 출진 사실을 알렸다. 그때도 나는 야나기와 함께 한성을 방문했다. 야나기시게노부와 겐소는 이전보다 더 많은 수행원들을 동원하여 부산으로부터 한성에 이르는 두 갈래 길을 탐색하며 한성으로 올라갔다. 나는 그들의 움직임이 심상치 않음을 알아챘다. 나는 야나기의 수행원들이 그리고 있는 지도의 상경로가 저들의 침략로가 될 것이라는 걸 눈치 챌 수 있었다. 나는 그 사실을 한성에 도착한 후 유성룡에게 알렸다. 왠지 그에게만이라도 알려야할 듯싶었다. 하지만 그 사실들이 조정에 어떤 변화를 가져다 줄 수 있는 것인지 나는 알 수 없었다. 조선 조정에는 현실과는 동떨어진 말들만 무성했다. 나는 임금과 대신들의 세치 혓바닥을 모조리 잘라서 저들의 입을 틀어막고 싶었다.

야나기와 겐소는 '정명향도'征明嚮導 하라는 히데요시의 명령을 '가도입명'仮道入明이라는 말로 바꾸어서 조선 측에 전달했다. 명나라를 정벌하러 가는 길의 안내자 역할을 하라는 말대신 명나라로 들어가려 하니 길을 빌려달라는 말로 바꾼 거였다. 그러나 그런 말이 조선 측에 받아들여질 리가 없었다. 임금은 야나기에게 정2품 가선대부의 작위를 내렸다. 왜와 조선을 왕래하면서 공손함을 보여줬다는 것이 그 이유였다. 임금은 분위기 파악을 전혀 하지 못하고 있는 듯했다. 벼슬을 내려 실세도 아닌 상대의 마음이나마 잡아두려는 속셈인 것 같아 나는 임금의 모습이 안쓰러웠다. 상대는 대마도가 아닌 그 뒤에 있는 일본의 관백 히데요시란 사실을 임금은 망각하고 있는 듯했다.

그해 6월에 다시 대마도주가 직접 부산포로 건너와서 교섭을 시도하려 했으나 조선 측으로부턴 아무런 답변을 듣지 못했다. 나는 부산포와 동래의 왜관에 머물고 있던 일본인들이 점차 귀국하여 왜관이 비어가는 것을 보면서 전란이 임박했음을 알 수 있었다. 왜관의 일본인들에 대한 소개령이 내려진 것이 틀림없었다. 왜관의 일본인들이 일본으로 철수하고 있다는 보고를 한성으로 가는 상단을 통해 유성룡에게 보고했지만 그 보고서의 행방을 확인할 길은 끝내 없었다. 보고서가 원래의 수신자에게 도착했을지라도 당론에 그냥 묻혀버렸을지도 모를 일이었다.

내가 그 이듬해 부산포에 상륙한 일본군 1진인 고니시유키나가의 부대를 따라서 그의 사위인 대마도주 소요시토시, 그리고 야나기와 함께 한성에 입성했을 땐 이미 궁궐은 잿더미로 변한 후였다. 임금이 도성을 버리고 북으로 피난을 떠나자 백성들이 몰려가서 궁궐부터 불살라 버렸다고 했다. 불과 몇 달 사이에 다시 본 한성의 모습은 이미 그때 도성으로서의 모습을 잃고 있었다. 세상이 온통 불타버린 듯했다. 세상은 원래부터 불타고 있었는지도 모를 일이었다.

부기|附記

마침내 7년 전쟁이 끝났다.

이순신은 노량에서 내 손에 죽었고, 그를 괴롭혔던 원균은 그
보다 먼저 칠천량에서 죽었으며, 전쟁을 일으킨 장본인인 토요토
미히데요시는 자신의 야망대로 조선을 거쳐 명나라나 인도로 가
지 못하고 자신의 성 안에서 병들어 죽었다. 또한 적으로서 이순
신과 조선 백성들을 괴롭혔던 고니시유키나가는 노량에서 이순
신의 포위망을 무사히 빠져나갔지만, 토요토미히데요시의 사후
에 후계 싸움에 말려들어 비참하게 죽었다. 무엇보다도 조선 백성
의 절반 정도가 지난 전란 중에 죽어나갔다. 하지만 죽은 자는 죽
고 산 자는 살아남아서 세상은 계속됐다. 살아남은 자들은 살아남
아서 저들끼리 벼슬을 나누고, 부와 재산을 나누고, 없는 자들은
하다못해 한 끼의 식사를 나누었다. 죽은 자들은 필요에 따라서,

필요한 시기에, 필요한 사람들에 의해서 잠시 호명될 뿐이었다. 나는 살아남아서 조선과 일본을 오갔다. 벼슬은 승승장구했다. 세상은 원래부터 그런 곳이었다.

나는 전란 전엔 조선의 미천한 일개 역관이었으나 전란 중엔 일본 장수 밑에서 벼슬을 했고, 그걸 밑천으로 전란 후엔 조선의 정승 반열에까지 올랐다. 내 자손들은 조선과 일본에서 번창하고 있다. 훗날 그들끼리 다시 싸움을 하게 될지도 모르겠지만 그건 내가 어쩔 수 있는 일이 아니다.

세상 사람들이 나를 부왜자라고 손가락질해도 나는 상관하지 않는다. 나는 단지 시류를 좇아서 살았을 뿐이다. 그 시류를 내가 만든 것은 아니지 않는가? 훗날 나 같은 부왜자들이 또 있다면 그들은 나를 이해할 것이다.

7년 전란 중에 300만 명의 조선인이 죽었고 20십만 명이 포로로 끌려갔다. 내가 토쿠가와이에야스와의 협상에서 통신사로 가서 다시 데려온 조선인은 3,537명에 불과하다. 그건 단지 양국의 사소한 정치적 부산물일 뿐, 그들이 어디에서 사는 것이 미래의 그들 후손들에게 더 나은 것인지는 아무도 모를 일이다.

자신의 백성을 외부의 적과 생존의 위험으로부터 지켜주지 못하는 임금과 나라가 무슨 소용이 있겠는가? 나는 하늘을 우러러 한 점 부끄럼이 없이 살았다.

여전히 나를 부왜자라고 손가락질하는 사람들이 있다면 그들에게 이것만은 묻고 싶다. 고통만 주는 나라가 그대들에겐 도대체 어떤 의미가 있는 것이냐고.

　일찍이 고니시가 나에게 했던 말이 있었다. 적을 죽이는 건 적의 적만이 아니다. 때로는 적에게 치명적인 것이 적의 적이 아니라 적과 같은 편이기도 하다. 못된 친구는 적만도 못한 것이다. 외적의 행패는 잠시지만 내부의 적과 권력자의 횡포와 무능은 일상의 폭력 그 자체다. 세상의 이치가 그렇다. 나는 그걸 죽은 이순신과 원균, 그리고 조선의 임금인 선조와 히데요시, 한때 나의 주군이었던 고니시유키나가와 그의 라이벌이자 동료였던 가토기요마사에게서 배웠다.

　나는 이 미진한 기록을 전란 중에 죽어간 양국의 백성과 무명 병사들에게 바친다. 전란 중에 죽어간 백성과 양국의 병사들에게 나라란 결국 폭력의 가해자일 뿐이었다. 그런 나라를 위해선 젓가락 한 짝 들어선 안 된다. 하지만 역사의 불행은 늘 반복되고, 사람들은 나약하고 어리석은 망각의 동물에 불과할 뿐이다. 어쩌면 그래서 그들은 그들의 방식대로 삶을 연명하고 있는 것인지도 모를 일이다.

　결국 또 나에게 나라란 무엇인가 하는 의문만 남는다. 나라란 우리 모두의 나라이기도 하고 아무의 나라가 아니기도 하다. 그런 나라란 것이 본시 거대한 허상은 아닐런지.

* 소설속 내용의 일부는 참고자료의 역사적 기록이나 연구 내용을 참고하였다.

참고자료

거부 역주. 『사명대사난중어록』. 무이정사, 2006.
김경옥. 「16~17세기 고금도 인근 해로와 수군진의 설치」. 『도서문화』. 국립목표대학
　　교 도서문화연구원, 2009.
김 훈. 『칼의 노래』. 생각의나무, 2001.
김 훈. 「전환의 리더십-죽음에서 삶으로」
니토베 이나조/일본고전연구회 역. 『무사도』. 문, 2010.
박경식. 「이순신의 진중생활에 관한 연구 Ⅰ Ⅱ」
박시백. 『선조실록』. 휴머니스트, 2007.
박영규. 『조선왕조실록』. 들녘, 1996.
박영식. 『하늘을 베라』. 씨네북스, 2012.
박창기. 『토요토미 히데요시』. 신아사, 2009.
박혁상. 「충무공 이순신의 검에 대한 소고」
박혜일 · 최희동 · 배영덕 · 김명섭. 「史實에서 괴리된 근간의 '이순신' 실명소설」
아라야마 토루/이종훈 역. 『이순신을 암살하라』. 세창미디어, 2008.
유광남. 『이순신의 반역』. 스타북스, 2011.
유성룡. 『징비록』. 서해문집, 2003.
이민웅. 「강화교섭기(1593~1596) 이순신의 수군 재정비 과정」
이순신. 『난중일기』. 중앙books, 2008.
이순신역사연구회. 『이순신과 임진왜란』1~4권. 비봉출판사, 2006.
이한우. 『선조-조선의 난세를 넘다』. 해냄, 2007.
제장명. 「노량해전의 역사적 의미」
제장명. 「조선시대 이순신에 대한 인식의 변화과정」
제장명. 「임진왜란 종전후 이순신 막하인물의 활동」
조두진. 『도모유키』. 한겨레신문사, 2005.
최 관. 『일본과 임진왜란』. 고려대학교 출판부, 2003.
최 관. 『우리가 모르는 일본인』. 고려대학교 출판부, 2007.
최관/김시덕. 『임진왜란 관련 일본 문헌 해제』. 문, 2010.
충무공 이순신 장군 순국해역 조사단. 「문헌조사를 통한 이순신 순국해역 추정」
한일관계사연구논집 편찬위원회 편. 『동아시아 세계와 임진왜란』. 경인문화사, 2010.
홍성원. 『달과칼』1~5권. 신서원, 2005.